Y駅発深夜バス

青木知己

JN089840

運行しているはずのない深夜バスに乗り、彼は摩訶不思議な光景に遭遇した──奇妙な謎とその鮮やかな解決を描く表題作、中学生の淡い恋と不安の日々が意外な展開を辿る「猫矢来」、〈読者への挑戦〉を付したストレートなフーダニット「ミッシング・リング」、怪奇小説と謎解きを融合させた圧巻の一編「九人病」、アリバイ・トリックを用意して殺人を実行したミステリ作家の涙ぐましい奮闘劇「特急富士」。あの手この手で謎解きの面白さを提供する、著者会心の〈ミステリ・ショーケース〉。いいミステリ、あります。

Y駅発深夜バス

青 木 知 己

創元推理文庫

THE LATE NIGHT BUS FROM Y STATION AND OTHER STORIES

by

Tomomi Aoki

2017

目次

Y駅発深夜バス 9
猫矢来 59
ミッシング・リング 129
九人病 203
特急富士 265

Y駅発深夜バス

Y駅発深夜バス

#【第一部】

1

タクシーのテールランプが交差点を曲がって見えなくなると、坂本康明《さかもとやすあき》は重い荷物を下ろしたように、深いため息をついた。腕時計のデジタル表示はPMからAMに変わっている。

JRのY駅は、オフィス街と歓楽街との境にある。平日ならば、この時間、赤ら顔のサラリーマンでにぎわう一帯だ。しかし、十一月も半ばをすぎた日曜日の夜――正確には月曜日の未明――は、ぽつぽつと数えるほどしか人の姿がない。目抜き通りを走る車のヘッドライトが、閉ざされた店のシャッターを空しく照らして通り過ぎてゆく。先ほどまで坂本が杯を傾けていた居酒屋も、店員が看板を片づけにかかっていた。

坂本は学習参考書を扱う出版社に勤務している。入社して八年、まだ肩書きはないものの、任された教科では主任に位置する立場にあった。

本の性格上、学校の教員が著者となる場合が多く、月に数回は打ち合わせのために一席を設けることになる。現場の教員は常に時間に追われている。執筆には難色を示される場合が多い。

だが、中には小遣い稼ぎのために自分から執筆をしたいと売り込む教員もいる。この日の相手は後者だった。

指導要領が改訂になり、執筆者が足りず頭をかかえていた四年ほど前、妻から、中学のときの恩師に研究熱心な人がいると紹介されて執筆を依頼した。確かに、研究発表などには積極的で、生徒とのかかわりよりも自らのスキルアップに重点を置くタイプの教員だった。

だが、原稿はひどいものだった。ひとりよがりの表現が目立ち、坂本は原稿のリライトに四苦八苦させられた。それでいて自分の原稿は完璧と思っているため、なまじ手を入れると「なぜ変えた」とクレームがつく。原稿料を支払い、もうこれきりと思っていたのに、一年後に教員のほうから電話があった。

《本当は忙しいのだが、手伝えないこともない。仕事があったら遠慮なく言ってくれ》

恩着せがましい口振りで、相手は長々としゃべった。妙に粘着質なしゃべり方をするこの教員は、丁重に断ったにもかかわらず、その後、頻繁に電話を寄越《よこ》し、坂本はやむなく解答検討などの細かい仕事を与えることになった。

数日前、いい企画があるから会ってほしいと、携帯にメールが入った。日曜日が運動会でその翌日が代休になるから、日曜日の夜にしてくれという。しかも、当日は運動会の片づけなどがあるのでなるべく遅い時間にとの但し書きがあった。

坂本はヘラブナ釣りを趣味としている。会員十名ほどのちっぽけな同好会のメンバーでもある。定年後の趣味にヘラブナ釣りを始めたという会員が多い中、三十を越したばかりの坂本は最年少だ。同好会では月に一度、第三日曜日に例会を開く。今度の日曜日はその例会の日だった。十月まで年間成績のトップにいた彼は、この一本のメールで初優勝を棒に振ることとなった。

その教員が持ち込んだ企画は、どう考えても売れそうにないしろものだった。おまけに、その日二人が入った店の料理も口に合わなかった。

オフィス街の近くで日曜日の夜に開いている店があるかどうか不安だった坂本は、適当な店がないかを妻に尋ねた。自宅でグラフィックデザイナーの仕事をしている妻は、かつてY駅周辺の専門学校に通っていたのだ。

妻が薦《すす》めたその店は、Y駅から歩いて五、六分ほどの雑居ビルの地下にあった。黒と赤を基調とした調度品はなかなかセンスがあり、店員の接客ぶりもそつがなく、店の雰囲気は悪くなかった。

しかし、料理はどれも薄味で、東京育ちの坂本には物足りなかった。しかもこの年、二〇〇一年の秋は、狂牛病（牛海綿状脳症）騒ぎの最も激しい時期だった。そのせいか、彼が好みとする肉料理はほとんどメニューになかった。

料理が口に合わないために坂本は酒ばかり注文し、ラストオーダーの声を聞くころにはかなり酔いが回ってしまっていた。教員のほうは、酒さえあれば料理はどうでもよいというタイプらしく、味は一向に気にせず、だらだらと飲み続けていた。妻は同窓会などで恩師の嗜好を知っていたにちがいない。そうでなければいくら日曜の夜でも、もう少しうまい料理を出す店があっただろう。

店員に閉店を告げられて、教員はしぶしぶ重い腰を上げた。二人でもつれあうように目抜き通りまで出ると、もう一軒行こうという教員を何とかタクシーに押し込んだ。

——もう終電は無理か。

坂本は駅の明かりを振り返りながらため息をついた。まだY駅を出る電車は数本残っていたが、自宅の最寄り駅まで行く電車にはもう接続しない。

閑散とした高架のホームを見上げた坂本は、空しさを覚えて電柱に寄りかかった。いったい自分は何をやっているのだ。何の利益ももたらさない人物の相手をして終電を逃し、明日はおそらく二日酔いに悩まされるだろう。

教科書改訂を控えた今年は、春先から仕事に忙殺される毎日だった。ろくに妻の顔も見ていない。残業を共にした同僚と一杯飲んで帰り、家に着いたら風呂に入って寝るだけ。朝も慌《あわ》ただしくパンをのどに押し込んで駅へと走る。必要以上の会話をかわす機会のない妻は、この数ヶ月の間に、美容院へ行ったり、新しい服を買ったりもしているのだろうが、まったく自分はそんなことに気づいてやれてはいなかった。

しかし、妻がそれに不満を漏《も》らしたことはない。「また仕事なの」などと冗談めかして口をとがらせることはあるが、毎朝家を出るときには笑顔で見送ってくれる。デザインの仕事にやりがいを感じているから大丈夫だと自分では言っているが、きっと寂しい思いをしているにちがいない。

妻の顔を思い浮かべた坂本は、ふと思いついて、コートのポケットから折り畳まれた紙を取り出した。大手バス会社、東日本交通の深夜バスのチラシだった。

「帰りが遅くなったら、これで帰ってきたら？」と、出がけに妻が渡してくれたものだ。数日前、Y駅そばのデパートへ買い物に行った際に、駅に置いてあるのを見つけたらしい。

チラシによると、東日本交通の深夜バスは、Y駅の一つ隣、首都圏のターミナルであるS駅を出発し、Y駅を経て、彼の住む県のはずれまで運行されていた。途中、彼の自宅の最寄りのG駅にも立ち寄るらしい。一日二便運行されているそのバスのY駅発の時刻は、〇時一〇分と一時一〇分だ。

腕時計を見ると、現在の時刻は〇時三六分。一本目はもう出てしまっている。二本目だとまだ三十分以上待たなければならないが、タクシーに比べるとはるかに安い。彼はバスを待つことに決めた。

とりあえず帰宅する時間を妻に伝えておこうと、携帯のボタンを押した。しかし、画面には何も表示されない。どうやらバッテリー切れらしい。四、五日前に充電したはずだがと思ったが、まあいいと思い直した。もう妻は休んでいるかもしれない。この時間の電話はかえって迷惑になりかねなかった。

チラシをもう一度よく見ると、バス乗り場は駅前ではなく、目抜き通りを二百メートルほど東へ歩いた先にあった。地図に指示されたほうを見やると、角柱の形をしたバス停の標識柱らしきものが、ぼうっと黄色い光を放っている。

坂本は、チラシをコートのポケットに押し込み、バス停へ向かって歩き出した。

2

「おっと、失礼」

飲み過ぎていた坂本は、バス停まで歩くのに、何回か人とぶつかりそうになった。自分の足どりがおぼつかなくても相手のほうからよけてくれればぶつからずに済みそうなものだが、今日はどういうわけかぼんやりと突っ立っている人間が多い。

バス停の標識柱は、直方体に脚がついた形をしていて、電気で光るようになっている。側面のうちの一つに、《H駅行き深夜バス待合所》と書かれていた。

標識柱の脇には、三人掛けのスチール製のベンチが据え付けられ、ゆるやかにカーブした屋根がそれを覆っている。バスの発車時刻までまだ二十分以上あるためか、辺りに人影はない。

一旦はベンチに腰を下ろした坂本だったが、十分ほどすると、寒さに耐えきれなくなって立ち上がった。十一月中旬の深夜、じっとしていると底冷えがする。辺りを見回すと、道路の反対側に自動販売機の明かりが見える。温かい飲み物でも飲もうと、横断歩道を渡った。

缶コーヒーを抱きしめるようにして停留所へ戻り、プルタブを起こす。もうバスの時間まで十分ほどになっていたが、辺りにはまだ客の姿が見えない。不安になった坂本は停留所の時刻表を見に行った。

プラスチックのプレートには、確かに〇時一〇分、一時一〇分と書かれている。酔った客の仕業なのか、プレートはところどころひび割れており、ガムテープで雑に補強がしてあった。コーヒーを飲み干して、くずもの入れに空き缶を放り込むと、予定時刻まであと一、二分になっていた。バスが来るはずの方角を見やるが、それらしき車のヘッドライトは見えない。坂本以外に乗客も現れていなかった。

バスはY駅が始発ではない。始発はひと駅隣のS駅である。そのため発車時刻直前まで誰も来ないのだろうが、他の客が一人もいないと不安になる。時計と近づく車のヘッドライトを見比べながら五分ほどが過ぎたころ、大型バスらしき明かりが見えてきた。

白地に赤のラインという東日本交通のカラーに塗り分けられたバスは、減速しながら停車した。ドアは前方に一つだけ。路線バスではなく観光バスに使われるタイプだ。高速道路を通過するので、着席を確認できる定員制のバスでないとだめなのだろう。空気の漏れるような音がして、ドアが開く。続いて、車掌らしき若い乗務員が降りてきた。

「どちらまで」

「G駅前まで」

「三千円になります」

頬がこけた顔色の悪い乗務員は、妙にくぐもった声をしていた。坂本が千円札を三枚渡すと、乗務員は最前列の席に座るよう告げた。

運転手は坂本と同い年ぐらいの男で、大きめの帽子を目深《まぶか》にかぶっていた。こちらに挨拶をするでもなく、頬の辺りに手を当ててあらぬ方向を見ている。

日曜日なので、ほとんど乗客はいないのではと思ったが、車内は五〇パーセントほどの乗車率だった。しかし、照明は絞られ、ひっそりとしている。どの客も目を閉じて眠っているように見えた。

最前列の席は左右四席とも空《あ》いていたので、坂本は右列窓側の席に腰を下ろした。坂本に続いて乗り込んだ乗務員が運転手に合図をすると、バスはドアを閉めて走り出した。

3

エンジン音が聞こえないことに気づき、ふと目を開けた。振動も感じない。バスは停車しているようだ。

幹線道路を数分走り、高速のインターをくぐったところまでは覚えている。その後、窓にこめかみを押しつけるようにして眠ってしまっていたらしい。乗り過ごしたかと思い、フロントガラス上の時計を見ると、時計の針は一時四二分を示していた。

乗車前に見たチラシによると、G駅着は二時二五分とあったから、まだ到着してはいないはずだ。

ここはどこだろうかと窓に額を押し当てる。酔いと眠気で重いまぶたを押し上げると、駐車スペースを示す白線の枠が見えた。白い枠は一つや二つではない。数十台は停められる駐車場である。どうやらパーキングエリアに停車しているようだ。視線をバス内に転じると、愛想のない運転手の姿も顔色の悪い乗務員の姿もなかった。

——トイレ休憩だろうか。

そう思った坂本は、突然尿意を催した。酒を飲んだ上に、寒い中、コーヒーをがぶ飲みしたのだから無理もない。

何分ほど停車しているのか不安だったが、幸い坂本の席は最前列である。いなければすぐわかるはずだから、置いてきぼりにされることもあるまいと、荷物を置いたまま席を立った。

立ち上がったが足下がおぼつかない。半ば転げ落ちるようにしてバスを降りた。

外はいっそう冷え込んでいた。視線を巡らすと、パーキングエリアとしてはさほど大きな駐車場ではなく、小型車用の駐車スペースが二、三十台分に、大型車用の駐車スペースが五台分ほどあるだけだ。深夜一時半すぎだというのに、駐車スペースは八割がたうまっている。

パーキングエリアはほぼ末広がりの等脚台形の形をしていて、上底にあたる部分の中ほどに平屋の建物がある。売店やインフォメーションコーナーなどが入っているのだろう。建物の上に《——PA》とパーキングエリアの名称が示されていたが、ふだん車を運転しない坂本には、その地名を見ても、どの辺りなのかぴんとこなかった。

中央の建物に接しているひと回り小さい建物がトイレらしい。男女を示す赤と青の看板が掛かっている。向かって右手が男性用トイレだった。

用を足してトイレを出る。

――おや。

ハンカチをポケットにしまいながら、ふと違和感を覚えて立ち止まった。あまり高速道路のパーキングエリアなどに入ったことはない坂本だったが、何か今までとは違う感覚にとらわれた。

トイレの隣を見ると、不自然さを感じた理由に思い当たった。売店などが入っているはずの建物の照明が消えている。

確かにこの時間なら売店は閉まっていても不思議はない。しかし、深夜であっても、休憩所などは照明が点いているものではなかったか。このように、明かりをすべて消してひっそりとしているのは異常に思えた。

一瞬停電なのかと思ったが、トイレの照明は点いていた。振り返ってバスのほうを見ると、駐車スペースを照らす照明は煌々《こうこう》と灯《とも》っている。どうやら、照明が落ちているのは中央の建物だけらしい。

坂本は屋内の様子が気になりだした。

バスのドアの脇では、運転手がこちらに背中を向けて携帯電話で話をしている。まだ出発の気配はない。少し中の様子を見てくるぐらいの時間はあるだろう。向き直った坂本は、休憩所の入り口へ歩み寄った。

近づくと、中から人の話し声が聞こえてくる。一人、二人の声ではない。その声には停電でパニックに陥《おちい》っているような緊迫した雰囲気は感じられなかった。

入り口のすぐ側まで来ても、ガラス戸にはポスターが貼られていて、中の様子は判然としない。おまけに、外のほうが明るいので、ガラスに自分の顔が映り込んでしまう。ポスターの隙《すき》間《ま》に顔を押しつけるようにして、屋内をのぞき込む。まだ、よく見えない。引き戸に手をかけると、すっと開いた。

坂本はおそるおそる屋内へ足を踏み入れた。次第に目が慣れてくる。ファストフード店のような小さいテーブルと椅子がいくつも並んでいる。どうやら軽食をとれるコーナーのようだ。入り口付近には人の姿がなく、声はもっと奥から聞こえてくる。さらに奥に進もうとした坂本は、ぎょっとしてその場に立ちすくんだ。

暗闇の中、窓際の席に数十人もの人間がひしめいていた。座っているのは最前列の数人だけで、残りの人間はその後ろに寄り添うように立っている。何より異様なのは、だれもが坂本に背を向け、窓の外を凝視《ぎょうし》していることだ。一人として坂本を振り返るものはない。何かにとりつかれたかのように、全員が窓の外に視線を投げかけている。

気味が悪くなった。子どものころ、恐怖映画を見た直後に決まって見た夢を思い出した。背を向けた群衆はこちらの足音に気づくと一斉に振り返り、夢遊病者のような足取りで自分の後を追ってくるのだ。

坂本は、音をたてぬようにきびすを返し、休憩所を出た。もしや自分一人取り残されたのではと、慌ててバスを捜すと、東日本交通のバスは変わらず同じ場所に停車している。

ちょうど顔色の悪い乗務員がドアから顔を出して、首を巡らしたところだった。坂本は、安全地帯へ逃げ込むかのように、バスへ向かって走った。

4

パーキングエリアを出てからは、眠れなかった。さっき見た光景が目に焼き付いている。あの休憩所で、彼らは何をしていたのだろうか。まるで宇宙と交信しているかのようだった。坂本はそっと背後を振り返った。ほとんどの乗客は眠っているようだ。あの怪しげな光景を話題にしている様子はない。

このバスの乗客はあの光景を目にしていないのだろうか。確かに、バスとトイレを往復する間、だれともすれちがわなかった。そのこと自体は、ありえないことではない。他の乗客は坂本が目を覚ます前に用を済ましていたのだと考えれば、説明がつく。しかし、だれも休憩所をのぞいていないとは考えにくい。照明が落ちていれば何事かと中をうかがいそうなものだ。

そのとき、坂本は、目を覚ましている一人の乗客に気づいた。黒縁の眼鏡をかけた、長髪の若い男だ。男は前から三列目の窓側の席で、窓の外をじっと見ている。その視線は車窓の眺めを追っているようには見えない。まるで、遠くから飛来する何かを呼び寄せているかのように、じっと彼方に視線を注いでいた。

やがて、男が顔をこちらに向けた。坂本は慌てて前に向き直る。しかし、男と一瞬視線が合ったような気がした。

坂本は、もうそれきり振り向くことはできなかった。じっと黒縁眼鏡の男が後ろからこちらをにらんでいるような気がしていた。

すぐにでもバスを降りたい心境だったが、坂本の住む街まで停留所はないのか、バスは一向に高速を降りる気配がない。

まさかこのバスごととんでもないところへ連れていかれるのではと不安になりだしたころ、ようやくバスは一般道に出た。見慣れた街並みが車窓に現れる。しかし、歩道に人影はなく、商店はいずれもシャッターを閉ざしている。街灯だけが無人の街を照らしている光景は、さながらゴーストタウンのようだった。

ほどなくして、彼が普段利用しているG駅前のロータリーにバスは停車した。ドアが開き、乗務員の男が無言のまま振り返る。坂本は手提げかばんをつかみ、急いで席を立った。背後の視線を気にしながらバスを降りる。

黒縁眼鏡の男も後を追って降りてくるのではと不安に思ったが、G駅前でバスを降りた乗客は坂本だけだった。バスは素《そ》っ気《け》なくドアを閉め、ロータリーから走り去っていった。

妙に冷え冷えする夜道を足早にたどって自宅へたどり着くと、妻はまだ起きていた。コートとかばんを預けて、風呂に向かう。悪酔いしたせいか、どこか現実離れした世界にいるような感覚がまとわりついていた。

脱衣所に入ると、使い捨ての手袋や洗剤の空き容器の入ったくずかごにポケットの中のゴミを捨て、脱いだ服を洗濯機に放り込む。体も洗わずに、湯船に身を沈めた。

「着替えを置いておくわ」という妻の声が風呂場のドア越しに聞こえる。風呂を上がると、脱衣かごの中に、新しい下着がたたまれてあった。

妻はすでに床についていた。

5

翌朝、坂本は若干の二日酔いを残したまま、着替えを済まし、朝食の席についた。

二人の間にまだ子どもはない。小さな食卓をはさんで、妻と向かい合わせに座る。どこかから救急車のサイレンの音が聞こえてきた。

あくびをかみ殺しながら、トーストに手を伸ばす。妻は淡々とトーストにマーガリンを塗っている。

「昨日は君に教わった深夜バスで帰ってきたよ」

「そう。あの時間じゃもう終電はないものね」

「悪かったな、遅くまで起きていてもらって。三時近かっただろう」

バターナイフでマーガリンを塗っていた妻の手が止まる。思いがけない言葉を聞いたかのように、妻は坂本の顔を見た。

「三時……そんなことないわ。二時少し前よ」

「二時前ってことはないだろう。一時一〇分のバスに乗ったんだから」

「あの深夜バスはY駅を出るのが〇時すぎくらいでしょう。私も去年同窓会の帰りに使ったけど、一時すぎってことはなかったわ」

「〇時すぎの便もあったが、その次だよ、俺が乗ったのは」

「その次？　二本もあったかしら。確か私が乗ったときは、これに乗り遅れたらもう帰れないって思ってた記憶があるわ。だいいち、あなたが昨日帰ってきたのは間違いなく二時前だもの」

「いや、あるんだ、もう一便。――待ってろ、今チラシ持ってくるから」

坂本は立ち上がり、寝室へ戻った。コートのポケットをまさぐり、折り畳んだチラシを持ってくる。

「ほらこれだよ。一時一〇分っていう便があるじゃないか」

指さしながらチラシを差し出す。妻はエプロンで手を拭《ぬぐ》い、それを受け取った。しばらくチラシの文字を目で追っていた妻は、やがて笑みを浮かべて顔を上げた。

「あなた、よく見てごらんなさい。ほら、ここ」

今度は妻がチラシを指さしながら、坂本に突きつけてくる。

妻の指し示した箇所を見た坂本は、背筋がぞっと寒くなるのを覚えた。一時一〇分発の便は確かにそこに載っていた。しかし、その時刻の横には次の文字が書かれていた。

《土曜・休日運休》

【第二部】

1

「これで最後だと思います」

かかえた段ボール箱に頬を押しつけながら坂本は告げた。前方の視界がきかないので、一歩一歩足下を確かめながら軽トラックに近づく。

先に荷物を荷台へ下ろした細谷《ほそや》貴之《たかゆき》が、坂本を振り返った。

「悪いですね。その辺に載せてください」

細谷が借りた軽トラックの荷台は、家財道具でいっぱいだった。《HNK》とロゴの入った黒いスポーツバッグを奥へ押しやりながら、坂本はやや背伸びをするようにして、段ボールを荷台へ下ろす。

「すっかり手伝ってもらって、申し訳ありません」

細谷は首に巻いたタオルで額の汗を拭った。筋肉質の腕が汗で光っている。

「なに、これくらいしかできることないですからね」

秋の澄んだ空気を貫くように、あたりには陽光がいっぱいにふりそそいでいる。すでに十一月も半ばをすぎていたが、ちょっと動くと汗ばむような陽気だ。

坂本たちの住むマンションは、人工的な緑に満ちあふれたニュータウンの一角に建っている。新興住宅地のため、入居者には若い夫婦が多い。小春日和《びより》の日曜の午後、黄金色に輝きながら舞う銀杏《いちょう》の落ち葉にのって、親子連れらしい陽気な声が時折どこからともなく流れてくる。

坂本がTシャツの胸元をぱたつかせているうち、細谷は軽トラックの助手席側に回り、ドアを開けた。ジャケットを取り出し身にまとうと、襟元を直しながら、坂本に向き直る。

「ちょっと、手を合わせていきます」

坂本は無言でうなずく。細谷の後にしたがい、二人の住まいのあるC棟の前の植え込みの中に入っていった。

キンモクセイなどの低木が植えられた幅五メートルほどの植え込みの奥、マンションの壁のすぐ手前に、畳一畳ほどの花壇が作られている。赤レンガで囲まれた小さな花壇は、この時期に咲いている花はないものの、手入れが行き届いていた。

細谷がしゃがんで手を合わせ、坂本もそれに倣《なら》う。

しばらくして、二人は立ち上がった。

「あれから、もう二年になりますか」

「ええ。あのときはもう、すぐにでもこのマンションから出ていきたいと思いましたが、だらだらと三回忌まで居座ってしまいました。結局何の罪滅ぼしもできないまま……」

ここは、二年前に細谷の妻が二十六年の生涯を閉じた場所だった。

「どんな理由にせよ、細谷さんの責任ではありませんよ。何かやむにやまれぬ事情があったのでしょう」

「しかし、夫でありながら妻の悩みに気づくことができなかった。それだけでも、私に責任はあります」

細谷の視線を坂本は追う。マンションの五階、花壇からまっすぐ壁面を見上げたところが、細谷夫妻の暮らしていた部屋だった。

坂本の脳裏に、いつも笑顔を振りまいて場を和《なご》ませてくれていた細谷の妻、陽子《ようこ》の顔が浮かんだ。まるで一つの家族のように四人で過ごした時間が頭を駆け巡り、しんみりとした気持ちになる。坂本は、そんな思いを振り切るように、細谷の背中に手を回した。

「行きましょう」

細谷を促し、坂本は植え込みの外へ出た。

ちょうど、坂本の妻、夏美《なつみ》が、マンションの玄関から現れた。赤ん坊を抱え、片手に茶封筒を持っている。

「これ、よかったらお持ちになってください。餞別《せんべつ》がわりと言うのもおかしいですけど、私のデザインしたポストカードです」

「奥さん、すみません。ご主人に引っ越しの手伝いをしていただいた上に、お気遣いまでいただいてしまって。ありがたく頂戴《ちょうだい》します。——見てもいいですか」

夏美がうなずくと、細谷は茶封筒からポストカードを取り出し、一枚一枚をゆっくりと眺めた。横からのぞき込んだ坂本の目に、幾何学的《きかがくてき》な模様に鮮やかな配色を施したデザインが飛び込んでくる。

夏美のデザインは、その勝気な性格を反映してか、シャープで洗練された印象を与えるものが多い。だが駆け出しのころは、女性デザイナーということで、やわらかくてほのぼのとしたデザインを期待する子供向け雑誌や学校用図書の仕事が中心だった。坂本と知り合ったのも、坂本の担当する中学生向けの家庭科の資料集のために、デザインを依頼したのがきっかけだった。

そういったメルヘン調のデザインが夏美にとって最も気が進まない仕事だとわかったのは、知り合って一年ほどしてからだ。彼女は兄弟姉妹の多い家庭の二番目の子どもだった。両親に溺愛《できあい》されて育った姉とは対照的に、子供のころから妹や弟の面倒を見させられたという。洋服でもおもちゃでも、姉はつねに新しいものを買ってもらえるが、夏美は姉のお下がりばかりだった。甘えん坊でいつまでも少女趣味が抜けない姉への反撥もあったのだろう、彼女は勝気な性格に育っていった。

ポストカードをひと通り見終えた細谷は、それを茶封筒にしまうと、赤ん坊の顔をのぞき込んだ。

「浩介《こうすけ》君ともお別れだ。元気でな」

言いながら、ほっぺたをちょんとつついた。赤ん坊は夏美に似て、目鼻立ちのくっきりした顔をしている。

その顔をいつくしむようにしばし眺めた細谷は、夏美と視線を交わしてから、軽トラックに乗り込んだ。窓ガラスが下がる。

「では、これで失礼します」

「寂しくなりますが、四月になればうちもまた近くに越しますからね」

「そうですね。同じ東北の隣の県ですから、その気になればいつでも会えます」

「今日は長い道のりですし、慣れない軽トラックですから、運転に気をつけてください」

「仕事の車に比べれば、こんなのはおもちゃみたいなものです」

「そうでしたね。高速も慣れていらっしゃる」

「それに、昼間ですから、ずっと楽です。――それでは」

「お気をつけて」

窓ガラスが上がり、トラックは発進した。

2

ニュータウンの中央にあるスーパーマーケットは、夕食前の買い物客でかなりの混みようだった。

買い物を終えた坂本は、一休みしようと、自販機コーナーのベンチに腰を下ろした。買い物袋を脇に置き、ベビーカーを膝《ひざ》の前に引き寄せる。赤ん坊は口に小さな手をあてて眠っていた。

自販機で缶コーヒーを買い、プルタブを上げる。足を投げ出すようにして伸ばすと、じわっとしびれが伝わってきた。レジの長い列に並んでいるうちに、引っ越しの手伝いで重い荷物を運んだ疲れがどっと噴き出してきたようだ。

「失礼ですが、細谷さんのお知り合いの方ですか」

突然声をかけられ、坂本は顔を上げた。海老茶《えびちゃ》色のコートを着た中年の男が目の前に立っている。

「ええ、隣の家の者ですが」

「突然声をおかけして申し訳ありません。先ほどマンションの入り口のところで、細谷さんを見送っていらっしゃったのをお見かけしたものですから」

「そうですか。細谷さんに何かご用でも」

「ええ、まあ。近くまで来たついでに寄ってみようかとご自宅に伺ったのですが、ちょうど出発するところだったようです。——隣、よろしいですか」

「ああ、すみません」

坂本は、傍《かたわ》らの買い物袋を引き寄せた。

隣に腰を下ろした男は、近くで見ると中年というよりは熟年といったほうがふさわしい年代だった。着古されたコートの襟元から、黒い背広がのぞいている。重そうなショルダーバッグを肩に掛けていた。

「細谷さんとは、以前ちょっとお付き合いがありましてね。――引っ越されたのですか」

「ええ。ちょうど今日引っ越しでした。東北のほうへ転勤になったそうです」

「そうですか。一足違いでしたね」

「実は私も四月から東北へ転勤するんです。うちのほうが先に決まっていたのですが、その後で細谷さんも隣の県の営業所へ異動されることになりましてね。驚きましたよ、車で一時間も走ればいつでも会える距離なんですからね。近所とはいきませんが、これからもお付き合いいただけます」

「細谷さんとは結構親しくされていたのですか」

「そうですね。歳も近いので、夫婦ともども仲良くさせていただいていました。なんとなく気が合ったというんでしょうか、ときどきは四人一緒に旅行したり、買い物に行ったりしましたね。四人でというのは、二年前までのことですけれど」

坂本は視線を落とした。男も事情は知っているのか、二人の間に短い沈黙が流れた。

「二年前というと、細谷さんが奥様を亡くされたころですね。立ち入ったことを聞くようですが、自殺されたとか」

「ええ。ご主人が夜勤の日に、ベランダから飛び降りて」

「お隣ということは、その――」

男が坂本のほうに手をさし出すような仕草をした。

「ああ、私ですか、坂本といいます」

「坂本さんは、その場に居合わせたのですか」

「家におりました。深夜の二時ごろでしたからね。ですが、あそこはベランダのすぐ下が植え込みになっていて、地面も比較的やわらかい土ですので、気づかなかったんです」

「地面に衝突した音は聞こえなかったと」

「ええ。でも、一階にいた住人には聞こえたらしいです。重いものがどすんと落ちたような音が。これは、何人かが聞いています。ただ、時間が時間だっただけに、わざわざ外に出ていって確認した人はいないんです。二時といえば、たいていの人はもう床についていますからね。私はたまたま帰りが遅くて、家に帰ったばかりの時分だったので、もしすぐに気づいて救急車を呼んでいれば助かったかもしれないと思うと、残念でなりません」

「そうすると、その――細谷さんの奥さんが発見されたのは」

「朝になってからです。六時ごろだったでしょうか。犬を散歩させていた近所の人が発見しました。犬が植え込みに入っていって吠えたそうです」

「坂本さんがそれを知ったのも朝だったわけですね」

「ええ。救急車が来て大騒ぎになりましたから。まさか、細谷さんの奥さんだとは思いませんでしたけれど」

「先ほど、細谷さんはその日夜勤だったとおっしゃいましたが」

「そうなんです。ですから、細谷さんが到着されるまで、救急隊には奥さんの血液型を、警察には細谷家のふだんの様子などを聞かれましてね。血液型はうちと細谷家は全員同じだったので記憶にあったのですが、病院へ搬送《はんそう》される途中で息をひきとられたそうです」

「坂本さんから見て、なにか自殺に結びつくような兆候はあったのですか」

「それが、全く思いあたらないんですよ。遺書も残されていませんでしたし。いまだにどうして突然飛び降りてしまったのかわかりません。ご主人の話では、ときどきふさぎ込んでいることもあったらしいんですが」

「自殺であることは間違いないのですか」

「動機がはっきりしないので、警察も初めは事故や殺人の可能性を考えたようです。実を言いますと、私も少し疑われたみたいなんです。夫婦で仲良くしていたものですから、私と細谷さんの奥さんとが不倫のような関係にあって、痴情のもつれで殺人に及んだのでは——とまあ、こんな筋書きも考えられますからね。

その日、細谷さんの家の玄関は施錠され、チェーンもかけられていました。他殺だとすると犯人の出入りが不可能なのです。ところが、隣室の住人だけは例外で、ベランダが隣室とつながっているのです。ボードで仕切られてはいますが、渡っていけないことはない。つまり、私たちには犯行が可能だということです。

ただ幸いなことに、その日は私の帰りが遅くて、家内が起きて待っていたものですから、家にいたことを証言してもらえました。普通なら身内の証言は証拠能力がないのでしょうけど、夫の浮気に手を貸す妻なんていないでしょうからね、信じてもらえたようです。反対側の隣人も、事件には無関係であることが証明されました」

そこで坂本は、はっと我に返った。初対面の相手であることを忘れ、つい話し過ぎてしまっている。

だが、相手の男には、ありのままを語らずにはおけない雰囲気があった。男はさらに質問を重ねてくる。

「飛び降りた正確な時刻はわかっているのですか」

「一階の複数の住人が、何かの落ちる大きな音を聞いています。それに、一時四五分ごろ、陽子さん——細谷さんの奥さんはご主人と電話で話しているんです。ちょうどご主人が勤務の合間に携帯でかけたらしく、通話記録も残っていました。ですから、その通話以降であることは間違いないんです」

「坂本さんがご自宅へお帰りになったのは」

「私が家に着いたのも、ちょうどご主人からの電話があったころです。——実は、その日はかなり酔っていまして、私自身ははっきり覚えていないんですが、家内が起きて待っていてくれたので帰宅時刻がわかったという次第です。その日は深夜バスで帰ってきたので、運行ダイヤから考えてもそれくらいの時間になるはずなんです」

「深夜バス——ですか」

「ええ。都心からこの辺りまで、直通のバスが深夜に運行されているんです。正直言いますと、私自身はもう一時間あとのバスに乗ったように錯覚していたのですけどね」

ふと男の目つきが変わった。急に険しい表情になって、坂本の顔を見る。

「一時間あとのバスとおっしゃいましたね」

「ええ。でも、勘違いでした。深夜バスは平日は二便運行されていたのですが、土日の深夜は一便だけだったんです。私が乗ったつもりでいたバスは土日には運行されていないので――あ、その日は日曜だったんです。正確には月曜の未明ですが、ダイヤの上では日曜の夜という扱いになります――ですから、それは単に、酔った私の思い違いでした」

男は顎《あご》に手をやると、遠くを見るような目になった。しばし、何事か思案したのち、坂本に向き直る。

「坂本さん、その夜のお話を、もう少し詳しくお聞かせいただけませんか」

3

ひと通りその夜の体験を坂本が話し終えると、男は胸のポケットからたばこを取り出し、一本を口にくわえた。が、すぐにベビーカーの赤ん坊に気づき、またポケットへ戻した。

「まったくあまりにも突拍子もない話で、お恥ずかしい限りです。あの晩は相当酔っていましたから、バスの中で見た夢と現実との区別が曖昧《あいまい》になっているのでしょう」

「いや、そんなことはないと思います。むしろ坂本さんは、非常に正確にあの晩のことを記憶していらっしゃる」

「どういうことですか。あの晩の出来事が私の夢ではなかったとおっしゃるのですか」

「ええ、おそらく。いや、しかし、私の思い過ごしということもあります。夢だったとお考えになったほうがあなたのためかもしれません。――いや、長々と失礼をいたしました。私はこれで」

男は慌てて話を切り上げ、立ち上がった。

「ちょっと待ってください」坂本は去ろうとする男の腕をつかんで引き留めた。「気になるじゃありませんか。あの晩、何か起こったのですか」

「起こったのかもしれません。しかし、知らないほうがよいこともある」

「お願いします。教えてください。私もずっと気になってたんだ。確かにあの夜の出来事は鮮明で、とても夢だったとは思えない。あの日いったい何があったんですか」

男は坂本の勢いに押されたのか、観念したように、またベンチに腰を下ろす。

「聞かなければよかったとあなたは思うかもしれませんが、いいのですね」

男の隣に腰を下ろしながら、坂本は大きくうなずいた。それを見て、男も二、三度首をたてに振った。

「では、お話ししましょう。結論から申し上げますと、坂本さんが夢だったと思っておられる出来事は、すべて現実に起こったことです」

「では、運行されていないはずの深夜バスが実際に私を運んだというのですか」

「そうです。坂本さんがあの晩乗ったバスには、行先の表示はありましたか」

「どうだったか……、そういえば、見ていないような気がします。何ぶん深夜バスに乗ったのはあの日が初めてだったので、行先表示がなくてもそういうものだと思って気にしていなかったのだと思います」

「もう一つ、坂本さん以外で、途中乗り降りした人はいましたか」

「いや、いませんでしたね。Y駅で乗ったのも私一人でしたし、G駅で降りたのも私だけでした」

「では、たまたま坂本さんがY駅にいるときにバスが来て、G駅で坂本さんを降ろした、ということにすぎません。つまり、ダイヤにないバスが坂本さんを運んだと考えれば、おかしいことはなくなるわけです」

「いや、それはやっぱりおかしいですよ。百歩譲って、そんないたずらじみたことを考えて、だれかがバスを一台チャーターしたとしましょう。しかし、あの日のバスには、他にも大勢乗客がいたんですよ。いくら何でも、あれだけの人数がそんないたずらに加担するなんてことはないでしょう」

「他の人たちは、そうと知らずに加担させられていたとしたら、どうです」

「そうと知らずに……。まさか。あんな時間にバスに乗って、高速道路を移動していたんですよ。どうやったって、そうと知らずにというわけにはいかないでしょう」

「夜行バスの乗客だったらどうです」

「夜行バス？」

「深夜バスではありませんよ。夜行バスです」

坂本は混乱した。夜行バスというのは深夜バスとどう違うのだ。深夜バスは、終電のあとに帰宅の足として使われるバスだ。夜行バスは……そうか、夜行列車のように、夜に出発して朝に目的地に着く、長距離バスのことだ。

「では、あれは夜行バスだったと」

「ええ。そう考えると、つじつまが合います。夜行バスは東京―大阪間など大都市を結ぶ便のほか、地方都市と大都市を結ぶ便があります。例えば北関東の都市と関西方面を結ぶような便ですね。これらは、深夜に首都圏を通過します。寝静まった乗客を乗せて、ちょうど深夜バスの運行されるような時間帯に、首都圏を通過するわけです。したがって、運転手さえその気になれば、途中で一旦高速を降り、首都圏の駅で客を拾って郊外の駅で降ろすことも可能になります」

「しかし、そんなことをしたら本来の目的地に着く時間が遅くなるのでは」

「夜行バスはたいてい途中に時間調整ができる休憩地を設けています。高速道路を走る速度を上げたりすれば、多少のロスは問題になりません」

確かに、あの晩、他の乗客は一切乗り降りをしなかった。夜行バスの乗客だったと考えればそれもうなずける。不自然なインターで出入りしても、通行止めがあったか渋滞回避のためと思ってさほど気にもとめないだろう。

「でも、待ってください。運転手だけではありません。あの日、もう一人車掌らしき乗務員もいました。あの男もぐるだったのですか」

「夜行バスだとすれば車掌ではなく、交代要員の運転手でしょう。どこまで積極的にかかわっていたのかはわかりません。しかし、先輩の運転手から、タクシー代わりに知り合いをちょっと運んでやりたいんだと言われれば、しぶしぶながらも協力してくれるのではないでしょうか。実際、運行に支障は出ない範囲でのことですし」

　あの夜の顔色の悪い乗務員は、妙にくぐもったしゃべり方をすると思っていたが、それは他の乗客に聞かれないよう声を落としていたからだったのか。確かに料金は払ったが、切符をもらったわけでもない。もし起きている乗客が坂本に気づいても、東日本交通の関係者が乗り降りしているのだと思ったことだろう。

「なるほど、可能なのはわかりました。しかし、だれが何のためにそんなことを。私はだれにもそんなことを頼んでいません。第一、バスの運転手に知り合いなど……」

　いるではないか。長距離バスの運転手で、ちょうどその晩夜勤だった男が。

「まさか、細谷さんが……」

　男はゆっくりとうなずいた。

「あの晩、細谷貴之は、北関東のU市から東海地方のN市へ向かう夜行バスに乗務していました」

　どうやら男はあの夜のことを詳しく調べあげているようだった。新聞記事でも読みあげるように淡々と続ける。

「そのバスが首都圏を通過する時刻は、ちょうど坂本さんが乗ったと思われるバスの時刻に一致します」

坂本はあの日の運転手の顔を思い出そうとしたが無理だった。そういえば、やけに大きめの帽子を目深にかぶり、こちらをまったく見ようとしなかった。あれは自分の素性《すじよう》を坂本に悟られないためのことだったのか。あのバスが夜行バスだと気づくことができていたなら、運転手が細谷である可能性も考えたかもしれない。だが坂本は、深夜バスだと信じきっていた。

そうだ。確か、途中でパーキングエリアに停まった際、運転手は携帯電話でだれかと話をしていた。あれが亡くなる直前の妻への電話だったのか。坂本が認識していた通り、あのバスが一時一〇分にY駅を出たとすれば、パーキングに着いたのは一時半から二時の間くらいだ。ちょうど通話記録の残っていた時刻と一致する。

「どうして彼はそうまでして、私をあのバスに乗せたかったのですか。それに、あの日私があのバスに乗ったのは、たまたまチラシの《土曜・休日運休》という文字を見落としたからです。これに気づいていたらY駅のバス乗り場にも行っていません」

「坂本さんがそのことに気づいたのはいつですか」

「翌朝、もう一度チラシを見たときです」

「ということは、こうは考えられませんか。前夜持っていたチラシには初めから《土曜・休日運休》の文字は書かれていなかったと」

坂本は胸に苦いものがこみ上げてくるのを感じた。男が「知らないほうがよい」と言った意味がわかりかけてきた。

「それは、前夜私が持っていたチラシは作り物で、夜のうちにチラシが本物にすり替えられたということですか」

「と言うより――」男は自らの考えを確認するかのように間をおいてから言葉を継いだ。「もとからチラシなどなかったのではないでしょうか」

4

坂本は足下がぐらついたように感じた。信じていたものが、根こそぎ崩れていくような気分だった。

男は続ける。

「坂本さんがご覧になったというそのチラシは、奥様がどこかでもらってきたというものでしたよね」

確かにチラシは、前日の朝、夏美に渡されたものだった。彼女の職業はグラフィックデザイナーだ。家には高画質のプリンターもある。あんなチラシを作り上げるのは造作もないことだった。あらかじめ《土曜・休日運休》の文字が書かれているチラシと書かれていないチラシを用意しておき、坂本が寝ている間にすり替えたと考えれば、筋が通る。

いや、だが、バス停はどうなる。バス停の時刻表にも《土曜・休日運休》の文字が書かれていたはずではないか。

しかし、坂本はすぐに気づいた。あの日のバス停にはガムテープの貼られた箇所があった。ガムテープの下にその文字は隠されていたのに違いない。あれも自分を幻のバスに乗せるために仕組まれたことだったのか。

坂本は顔から血の気がひいていくのを感じていた。男もその様子に気づいたようだった。坂本を気づかうように、辛そうな表情を浮かべている。

「家内が――」坂本の声はかすれていた。「そのバスに私が乗るようにしむけたというわけですか」

「それ以外にあなたを確実にそのバスに乗せる手段はありませんからね。しかし、何のために――」

「細谷さんと、いや細谷貴之と家内が結託して私をだましたというわけですね。しかし、何のために――」

うすうすその理由には感づき始めていた。しかし、それを認めたくない自分が反論の糸口を探していた。

「あの日私が細谷の運転するバスに乗ったのだとすれば、それは細谷と家内がそうしむけたことなのでしょう。だが、そのことで彼らに何のメリットがあるというのです。そのことでアリバイが証明されたのは私です。私の潔白を証明するためにそんな手の込んだことをしたというのですか」

「アリバイが証明されたのは、坂本さんだけではありません。坂本さんがその時刻に帰宅したということで、同時に奥さんのアリバイも証明されたのです」

　坂本は男の顔を見つめ返した。

「いいですか。坂本さんは、こうおっしゃいました。身内の証言は証拠能力がないが、夫の浮気に手を貸す妻はいないから信憑性《しんぴょうせい》があったのだろうと。しかし、夫が浮気相手を殺害したのであれば、妻は夫をかばうために嘘を言うこともありえます。むしろありえないのは、妻が浮気相手と一緒に犯した罪を、夫がかばうというケースです。いくらお人好《ひとよ》しの亭主でも、妻の浮気の手助けをすることは考えられません。ですから、坂本さんが、深夜バスの一便で帰宅してその時間に妻が自宅にいたと証言したことは、奥さんのアリバイを確実なものにしたのです」

　坂本は、あの夜、携帯電話がバッテリー切れになっていたことを思い出した。あれも夏美の仕業に違いない。もし、自分がバスに乗る前に携帯で電話をかけていれば、通話記録などから、時間がごまかせなくなっていただろう。

　夏美が細谷と不倫をしていた……。考えたくはないが、ありえないことではなかった。あのマンションに越してきてから、坂本家と細谷家は旧知の友のように親しく付き合ってきた。自分の知らないところで、二人が関係をもっていたとしても不思議はない。しかし、だからといって、二人が細谷の妻を殺害したなどということにはどう考えても現実味を感じられなかった。

「では、あなたは、私が偽のアリバイづくりに利用されている間に、細谷と私の妻の二人のうちのどちらかが、陽子さんを自殺に見せかけて殺したとおっしゃるのですか」

「辛いことですが」男は本当に辛そうに言った。「そういうことになります。二人のうちのどちらかがとおっしゃいましたが、細谷はずっとバスに乗っていたのですから、実際に手を下したのは――」

「妻だと――」

絶望的な気分だった。不倫をしていただけでなく、殺人まで……。本当にそうなのか。何か矛盾はないのか。

「しかし、陽子さんは、ベランダから落ちて亡くなっていたのです。女の力で無理矢理人を転落させることができるでしょうか」

「ベランダに立ったところを後ろから足をすくえば、女性にも可能だと思います」

「深夜の二時ですよ。そんな時間にベランダに立ちますか。第一、家を訪れるだけでも常識はずれな時間ではないですか」

「普通の日ならそうです。しかし、あの夜だけは特別でした」

「どう特別だったのですか」

「二〇〇一年の十一月十九日未明――。それは、日本で観測される《しし座流星群》がピークを迎えた夜ですから」

5

坂本夏美は、《細谷》と書かれたドアプレートの前に立っていた。

ドアチャイムのボタンに伸ばしかけた手を、中空でとめる。

今ならまだ後戻りできる。自分たちの利益のために、人ひとりの命を奪うなどということが許されるわけがない。

だが、と夏美は思った。今夜は千載一遇のチャンスなのだ。しし座流星群が最も多く観測されるこの夜、細谷貴之が深夜に首都圏を通過するバスに勤務することとなった。中学時代の恩師に、夫が仕事を頼みたがっている様子なので日曜日あたりに会ってやってほしいと水を向けてみたところ、うまい具合に坂本を呼びつけてくれた。あの酒好きの教師のこと、きっと閉店まで腰を上げないに違いない。すでに今ごろ、夫は細谷のバスに揺られているはずだ。二度とこのようなチャンスはあるはずがなかった。

夏美は意を決した。廊下に人の気配がないことを確認し、ボタンを押した。

室内からチャイムの鳴る音が聞こえ、「はあい」と応じる細谷陽子の声が続く。

ドアが開き、目のくりっとした、あどけなさの残る陽子の顔がのぞいた。

「お待ちしてたわ。上がって」

陽子には昼間会った際、一緒にしし座流星群を見る約束をとりつけていた。明朝までに納品しなければならないデザインの仕事があるから、それが片づいたら陽子の部屋を訪れると伝えてあった。

夏美を招《しょう》じ入れると、陽子はドアにロックをし、チェーンをかけた。

夏美はほっとした。もし陽子がチェーンをかけなかったら、事が済んだあと自分でかけなければならない。当然指紋が残らないようにハンカチをかぶせて行うつもりだが、あるべきはずの陽子の指紋を拭き取ってしまうおそれがあった。

通されたリビングは、まるで女子大生の下宿のように、メルヘンチックなインテリアで埋め尽くされていた。家具や食器のたぐいはピンクを基調としたものが多く、いたるところにディズニーアニメのキャラクターが顔をのぞかせている。

坂本夫妻と細谷貴之はほぼ同年代だが、陽子は細谷より五歳若い。キュートな顔立ちで、仕草も可愛らしく、男たちにはちやほやされるタイプだった。細谷も結婚当初はそんな陽子を愛らしいと思っていたらしい。しかし、甘えるような仕草や言葉遣いが、次第に鼻についてきたという。確かに夏美も、明るくて気軽に話のできる陽子を初めは友人として見ていたが、いつまでたっても子供っぽさのぬけないふるまいに、いつしかいらだちを感じるようになってきていた。

疎《うと》ましく感じ始めたこちらの気持ちにまったく気づかず無邪気に甘えてくる態度が、陽子を嫌う気持ちに拍車をかけた。

春先のある平日の昼下がり、夜勤明けの細谷が醬油を借りに来た。陽子はパートに出ており、細谷は一人で昼食をとろうとしていたところらしかった。

ちょうど坂本の仕事が忙しくなり、夕食を食べて帰ってくる機会が増えてきた時期だった。夏美は特に深い意味もなく、細谷に昼食をふるまった。

話をしているうち、次第ににじみ出てきた陽子に対する気持ちにお互い共感を覚え、二人の距離は急速に縮《ちぢ》まった。次に細谷が夜勤明けとなった平日に、二人は他人ではなくなった。

「ごめんなさいね。遅くなってしまって」

こたつの前に腰を下ろした夏美は、カーディガンを脱いで言った。

「ううん。私って夜型だから、いつも二時ぐらいまでは起きてるの——コーヒーでも飲む？」

夏美は一瞬ためらったが、すぐに「お願いするわ」と応えた。

カップに指紋が残ることを気にしたのだが、食器のたぐいは後で洗っておけばよい。緊張から少し指先が震えているので、コーヒーでも飲んで気持ちを落ち着けたかった。

部屋の中を見回すふりをしながら、陽子がコーヒーカップを取り出すのを横目で見る。カップは洗ったあと、元の場所へ戻しておかなければならない。

陽子はこたつのところまで二人分のカップを運んできた。

「さっきちょっとベランダに出てみたんだけれど、私もう五個くらい見たわよ」

砂糖をコーヒーに入れながら陽子が言う。

「そう。そんなに見えるものなの」

「どこかの高速のパーキングエリアでは、観測会をやるらしいわ。流星群を落ち着いて見たい人たちのために、休憩所を開放して照明を落とすんですって。主人が言ってたわ」

「へえ、それいいわね。屋内で見られれば寒くないものね」

今ごろ二人の夫はそのパーキングエリアにいるのだと思いながら、夏美はそ知らぬふりで話を合わせた。

「コーヒー、いただくわね」

夏美はブラックのまま、コーヒーに口をつけた。砂糖やミルクなど、触らなくてよいものには手を触れたくなかった。

たわいない話をしながらコーヒーを半分くらい飲んだころ、電話が鳴った。着信音はイッツ・ア・スモールワールドだった。

「だれかしら、こんな時間に」

陽子は立ち上がって、電話に出た。時計を見ると、一時四五分。計画通りの時刻だ。

「もしもし——ああ、どうしたの。仕事中でしょ。——うん、見てるよ。何個か見えた。夏美さんも来てて、これから一緒に見るの。——うん、そう。——はい、じゃあ気をつけてね」

短い通話だった。

「主人からだったわ。今パーキングエリアで休憩中なんだって。いつも電話なんかくれたことないんだけど、流星群がすごいからちゃんと見るように、ですって」

細谷からの電話は、この時刻まで陽子が生きていたことを証明するためのものだったが、計画通りに事が運んでいる合図でもあった。

坂本に紹介した店の閉店時間と深夜バスのダイヤから考えて、夫が細谷のバスに乗る可能性はきわめて高いと思われた。だが当然、乗らない場合も考えられる。この計画の強みは、実現性の不確かな部分が犯行前の段階にあるという点だった。もし夫が細谷のバスに乗らなければ計画を中止すればよいのだ。正直なところ夏美には、夫がバスに乗らないでくれれば犯行を思いとどまれるという期待もあった。しかし、もはや計画は動き出している。

「ご主人、夜勤が多くてたいへんね」

自分の殺意に気づかれないように、努めて明るく声をかけた。

「夜行高速バスの勤務が多いからね。でも、わかんない。最近はうちにいないほうが楽しいのかも」

夏美は、陽子が夫の浮気に気づき始めていると、細谷から聞かされていた。まだその相手が夏美だとは気づいていないようだが、移り香や細谷の態度から、女がいることには感づいているらしい。興信所に調査を依頼しないとも限らなかった。

「そろそろ見ましょうか」

夏美がコーヒーを飲み終えたのを見計らって、陽子が言った。

「そうね。体も温まったし」

陽子が先に立って、ベランダへ通じるガラス戸を開ける。ベランダには大小二つのサンダルがあった。陽子が小さいほうのサンダルに足を通し、大きいほうのサンダルを夏美の前に置く。

「主人のだからちょっと大きいけど、これ使って」

「ああ、いいわ。自分の靴、玄関から持ってくるから。先に見てて」

靴を取って戻ると、陽子はベランダの手すりにもたれかかるようにして、空を見上げていた。

ちょうど彼女たちのマンションは、流星群のよく見える方角にベランダがあった。正面の側にも同じ形の棟が建っているが、やはりベランダは同じ方角を向いている。こちら側は廊下になっているので、ベランダに立つ彼女たちが向かいの棟から目撃される心配はまずない。

「どう、他にもこの棟から空見ている人いる?」

夏美が声をかけると、陽子はぐるりと首を巡らした。

「ううん。だれもいないみたい」

部屋を出るときに夏美はそれを確認してきたが、その後でだれかがベランダへ出ていないとも限らない。陽子の言葉で、決意は固まった。

ガラス戸を引き開け、スニーカーをベランダに下ろす。すぐ目の前に陽子の白い足があった。サンダルを突っかけたその足を手前にすくえば、陽子はベランダの外へ転落する。夏美は陽子の足首に両手を伸ばした。

ここで迷っていては陽子に不審がられる。今はまだ無防備に外を眺めている。ひと思いにやるしかない。

夏美は陽子の左右の足首をそれぞれの手でつかみ、思い切りすくいあげた。

「あっ」と短い声がしたかと思うと、次の瞬間、目の前に陽子の姿はなかった。ややあって、どすんという、砂袋を投げ出したかのような鈍い音が聞こえてきた。時間にしてほんの一秒ほどのはずだが、夏美には数秒の間があったように感じられた。

ついにやってしまった。

夏美はポケットから用意してきたビニールの手袋を取り出し、震える手で両手にはめた。辺りをうかがいながら、おそるおそる下をのぞく。植え込みの奥はまったくの闇で何も見えない。後はもう、朝まで発見されないことを祈るのみだ。

ベランダの下は植え込みになっており、転落した音はさほど大きくなかった。この時刻ならば、わざわざ様子を見に外へ出る人もいないだろう。むしろ、まだ息があるのではということのほうが心配だが、何年か前に、別の棟の四階から小学生が誤って転落し、死亡したという事故があった。それより高いのだから、助かることはまずないと思われた。

サンダルから足を引き抜くように転落させたため、ベランダには陽子のサンダルが残っている。夏美はそれをきちんとそろえて、手すりのすぐ下に置いた。

いったん室内へ戻り、コーヒーカップを洗って、食器棚に戻す。脱いだカーディガンに袖を通し、自分の痕跡が残っていないことを確かめると、再びベランダに出た。

すぐ隣の坂本家とはベランダがつながっているが、薄いボードで仕切られている。ボードは、火事の時などに隣室へ逃げ込めるよう、突き破ることができる仕様になっている。しかし、もちろん、今は突き破るわけにはいかない。

ボードの前には鉢植えがいくつか置かれている。それを倒さないようにしながら、コンクリート製の手すりによじ登った。

ボードに手をかけていても、五階という高さは恐怖をあおる。外に背を向けて、極力足下を見ないようにする。ゆっくり足をずらしながら、ボードの外側を回って坂本家のベランダにたどり着いた。

安堵のため息をついて室内に入ろうとしたとき、夏美ははっとした。

自分の家のベランダへ通じるガラス戸には鍵をかけていなかっただろうか。鍵をはずしてきた記憶がない。先ほど、辺りに人がいないかどうか確認するためにベランダへ出た。その後いつもの習慣で施錠してしまったかもしれない。もし鍵をかけてしまっていたら、ベランダに閉じこめられてしまう。

夏美は祈るような気持ちで引き戸に手をかけた。

ガラス戸はすっと開いた。

助かった。ほっとしてその場にへたりこみそうになったが、すぐに気持ちを奮い立たせた。じきに夫が帰ってくる。夫に不審をいだかせてはいけない。何事もなかったようにふるまわなければ。

夏美は、自分に言い聞かせて、室内に足を踏み入れた。

6

男が《しし座流星群》という言葉を発した時点で、坂本はほぼ事件の全容を理解した。当時は残業続きで、ろくに新聞も見ていなかった。その時期にしし座流星群が観測されたということを知ったのも、その後ひと月ほど経ってからのことだったのだ。

男の話を聞かされた今、夏美と細谷貴之が結託して罪を犯したことは、疑う余地がないように思われた。

今度の細谷の転勤も、こちらが東北へ転勤になったために、夏美と離れたくない細谷が自分から願い出たものなのだろう。男やもめの所帯のこと、その辺りは融通がきいたに違いない。

「やはり言うべきではありませんでしたね」

打ちひしがれた様子の坂本を見て、男が言った。

「いえ。このまま知らずにいたらと思うと、自分が哀れでなりません。よく教えてくださいました。――しかし、あなたは、警察の方か何かですか。あの夜のことについて、かなり詳しくご存じのようだ」

男は首を横に振った。

「私は警察の者ではありません」胸のポケットから名刺入れを取り出し、中の一枚を坂本に渡す。「しがない、田舎の一教師です」

男の差し出した名刺には、坂本の知らない村の名前と村立中学校の名前があった。肩書きに《校長》とあり、その下に《高木謙二郎《たかぎけんじろう》》と記されている。

高木——。坂本はその名字を見て、はっとなった。確か、細谷陽子の旧姓が《高木》ではなかったか。

「もしやあなたは、陽子さんの……」

高木はゆっくりうなずいた。

「父です」

坂本は納得した。あの日のことを入念に下調べしていたのは、自殺に見せかけて命を奪われた娘を思ってのことだったのだ。細谷や夏美には、殺しても飽き足らないくらいの憎しみを抱いていることだろう。

「何と申しあげてよいか……」

「いや、うすうすは感づいておりました。私にはあの子が自殺するなどとは到底思えなかった。そんな兆候があったという細谷の言葉に、以前から不審を抱いていたわけです。しかし、彼らには確固としたアリバイがあった。半ば諦《あきら》めかけていたのですが、ちょうど昨日、娘の三回忌がありましてね」

坂本は男のコートの下からのぞいている黒い背広が喪服であることを知った。

「田舎から出てきたついでに、もう一度調べてみようという気になり、家内を先に帰しました。

近くまで来たときに偶然あなたを見かけて、お話を伺おうと思った次第です」

「そうでしたか……。これから、どうなさるおつもりですか」

「二年前なら——」高木は遠くを見る目をした。「復讐することを考えたでしょうね。しかし、彼らを殺したところで娘は帰ってこない」

坂本は自らの妻の犯罪に、いたたまれない気持ちになった。

高木は立ち上がった。

「警察には、今日私が考えたことを話します。当時はほぼ自殺と決めてかかった上での捜査でしたからね。事件当夜の細谷のバスの運行が平常どおり行われたかなど、改めて調べ直せば、彼らの犯罪も立証できるでしょう」

坂本に向き直り、頭を下げる。

「では、これで、失礼いたします。お話を聞かせていただき、ありがとうございました」頭を上げた高木は、ベビーカーの赤ん坊に目をやった。「何にしても、子どもに罪はありません」

最後に意味ありげな言葉を残し、彼はスーパーマーケットを出ていった。

子どもに罪はない……。

高木を見送った坂本は、しばらく放心したようにその場に立ちつくしていたが、やがて、はっとしたようにベビーカーをのぞき込んだ。

赤ん坊は坂本の顔を見返して、無邪気にほほえんだ。そのあどけない顔には、細谷貴之の面《おも》影《かげ》がはっきりと見て取れた。

猫矢来

1（七月七日）

雲間から月の光が射していた。

梅雨《つゆ》明け前の空気はねっとりと湿気を帯び、女の顔に大粒の汗の玉を浮かび上がらせる。頬を伝い、あごを伝い、ぽたりぽたりと、女の足下に滴《しずく》がしたたってゆく。だが、女は汗をぬぐうのも忘れたかのように、一心に作業を繰り返す。

都心から私鉄で一時間あまり、かろうじて都心への通勤圏にあるこの町では、深夜一時を過ぎてもそこここの窓に明かりが灯《とも》っている。懐中電灯がなくても手元を見るのに不自由はなかった。

女の前には肩の高さほどのコンクリートの塀が立っていて、その上には、プランターが一分の隙《すき》もなくびっしりと並んでいる。

女は、プランターを一つ一つ下ろしていく。プランターは高さ二十センチ、長さ六十センチで、土がつまっているから決して軽いものではない。肩より上の高さで持つと、腕がぶるぶる震える。

　そんな作業を繰り返し、やっとのことで、女はプランターをすべて下ろし終えた。思い出したかのように、腕で汗をぬぐう。頬に泥の跡がついた。

　次に女は、家屋からせり出したウッドデッキに移動する。ウッドデッキにはペットボトルの入った段ボールケースが並んでいる。六箱あるケースは、いずれも開封前のものだ。女はそのうちの一つのケースを開封し、ペットボトルを二本取り出した。二リットル入りのミネラルウォーターは、ずしりと重く、女の両腕に青筋を浮かび上がらせる。

　塀の前に戻った女は、一本を足下に置き、もう一本を両手でつかんで、塀の上に載せる。長方形をしたボトル底面の長い辺が、塀の延びる方向と平行になるように、正確に立てる。続いてもう一本をつかみ、最初の一本のすぐ横に、底面の短い辺どうしをぴったりと合わせて置く。

　ウッドデッキに戻ると、再び二本のペットボトルを持ってきて、同じように、前の二本の横に並べて立てる。その繰り返しだ。

　いつしか月はすっかり雲に覆われていた。

2（七月四日）

　自宅の数メートル手前でブレーキをかけ、制服のスカートを翻《ひるがえ》して自転車から足を下ろす。

視線を感じて見上げると、ベランダの柵《さく》の上に、黒猫の姿があった。うちで飼っている二歳の雌猫《めす》、コンブだ。

あたしは玄関の前まで自転車を押し、スタンドを立てる。カタンというその音とほぼ同時に、屋内から鈴の音が聞こえてきた。階段を下りる足音とともに鈴の音は次第に大きくなり、玄関ドアの横にあるはめ殺しの窓にコンブの姿が現れる。ガラス越しにあたしと目を合わせると、コンブは外にまで聞こえる声で《びゃー》と鳴き出した。

鍵を差して玄関のドアをあけると、コンブは靴を脱ぐあたしの足下に寄り添い、ひときわ大きく《びゃー》と鳴く。

「ただいま、コンブ。相変わらず、今日もキレてるね」

コンブはどういうわけか、あたしが帰宅すると怒りをぶちまけるような鳴き方をする。家族の中では一番あたしになついているのに、あたしは帰宅するたびにコンブに怒られる。まるで、《私を置き去りにしてどこ行ってたのよ》と文句を言っているかのようだ。

あたしの家は、一階は玄関しかない。一階の大部分のスペースはガレージにとられているためだ。靴を脱いで階段を上がると、コンブも後をついてくる。

二階のリビングで、あたしはかばんを置き、クーラーと扇風機のスイッチを入れた。扇風機の前のソファに座り、ブラウスのボタンをつまんで、ぱたぱたさせる。梅雨明けはまだ先のようだが、今日は真夏のような暑さだ。

コンブはあたしのスカートの上に乗ってきて、のどをゴロゴロいわせる。あたしは空《あ》いているほうの手であごの下をなでてやった。

　家にはだれもいなかった。サラリーマンのお父さんは単身赴任で九州にいる。看護師をしているお母さんは、今日は日勤だ。中学一年生のあたし、仲川里奈《なかがわりな》は、今日は試験前日なので委員会などの放課後の活動がない。だから、三時に学校を出て、炎天下自転車をこぎ、日の高いうちに帰宅したのだ。

　コンブの耳がピクリと動き、閉じていた目がぱっと見開かれる。コンブはあたしの膝《ひざ》から床に降り、ベランダのドアのほうへ駆け出す。ドアには、下部に二十センチ四方の扉が蝶番《ちょうつがい》で吊るされていて、どちら側にもぱたぱたと開くようになっている。ペット用のパネルドアだ。コンブはこれをくぐり、ベランダへと飛び出していく。

　外へ出たかと思うと、コンブはまた室内に戻り、階段を駆け下りて、玄関へと向かう。どうやら弟が帰ってきたようだ。

　コンブは、だれかが家の近くにやってくると、決まってベランダから様子を窺《うかが》う。それが家人だと、脱兎《だっと》のごとく階段を駆け下り、玄関で出迎えるのだ。これが見知らぬ他人だった場合は、監視するかのように、立ち去るまでベランダから見下ろしている。

　玄関のドアが開く音に続いて、「ただいまー」と弟の声がした。弟の泰彦《やすひこ》は、現在小学六年生だ。ランドセルを背負い、サッカーボールを抱えて階段を駆け上がってくる。コンブも弟を追いかけながら、二階へ戻ってきた。あたし以外には、なぜか《びゃー》と言わない。

　泰彦は「あちー」と言いながら冷蔵庫の扉を開け、《あんずボー》を取り出した。ビニールを破って、口にくわえる。ひとしきり《あんずボー》を吸ったあと、思い出したように「そういえば、姉ちゃん早いね」と言った。

「明日から試験だからね」

「勉強しなくていいの」

「いましようと思ってたところ。汗ひいたら机に向かうよ」

「大変だね、中学生は」

「人ごとじゃないよ。泰彦も来年は中学生なんだからね」

「じゃあ、いまのうちに遊んどかなきゃ。明義たちと市民プール行く約束してんだ。じゃあね」

《あんずボー》の空き袋を台所のゴミ箱に投げ込んだ泰彦は、自分の部屋からプールバッグをとってきて、さっさと外に飛び出していった。

コンブはまたあたしの膝の上に乗ってくる。家にだれもいなくなるときは玄関前まで見送りに（というより、文句を言いに）来るのだが、だれかが残るときは、現金なもので、知らんぷりである。すぐにまた目を細めて、のどをゴロゴロいわせている。

「コンブ、悪いけど降りて。あたし勉強しなきゃ」

今日は夕方、ダンスのレッスンがある。明日のテスト三教科のうち、一教科はそれまでに終わらせておかないと。

あたしはコンブを優しく床に下ろし、立ち上がる。コンブは恨めしそうにあたしを見上げ、《びゃー》と鳴いた。

ダンスを始めたのは小四のときだ。それまで運動会のたびに選ばれていたリレーのメンバーから漏《も》れたあたしは、その年は応援団に入ることになった。

応援団では、女子はチアガールもどきのダンスをさせられる。その練習のとき、あたしはある小六の先輩の華麗なステップに魅《み》せられた。彼女は駅前のダンススクールに通っていた。うちからは自転車でも片道十五分近くかかるが、あたしはどうしても彼女と同じスクールに通いたくて、親を説得した。

あこがれの先輩は中三になったのを機に受験のため退会したが、ダンスそのものが楽しくなったあたしは、いまもレッスンに通い続けている。

ダンスのレッスンは夜の八時五〇分に終了する。スクールの周辺は繁華街で、一歩路地を入れば、いかがわしい店がそこかしこにネオンを光らせている。ふだんなら表通りから帰宅するのだが、表通りは遠回りで、裏通りを突っ切ったほうが近道になる。今日は早く帰宅して試験勉強をしたいので、あたしは自転車のライトを点灯させると、思い切って裏通りに進入した。

ちょうどゲームセンターの裏に差しかかったとき、見たくもないものが、視界の端にひっかかった。

同級生の男子数人が、小学校高学年くらいの男子児童一人を取り囲んでいる。クラスのボス的存在の岸部《きしべ》とその取り巻きだった。教師たちももてあまし気味の、少々《やんちゃ》が過ぎるグループだ。

小学生のほうは、おびえたように体を縮《ちぢ》こまらせている。岸部たちは児童に顔を寄せ、すごみをきかせているらしい。おそらく、かつあげだろう。

知らんぷりをして通り過ぎようとしたが、良心に後ろ髪をつかまれ、五メートルほど進んだところで自転車を止めた。ため息をついて自転車を降り、スタンドを立てる。カタンという音に反応し、岸部たちがこちらを見た。

「何だ、仲川じゃん」

「あんたたち、何してんの」

ちょっと声が震えた。こちらの弱気に気づかれていなきゃいいけど。

「こいつと遊んでるだけだよ」

「かつあげしてるんでしょ」

「うっせーな。お前には関係ねーよ」

「やめなさいよ。嫌がってるじゃない」

言ってから、間抜けだと思った。かつあげされて嫌がるのは当たり前だ。

心の中で自分に笑って、気持ちが落ち着いた。改めて見回すと、岸部の取り巻きは三人いて、その中には意外な顔もあった。

「高見沢《たかみざわ》。あんたまで、こんなことしてるの」

「わりーかよ」

小柄であどけなさの残る顔の高見沢が、顔に似合わない言葉を発する。小学生のころの高見沢は、おとなしくて目立たない少年で、むしろいじめられる側だった。

「お前さ、立場わかってんの?」岸部が高見沢とあたしの間に体を割り込ませてくる。「痛い目にあいたくなかったら、さっさと消えな」

「あたしにも手を出す気? そんならこっちにも考えがあるわ」

あたしはスポーツバッグにつけている防犯ブザーを岸部の前につきだした。

「あたしに何かしようとしたら、このピン抜い——あ」

ウォアウォアウォアウォアと、耳障《みみざわ》りなけたたましい音が鳴り出した。ピンに指をかけたところを岸部に見せようとしたのだが、勢い余って抜いてしまったのだ。

「ちっ、うるせーな。覚えてろよ」

岸部は時代劇のような捨て台詞《ぜりふ》を吐くと、仲間たちにあごをしゃくって、小走りにその場を去っていった。

あたしは慌ててブザーを止めようとしたが、手が震えていてなかなかピンを戻せない。

「どうした、どうした」

ブザーの音を聞きつけて、人が集まってくる。あたしは、ブザーと格闘しながら「何でもないんです。大丈夫です」と謝り続け、やっとのことでブザーを止めた。

「すいません。この男の子がかつあげされそうになっていて——あれ?」

顔を上げると、周囲には大人たちしかいない。岸部たちだけでなく、かつあげされていた男の子も消えていた。

3（七月五日）

校庭の隅の駐輪場に自転車を止めて歩き出すと、「おはよう」と背後から声をかけられた。振り返ると、友人の松下萌花《まつしたもえか》だ。長い髪を優雅にゆらし、えくぼの浮かんだ顔でにこやかにほほえみかけてくる。あたしも「おはよう」と返した。

「里奈、また、髪はねてるよ。もっと伸ばせばいいのに」

肩の上で切りそろえた髪は、寝癖がつきやすい。だが、ダンスをするには髪は短いほうが動きやすくていいのだ。あたしは萌花に「ま、そのうちね」と答えた。

昇降口で靴を履《は》き替えようとすると、すぐ近くにいた男子生徒と手が交差し、あたしの靴が相手の手にぶつかった。長身で手も足も長いその男子は、同じクラスの碓井《うすい》政樹《まさき》だ。

「あ、ごめん」

あたしが謝ると、相手の男子生徒は「ああ」とだけ言って、さっさと上履きに替えて先に行ってしまった。

「なに、あの態度。何であたしだけ謝るのよ」あたしは碓井の後ろ姿に文句を投げつけた。

「碓井って、何考えてるかわかんないよね。あんま関わらないほうがいいよ」萌花も眉をひそめる。

中学に上がるタイミングでこの町に越してきた碓井は、小学校からの知り合いがいないせいか、ちょっと浮いた存在だった。休み時間はいつも机に突っ伏して寝ていて、他の男子たちのグループに入っていこうとしない。授業中はぼんやりしていることが多く、指名されない限り発言することもない。その一方、部活の剣道部では、一年生離れした実力の持ち主らしく、期待の新人と目されている。長身で整った顔をしているから、入学したころは好意を持つ女子もいたようだが、ぶっきらぼうな物言いとあまりの協調性のなさに、今では変わり者とのイメージが定着していた。

教室に入ると、あたしの席の列の一番後ろに、見たくもない顔を見つけた。岸部だ。例のコバンザメのような連中と談笑していたが、あたしの姿を認めると、鋭い目つきでにらみ返してきた。

「おーおー、正義のヒロインの登場だぜ。みんな、拍手!」

取り巻き連中がひゅーひゅーと口笛を吹きながら、いやみったらしい拍手をする。

「昨日、何かあったの」萌花が小声で尋ねてくる。

「たいしたことないよ。ちょっと悪者を懲《こ》らしめてやっただけ」

「大丈夫? 岸部たちに目をつけられるとやばいんじゃない」

「平気よ。あたし、別に気にしないもん」

あたしは岸部たちを無視して、自分の席についた。なんとなく視線を斜め後ろに向けると、窓際の席の碓井と目が合う。いつも周囲を気にしない碓井がこちらを見ているのが意外だった。

何か言いたいことがあるのかと思ったが、碓井はすぐに視線をそらし、かばんを机の横にかけた。

一時間目は数学、二時間目は技術家庭、三時間目は社会のテストだった。比較的得意な数学は無難にこなし、技術家庭は可もなく不可もなし。

だが、三時間目はさんざんだった。昨夜、岸部たちのかつあげに遭遇したせいで、帰宅しても興奮で勉強が手につかなかったのだ。

解答用紙は空白だらけで、どうしようどうしようと焦っているうちに、チャイムが鳴った。答案は列の一番後ろの生徒が集める。岸部にスカスカの答案を見られるのはしゃくだったが仕方ない。あたしはぶっきらぼうに答案を差し出した。

すると、岸部は答案をとりそこねた。拾おうとし、あたしの机に太ももをぶつける。机が揺れた次の瞬間、中からぽろりと転げ落ちたものがあった。大きめの消しゴムだ。岸部がそれを拾い上げ、「あー」と声を上げる。

「先生、こいつカンニングしてます」

「ちょっと、人聞きの悪いこと言わないでよ」

「これ、お前のだろ」

岸部は消しゴムをあたしに突きつける。消しゴムをくるんでいる紙に、さらに薄い紙が貼ってあり、細かい字がびっしりと印刷されているのが見えた。どうやら、社会の重要用語のようだ。

「知らないわよ。そんなの」

「お前の机ん中から落ちてきたんだぜ。なあ、田畑も見たよな」

岸部はあたしのすぐ後ろに座る、田畑今日子に顔を向けた。にらまれた今日子は、困惑した顔でかすかにうなずく。

岸部にあんな言い方されたら、うなずかないわけにいかないだろう。実際、あたしの机の中から転げ落ちたのだから、今日子も脅《おど》されて嘘を言ったわけではない。

「俺も見ました」三つ後ろの席の高見沢が言う。嘘つけ、あんたの席から見えるわけないじゃないの。

先生がやってきて、岸部から消しゴムを受け取る。

「これは仲川のか」

「あたしの机から落ちたのは確かですけど、あたしのじゃありません」

「往生際が悪いぞ。さっさと認めちまえよ」岸部は集めた答案の束であたしの頭をたたく。

あたしはこのとき、岸部に嵌《は》められたことに気づいた。休み時間、あたしがトイレに行った隙にでも仕込んでおいたに違いない。ちょっと揺らせば落ちる位置に消しゴムを置いておいたのだろう。

あたしが黙って岸部をにらみつけていると、斜め後ろから声がかかった。

「それ、俺んだよ」

周囲の視線が一斉にそちらに集まる。発言したのは、碓井だった。

「暗記しとかなきゃならないことをそこにまとめて休み時間に見てたんだけど、先生が来る直前に落としてさ。仲川の机の下に転がっていって、後で拾おうと思ってたんだ。それを仲川が自分の消しゴムと間違えて、拾って机の中に入れたんだろ」

「そうなのか、仲川」

あたしはとりあえず話を合わせたほうがいいとみて、うなずく。

「仲川がカンニングしてるわけないでしょ」碓井が重ねて言う。「答案どうせ真っ白なんだろうし」

クラスじゅうがどっと笑う。あたしは、喜んでいいのかわからない。

「いずれにしても」先生は消しゴムを碓井に向ける。「こんなもの持ち込んだらカンニングを疑われてもしかたないぞ。ホームルームが終わったら、職員室へ来なさい」

碓井は肩をすくめて、殊勝に「わかりました」と答えた。自分の席に戻る岸部は、碓井をじっとにらんでいた。

帰りのホームルームのあと、あたしは萌花の席に向かった。萌花は徒歩通学だが、家が同じ方角なので、放課後はいつも途中まで一緒に帰っている。

「ごめん、今日はちょっと用あるから、先帰って」あたしは萌花に告げた。

「え、あ、そう。わかった。――じゃあね」

心なしか、ちょっとほっとしたような表情に見えた。萌花はいい子なのだが、常に周りの空気を気にしているところがある。岸部に目をつけられたあたしと仲良くしていると、自分もハブられると考えたのかもしれない。思い過ごしだといいのだが。

明日もテストだから、今日も部活はない。教室はすぐにがらんとして、残っているのはあたしだけになった。碓井の机の上にだけ、通学かばんが残されている。

三十分ほど待ったころ、碓井が教室に戻ってきた。

「何だお前、まだ残ってたの。もしかして、俺のことが心配でとか」

「そういうわけじゃないけど……。さっきのあれ、岸部の仕業でしょ。なのに、碓井がもし停学とかになったら納得できないっていうか……」

「大丈夫だよ。消しゴムはお前の机に入ってたんだから、俺のところからじゃどうしたって見えない。結局カンニングできなかったのにテストは満点なんだから、もともと不正をする気がなかったってことはわかってもらえたよ。まあ、紛らわしいものを持ち込むなとは注意されたけどな」

ならよかった——って、え、満点？

「いま、テストは満点って言った？」

「うん。たぶんな。俺の答案だけ先に採点されたみたいで、テストの出来は今回も完璧だったって言われたから」

「へえ、碓井ってそんなに頭よかったんだ。授業、聞いてないんじゃなくて、退屈だったたってこと？」

「俺はふつうに参加しているつもりだけど」

碓井は通学かばんを肩にかけると、「じゃあな」と言って教室を出ようとする。

「あ、ちょっと待って」

「何」碓井は立ち止まる。

「えっと——今日は、ありがとう」

ふだんの自分らしくない、消え入るような声になった。碓井は聞き流して立ち去るかと思ったが、こちらに向き直った。

「なあ、感謝してくれてるなら、一つ頼みを聞いてもらってもいいか」

「何。できることならいいけど」

碓井はこちらへ歩み寄って、あたしのすぐ前で足を止めた。近くで見ると、やはりきれいな顔立ちをしている。

「LINE交換してくれないか。それとケータイ番号も」

「え……」

どういうつもりだろう。LINEとか一番しそうにないキャラなのに。だが、クラスメイトなんだし、異性であってもLINEの交換くらい特別なことでもない。今日碓井にしてもらったことに比べたら、それくらいはしてやってもいいかなと思えた。

「い、いいよ」

あたしはバッグからスマートフォンを取り出す。心なしか、心臓の鼓動が速くなっている気がした。

帰宅すると、お母さんがお昼を用意してくれていた。今日お母さんは休みの日だ。

「おかえり。テストどうだった」

「ごめんなさい！」

「ふうん。でもその割に、声の調子が明るいね。何かいいことでもあった」

碓井とLINE交換した——いやいやいや、そんなわけない。それ以前に、今日は岸部に嫌がらせをされたのだ。むしろ最悪の一日に近い。

「空元気《から》だよ。ほんとはすごく落ち込んでる」

「そっか。じゃあ、おいしいピラフ食べて、気持ち切り替えな」

「お昼、ピラフなの？　やった！」

お母さんの作るピラフはあたしの大好物だ。

「あ、そうだ、里奈。雨降りそうになってきたから、ベランダの洗濯物取り込んでくれる？」

「了解」

あたしがベランダに出ると、コンブもついてきた。仰向けに寝転がり、コンクリートの床に背中をこすりつける。

洗濯物を取り込みながら、何気なく隣の一階を見おろすと、ウッドデッキに住人の藤崎《ふじさき》さんの姿が見えた。藤崎さんは、四十代後半くらいのおばさんだ。三ヶ月前、空き家だった隣の家に越してきたのだが、いつも人目を避けるようにこそこそ歩いていて、あまり感じがよくない。こちらから挨拶しても、気づかないふりで素通りされることが多かった。

いまも一瞬目が合ったような気がしたが、藤崎さんは、すぐに顔をそらして家の中に消えた。

——絶対、気づいてるでしょ。

心の中で毒づき、あたしは物干しにつるされたタオルを洗濯ばさみからはずす。

それにしても、どうして藤崎さんは、あんなにびっしり塀の上にプランターを並べているのだろう。

洗濯物を取り込み終えたあたしは、隣家を見ながら疑問に思った。

塀の上にプランターを置いている家はたまに見かける。だが、藤崎さんの家の場合、これが偏執狂的《へんしつきょうてき》に隙間なく、びっしりと置かれているのだ。

塀の上がああなったのは、二、三週間前だ。ふつうプランターや鉢植えなどは、少しずつ増えていくものだろう。それが、ある日突然、びっしりと並べられていたのだ。それも、夜のうちに。

隣人が何を考えているかわからないというのは、気味が悪い。あたしは、なるべく藤崎さんには関わらないようにしようと思った。

4（七月六日）

教室に入ると、室内の喧噪《けんそう》が少しトーンダウンした。

萌花はすでに登校して、席についていた。「おはよう」と声をかけると、無言で困った表情を浮かべ、黒板のほうを指差す。そちらに目を向けたあたしは、愕然《がくぜん》とした。

でかでかと相合い傘が描かれ、その下にあたしと碓井の名前がある。その横には《おれたち、付き合ってまーす》と書かれ、A4判の用紙にプリントした写真が貼ってあった。写真は、あたしと碓井がLINEを交換している瞬間をとらえたものだ。

かーっと血が逆流した。恥ずかしさと怒りで、おそらく顔がまっ赤になっていることだろう。

あたしは、碓井の机に歩み寄った。

「あんたもぐるだったの」

机に突っ伏していた碓井は、眠そうに顔を起こす。「は、何」

「あれのことよ」あたしは黒板を指差して、声を張り上げた。「あの写真を撮らせるために、LINE交換したいなんて言ったのね」

「ああ。いいじゃん。別に。本当のことなんだから」

「あたしはあんたと付き合うなんて言った覚えない」

ばんと碓井の机を叩く。

「おいおい、痴話げんかなら外でやってくんねえかな」

岸部が茶々を入れてくる。言い返そうと振り返ったところで、チャイムが鳴った。あたしは岸部をにらみつけながら、自分の席についた。

三時間のテストを終えて萌花の席に近づくと、彼女はさっと席を立ち、教室を出ていこうとした。

「萌花、待って。一緒に帰ろう」

萌花は立ち止まり、困惑した顔で振り返る。

「ごめん。ちょっと今日急いでるんだ。悪いけど先帰るね」

いつになく低い声で彼女は言った。淡々とした言い方には、明日以降も誘うなと言外に拒絶している響きが感じられた。

もともと萌花とあたしは小学校は別で、中一になってからの友人だ。帰宅部どうしで、何となく帰りが一緒になり、親しくなった。でも萌花のほうは、一人で帰るのが寂しくてあたしと親しくしていただけなのかもしれない。

あたしは小学生のときから、どこのグループにも属さず、そのかわり、だれとも分け隔《へだ》てなく付き合ってきたつもりだった。特定のグループと深い付き合いになるよりは、広くみんなと友達になりたいと思っていた。

しかし、今日ばかりは、だれか一人でも親友と呼べる存在がいたらよかったのにと、切なくなった。浅い付き合いばかりだと、ボス的存在を敵に回したとたん、一気に孤立するということを思い知らされた。

ふと気づくと、教室には数人の生徒しか残っていなかった。友人と親しげに話していて、だれもあたしのことなど眼中にない。自分から、一緒に帰ろうと声をかける勇気はすでになくなっていた。

校舎を出ると、雨が降り出していた。駐輪場で自転車の傘スタンドに傘をセットし、バッグにカバーをかけた。

重い足取りで自転車を押しながら校門まで来ると、レインコート姿の碓井がいた。校門の横の塀に、碓井の自転車が立てかけてある。

「よっ」と、気軽な調子で声をかけてくる。

「何してんの、こんな雨の中で」

「まあ、その……さっきは、すまなかった」

素直に謝られ、逆に自分の行動が恥ずかしくなった。

「あたしも、言い過ぎた。つい頭に血がのぼっちゃって。昨日岸部の嫌がらせから守ってくれたあんたが、あんなことに協力するなんてありえないのにね」

「あれはたぶん、岸部かその手下が隠し撮りしたんだ。俺は撮られてることに気づいてなかった」

「じゃあ、何でさっきはそう言わなかったの」

「あそこで俺がお前をかばえば、ますます岸部は攻撃してくる。ここらへんで、あいつのガス抜きをしておいたほうがいいと思ったんだ」

「岸部がこれ以上敵意を持たないように、あえてああいう対応をしたってこと？」

「まあ、そういうことだ。だから、謝るためにここで待ってた」

「でも、あたし、まだあんたのこと、全部は信じらんない。だいたいおかしいじゃない、別に親しいわけでもないのにLINE交換したいって言ったり、変にかばいだてしたり」

「それは……、俺、お前のこと好きだから」

「は？　またあたしをからかってるの」

「ちがうって。マジだよ」

「やっぱ話になんない。あたし帰る」

サドルにまたがり、もやもやを振り払うように自転車のペダルをこぎ出す。

しばらく行って信号で止まると、背後からチリンチリンとベルの音がした。振り返ると、レインコートをはためかせて、碓井が自転車をこいでいた。あたしの横に並び、自転車を止める。

「何でついてくんのよ。変態！　ストーカー！」

「ストーカー呼ばわりするってことは、俺がお前のことを好きだってのは、信じてもらえたんだな」

あたしはそっぽを向く。正直、碓井が何を考えているかわからない。だが、だまされているよりは、変態のほうがましな気もする。

「心配すんな。好きなのは本当だけど、つけ回してるわけじゃない。たまたま、俺の帰り道もこっちだっていうだけだ」

「え、そうなの」

知らなかった。剣道部の碓井と帰宅部のあたしは、たまたま帰りが一緒になることがなかっただけなのか。でも、朝は同じくらいの時間に来ているはずなのに、見かけたことがない。

「朝はたいていお前の後ろを走ってるからな。つかず離れずの距離で」

あたしの疑問を見越したように言う。なるほどとうなずきかけて、やっぱり後、つけてんじゃんと思った。

信号が青になり、あたしは自転車をスタートさせた。碓井がすぐ後をついてくる。

自宅のベランダが見えたところで、あたしは自転車を降りた。いつしか雨はほとんど止み、かすかに雲間から日が射している。ベランダではコンブがこちらを見下ろしていた。

「あの猫、いつもベランダにいるよな」碓井も自転車を降りる。

「だれか通りかかると、猫専用の通用口からベランダに出てくるの」

「愛嬌《あいきょう》のある、いい顔してんな」

あたしは、碓井の顔を見た。碓井はコンブを見上げて目を細めていた。


夜、自分の部屋で試験勉強をしていると、窓の外からチャルメラの音色が聞こえてきた。このあたりは、月に数回、屋台のラーメン屋が来る。

お母さんが準夜勤のため、今日の夕飯は弟の泰彦とピザ一枚を分け合って食べただけだった。チャルメラを聞いたら無性《むしょう》にラーメンが食べたくなった。

部屋を出ると、居間のソファで泰彦がテレビを見ていた。ちょうど九時台のドラマが終わったところのようだ。

「ねえ、泰彦、ラーメン食べたくない？」

「うーん、俺はいいかな。結構ピザ食ったから」

ピザは約三分の二を泰彦が平らげていた。

「えー、そんなこと言わずに、二人で分け合おうよ。お金はあたしが出すからさ」

「そうだなあ。半分なら食べようかな。姉ちゃんがおごってくれるって言うなら」

「じゃあ、決まり。外に屋台のラーメン屋さんが来てるから、一人前買ってきて」

「え、俺が行くの？」

「お金はあたしが出すんだから、それくらいやってよ。あたしは試験勉強で忙しいんだから」

「わかったよ」

泰彦は口をとがらせながらも、あたしから千円札を受け取ると、外に出ていった。鈴を鳴らしてベランダから戻ってきたコンブが、後を追う。

「ちょっと、休憩」

あたしは、そうつぶやいて、ソファに腰を下ろす。テレビでは、二二時台のニュースが始まっていた。

――三月にE市の小学五年生の男子児童が自殺した事件で、E市の教育委員会がいじめのあったことを認め、今日N君のご両親に謝罪しました。

ニュースでは、四ヶ月前に東北のE市で起きた小学生のいじめ自殺事件の続報をとりあげていた。

この事件では、当初学校や教育委員会がいじめの事実を認めず、世論の大きな批判にさらされていた。ネットではいじめた側の少年たちの実名が公表され、学校にはその後何通も脅迫状が送りつけられたらしい。

これまで、自分はいじめとは無関係だと思っていた。いじめる側になるつもりはないし、だれとも同じように仲良くしていれば、自分が標的にされることもないと考えていたのだ。

だが、たった一つのきっかけで、突如いじめのターゲットにされることもある。それを、昨日のことであたしは痛感した。

あたしに対する岸部の嫌がらせなど、いじめのうちに入らないのかもしれない。自殺をするほど追い詰められた人は、その何倍もの苦しみを味わってきたことだろう。

しかし、あれだけのことでも、あたしは孤立する恐怖を味わった。萌花があたしを拒絶したとき、もうだれもあたしと仲良くしてくれる人はいないのではないかと恐ろしくなった。

いまこうして自分が平静でいられるのは、碓井のおかげだ。変態だろうが、少なくとも一人は自分の味方になってくれる人がいるというのは、大きな救いだった。

階段を上がる足音が聞こえ、泰彦がラーメンを持って戻ってきた。

「買ってきたよ。はい、おつり」

ソファの前のテーブルに、使い捨て容器に入ったラーメンと割り箸、おつりの百円玉を置く。

「ねえ、泰彦。学校でいじめられている子っている？」

「ほかの学年のことは知らないけど、うちの学年にはいないと思う」泰彦はあたしの隣に腰を下ろした。「まあ、不登校の奴は一人いるけど、こいつはいじめが原因じゃないからな」

「なんで、そう言えるの？」

「だって、春に隣のクラスに転校してきた奴なんだけど、まだ一度も登校してないんだぜ」

「じゃあ、いじめとは違うね」

「だいたい、うちの学年でいじめがあったら、俺がほっとかねーし」

「あんたも、あたしに似て正義感強いからね。でも、それが原因で、孤立したりしないように気をつけてね」

泰彦は何かを感じたようで、じっとあたしの顔を見つめる。「姉ちゃん、もしかして、学校で何かあった？」

「ううん。何でもない。——ラーメン伸びちゃうから、食べよ」

あたしは割り箸を袋から出し、勢いよく割った。

5（七月七日）

玄関を出たあたしは、自転車に乗ろうとして、何か違和感を覚えた。周囲を見回し、その原因に気づく。

――何これ。

隣の藤崎さんの家の塀に、二リットルのミネラルウォーターのボトルがびっしりと並べられていた。同じサイズ、同じ銘柄のボトルが整然と並ぶ様は、ある種の美しささえ感じさせる。

昨日帰宅した時点では、ここに並んでいたのはプランターだったはずだ。それが一夜にして、すべてペットボトルに置き換わっていた。

「行ってきまーす」

あたしに続いて、泰彦が外に出てくる。

「ねえ、ちょっと、あれ見て」

塀の上のペットボトルを指差すと、それを見て、泰彦も眉をひそめた。

「何だこれ。猫除け？」

確かに一時期、ペットボトルを置いておくと猫が近づいてこないという風説が広まったことがあった。効果はあまりないらしいが、いまでも時折、庭にペットボトルを置いている家を見かける。

「これだけびっしり並べておいたら、さすがに猫も通れないだろうけど……。でも、この辺、野良猫あんまりいないよね」

「もしかして、うちのコンブを意識してんのかも」

「ええっ？　だって、コンブは家猫じゃない」

「でも、ベランダには出るだろ。お隣さんからしたら、いつ自分ちの敷地に入ってきてもおかしくないって思ってんじゃね。この並べ方を見ても、かなり神経質な感じはするよな」

本当にコンブが近づかないようにするためなのだろうか。

ベランダを見上げていた藤崎さんの顔を思い返し、背筋がぞわっとした。

教室の雰囲気はやはりよそよそしかった。今日は具体的な嫌がらせはなかったが、だれもあたしに話しかけてはこない。碓井だけは、挨拶を交わしたあと、小声で「気にすんな」と言ってくれた。

今日は期末試験最終日だから、部活が再開される。もう剣道部の碓井と下校のタイミングが重なることもない。そう思うと、ちょっと寂しくなった。

ところが、帰りのホームルームのときに、担任の先生が意外なことを告げた。

「教頭先生のお父様が一昨日《おととい》お亡くなりになった。先生方のほとんどがお通夜《つや》に行くから、今日の部活はすべて中止だ」

「えー」という失望の声が上がる。あたしは帰宅部だが、もし一週間ぶりのダンスのレッスンがお預けになったらつらい。みんなの気持ちはわかる。

ホームルームが終わり、ぶつぶつ文句を言いながら、クラスメイトたちが教室を出ていく。萌花はやはりあたしのほうを見ることもなく、そそくさと帰っていった。

それとなく碓井の姿を探すと、彼は教室の後ろのほうで、高見沢と話をしていた。

碓井が他のクラスメイトと話しているのは珍しい。しかも、相手が岸部の腰巾着《こしぎんちゃく》の高見沢とは。

だが、考えてみれば、碓井も高見沢も、同じ剣道部員だ。部活が中止になったことについて、何か話があるのだろう。

待っているのも不自然なので、あたしは一人、教室を出た。

校舎を出ると、朝方まであった雲は消え、夏の日差しが容赦なく降り注いでいた。今日あたり梅雨明けが宣言されるかもしれない。プールにでも行きたいなとあたしは思った。

自転車に乗って、ゆっくりと家を目指す。しばらく走ったところで、十数メートル先の信号が黄色になるのが見えた。この程度の距離ならふだんはスピードを上げて走り抜けるのだが、今日は無理せずにペダルをこぐ足を止めた。

信号待ちをしながら、後ろを振り返る。碓井の姿はない。

信号が青になる。あたしはため息をつき、地面から足を離した。気持ちをふっきるように、ペダルを踏む足に力を込める。

家までの道のりの半分を過ぎたころ、突然右後方に人の気配を感じた。顔を向けると、碓井だった。あたしは思わずブレーキをかけて、自転車を止める。碓井の自転車もあたしを追い越したところで急停止した。

「お前さあ、女子なんだから、もう少しゆっくり走れよ」息をはずませながら碓井が言う。

「え、なんで。別にあたしがどんなスピードで走ってたって、あんたに関係ないじゃない」

「必死に追いかけてきたんだぜ。少しは優しい言葉かけてくれたっていいだろ」

その通りだと思う。何でこんな言い方しかできないんだろう。あたしは自分で自分が嫌になった。

サドルから腰を下ろし、ゆっくり自転車を押しながら進み始める。碓井も自転車を押してついてきた。

「自転車、乗らないのかよ」

「――乗ったら、すぐ家ついちゃうでしょ」

「え……」

「恥ずかしいから、それ以上、聞かないで」

碓井は、一瞬信じられないものを見るような目をしたが、すぐにうれしそうに自転車を寄せてきた。

気恥ずかしくて、あたしは話題を変える。

「さっき、高見沢と何話してたの」

「ああ、明日の部活のことだよ。俺ら一年部員は、早めに行って準備しないとなんないから」

「ふうん。何か意外な感じ」

「何が」

「碓井と高見沢って、対照的だから。あんたは飄々《ひょうひょう》としてて周りに流されないけど、あいつは岸部のコバンザメじゃない。岸部とつるんで、一緒に悪さして。小学生のときは、ひ弱ないじめられっ子だったくせに、別人みたい」

「そうかな。そんなに変わってないと思うぜ」

「え」

「小学生のときのあいつは知らないけど、あいつの剣道って、何か必死にもがいてる感じなんだよな。弱いんだけど、がむしゃらに竹刀《しない》を振り回す姿は、鬼気迫ってる」

「ふうん、そうなんだ」

「もしかしたら、好きで岸部とつるんでるわけじゃないんじゃないか。剣道始めたのも、自分を鍛《きた》えて、いつかは周りを見返してやりたいからかもしれないぜ」

　イメージと違っていた。高見沢でなく碓井がだ。他人との関わりを避けているような感じだったが、結構クラスメイトのことを見ているんだ。

　それにひきかえあたしは、萌花のことを全然理解できていなかった。というより、理解しようとしていなかった。簡単に縁が切れてしまうのも当然だ。

やがて、あたしの家が見えてきた。碓井が「あれ」と声を上げる。

「昨日はあんなじゃなかったよな」

碓井の視線の先には、藤崎さん家《ち》とあたしの家を隔てる塀があった。

「うん。昨日まではプランターが載ってたんだけど、今朝見たらペットボトルに変わっちゃってたの」

碓井は自転車を止め、塀に近づく。奥へと一列に並ぶペットボトルの手前の一本を手に取り、しげしげと眺める。あたしも自転車を押しながら、そばに寄った。

「たぶん、うちの猫が原因だと思う。いまもあそこで見てるでしょ」

見上げると、ベランダのコンブと目が合う。

「ベランダから飛び出してくるのが心配なんじゃない。自分ちの庭で粗相されても困るし」

碓井は何も言わず、ペットボトルの口のところを握ったり離したりしている。

「じゃあね。――今日は、追いかけてきてくれて、ありがとう」

今度はさりげなく《ありがとう》と言えた。

自転車のスタンドを立てると、ベランダからコンブの姿が消えた。階段を駆け下りてくるつもりだろう。

「なあ、仲川」碓井は自分の自転車のスタンドを立てながら言う。「お前ん家、上がらせてくんないか」

「ちょっと、冗談やめてよ。いまだれも家にいないんだから」

「なら、いいじゃん」

「よくないでしょ！　あんたとあたし、二人っきりなんだよ」

「俺はうれしいけど」

「あたしはうれしくない。まだあんたとそんなに親しくないし、何されるかわかんないし」

「何かしちゃ、だめなのか」

「だめに決まってるでしょ」

「冗談だよ。猫見たいだけさ。ちょっとだけ、いいだろ」

なんだ、目当てはコンブか。ちょっとがっかりする。

「ほんとに、猫見るだけ？　変なことしない？」

「しないよ。もし何かされそうになったら、防犯ブザー鳴らしたらいい。でも、ピンはきちんともどせよ」

「え……」一気に頬が熱くなる。「なんで、そのこと知ってるのよ！」

「俺の兄貴、駅前のラーメン屋でバイトしてんだ。三日前だったかな、かつあげされそうになった男の子を救った女子中学生が、防犯ブザー止められなくなって、ちょっとした騒ぎになったって兄貴から聞いた。かつあげしてた連中の中には、うちの中学の制服着て一年のバッジ着けてた奴がいたっていうから、おそらく岸部たちだろうと察しがついた。それからお前に対する岸部の態度を見て、その女子中学生は仲川だろうって思ったわけ。当たってるだろ」

「そ、そうよ。それが、あたし」

「話聞いて、かっこいいなって思ったぜ。好きになったのは、そのこともあるかな」

あのときのことを碓井が知っていたとわかり、誇らしいやら恥ずかしいやら、何だかとてもくすぐったい。

「じゃあ、ほんと、猫見せるだけだからね。見たら、すぐ帰ってよ」

「おう」

なかなか玄関を開けてもらえず、コンブはおかんむりだった。あたしがドアを開くなり、ひときわ大きな声で《びゃー》と鳴く。

「面白い鳴き声してんな」

碓井は、その場にしゃがんで手を出す。コンブは一瞬体を引いたが、おそるおそる碓井の手に鼻を近づけ、においをかぐと、妙に甘ったるい声で《なーん》と鳴いた。

「何よ。あたしに対する態度と違うじゃない」

それでも、あたしが階段を上り出すと、碓井から離れて、あたしの足に体を寄せてくる。

二階に上がると、遅れて上がってきた碓井が言う。

「竹馬、懐かしいな」

玄関に置いてあるのを見たのだろう。あたしは何年も使っていない。

「弟がときどき遊んでるみたい。いまどき信じられないでしょ」

「いや、ゲームとかより健康的でいいと思うよ」

碓井はベランダに続くドアに歩み寄る。

「そっか、ここから出入りしてたんだ」

碓井がそう言うと、《こうやるのよ》とでも言いたげに、コンブが出入り口を通り抜ける。

あたしと碓井もベランダに出た。

コンブは碓井の足下にすり寄り、《なーん》と猫なで声を出す。碓井が手を差し出すと、自分から抱っこされに行った。

「おー、お前、かわいいな」

碓井はコンブを抱いて、顔の周りを掻いてやっている。コンブは、ぐるぐるとのどを鳴らした。

「猫、飼ってたことあるの？」

「うちにも二匹いる」

「そっか、だから扱いに慣れてるんだ」

「うちの連中は、こんなに愛想よくないけどね」

「二匹ともオスでしょ」

「よくわかったね」

「コンブはメスだから」

碓井はコンブを抱いたままベランダの手すりに近づき、藤崎さんの家を見下ろす。

「《猫矢来》ってわけか」

「え、何それ」

「《犬矢来》って知らないか」

あたしは首を振る。

「京都の町家とかで、軒下に竹の柵みたいのがあるの見たことないか。家の壁と道路との間にこう、並べた竹を斜めに渡してあるやつ。京都じゃなくても、古風な日本家屋とかには置いてることあるけど」

「ああ、見たことある。それのこと《犬矢来》って言うの？」

「犬のションベン除けだからそう呼ばれているらしい。その猫バージョンだから、《猫矢来》」

「それって、辞書に載ってる言葉？」

「いや、俺が勝手につけた名前」

あたしも上から《猫矢来》を見る。ここからだと、ボーリングのピンが一列にびっしり並んだように見える。

塀の向こうは藤崎家のウッドデッキだ。その奥はアルミサッシを挟んでリビングになっているはずだが、ここからは見えない。

「だけど、あれはきっと猫除けじゃないな」

「どうして、そう思うの？」

「ペットボトルには、ぴったり同じ高さまで水が入ってた。しかも、全部同じ銘柄だ」

「それって、どういう意味」

「ひとつ手に取ってみたら、ペットボトルは開封されていなかったんだ。おそらく、全部買ったばかりの新品だよ」

「わざわざ、このために新品を買ったってこと？」

「そういうことになるな。もし猫を追い払うためだけだったら、ふつうそこまでしないだろ。全部で三十本くらいあるし」

確かに、空いたペットボトルに水を入れて並べるならともかく、あれだけの数をわざわざ購入して並べるというのは、何かほかの理由があるとしか思えない。

「なあ、昨日まではプランターが並んでたって言ったよな」

「うん。ペットボトルと同じように、塀の上にびっしりとね」

「何が植えられてた」

「うーん、よくわかんないけど、これくらいの背丈の草」あたしは両手を縦に、おへそから胸くらいの幅に広げる。「花は咲いてなかったから、どんな植物だったかはわかんない」

「プランターが置かれたのはいつ」

「三週間くらい前かな。お隣さんが越してきたのは三ヶ月前だけど、初めのころは何も置いてなかったんだよ」

碓井はコンブを抱いたまま、じっと塀のほうを見ている。

「なるほどね」碓井はうなずく。「プランターやペットボトルを置いた理由はわかった気がする」

「え、何、教えて」

「目隠しだよ。お前ん家から家の中を見られないための」

目隠し――。そうか、だから隙間なくびっしり並べられているのか。

「草の背丈を含めたら、プランターもペットボトルとほとんど高さが同じだろ。あれを置くことで、ちょうどこっちの家から向こうの室内が見えなくなる」

「でも、三週間前までは何もなかったよ。サッシも見えてた」

「室内まで見えたか？」

「室内？　うーん、そう言われると、見てないような……。あ、そうだ、いつもサッシは閉め切られてて、カーテンも引かれてたんだ」

「いまもそうしたいんだけど、できなくなったんだよ。三週間前くらいからね」

「どうして？」

「蒸し暑くなったからさ。もしかしたら、お隣さんは、カビやハウスダストのアレルギーがあるのかもな。エアコンからの風でアレルギー症状が出る人もいるから、除湿するには換気するしかなかったんじゃないか」

わかる気がする。あたしも、若干アレルギーがあって、その年初めてクーラーをつけた日は、鼻がむずがゆくなる。

「神経質なのか、何か秘密があるのかわからないけど、越してきたときに、隣から覗かれないよう対策をしなきゃと思ったんだろ。それで、サッシを閉め切ってカーテンを引いてたけど、蒸し暑い時期になって、そうもいかなくなった。やむなく、プランターやペットボトルで目隠しをすることにしたってところかな」

「でも、プランターをペットボトルに変えたのはどうして」

「うーん、それは俺にもわからない。もしかしたら、虫が寄ってくるのを嫌ったのかもしれないけど、それなら、ここまで一気に取り替える必要もないだろうしな」

あたしは碓井の鋭さに感心していた。ろくに授業を聞いていなくてもテストは完璧みたいだし、もしかしたら、むちゃくちゃ頭のいい奴なのかもしれない。

その後碓井は、三十分ほどコンブと戯《たわむ》れて、帰っていった。碓井が家を出るとき、コンブは一階まで下りて、名残《なごり》惜しそうにずっと窓の外を見ていた。

ダンスのレッスンを終えて、九時すぎに帰宅した。

玄関を入ると、三和土《たたき》のところに生ゴミのポリ袋が置いてあった。ふだんこんなことはない。出迎えに来たコンブも、見慣れないものがあるせいか、ちょっと腰がひけている。

二階では、泰彦がソファに寝転んでマンガを読んでいた。テーブルにはラップをかけたご飯とおかずが載っている。お母さんが、夜勤に行く前に用意しておいてくれた夕飯だ。

「お帰り」顔を上げずに、泰彦は言った。

「玄関にポリ袋置いたのって、お母さん？　泰彦？」

「置いたのは俺だよ。ゴミまとめたのはお母さんだけどね」

「何であんなとこに置いてるの」

「明日の朝、ゴミ出ししといてって頼まれたんだけど、この陽気だろ。においとか気になるし、ゴキブリが出ても嫌だから、明日の朝まで玄関の前に置いとこうと思ったんだ。そしたら、藤崎さんに見つかってね」

「何か言われたの」

「こんなとこにゴミを出しておくなって、怒られた。俺としては、集積所まで持っていこうかとも思ったのを、前の日に出したら悪いかなって考えて、うちの前にしたんだけどね」

「そうだったの。悪かったわね」

「別にいいけどさ。藤崎さんって、あのペットボトルにしても、ゴミ袋のことにしても、何か神経質すぎるよな。俺、あの人、苦手」

「そうだね。お隣、もっと感じのいい人が越してきてくれたらよかったのにね」

ため息をつきながら、ダイニングの椅子にバッグを置いた。

夕飯は麻婆豆腐だ。ご飯とおかずをレンジで温め、玉子スープの入った鍋を火にかける。ダンスで汗を流した後だから、あっという間に平らげた。

食器を片付けてふと見ると、レンジの横に麻婆豆腐の素《もと》の箱が置いてあった。中は空だったので、お母さんが捨て忘れたようだ。ゴミ箱に捨てようとして、その前に小さな紙片が落ちているのに気付いた。

拾い上げると、電車の切符くらいのサイズで、いびつな形をしている。おそらく、紙をちぎって捨てるときに、一つだけこぼれ落ちてしまったのだろう。ゴミ箱の中はいま空だ。

ポストカードくらいの厚みがあるその紙片には、わずかにイラストの一部が描かれている。ベージュ色をした円筒形の物体だ。

——こけしかしら。

紙片を裏返し、ぎょっとする。そこにはサインペンを使ったと見られる手書きの太い字で、《放せ》と書かれていた。

縦に並んだ二つの文字は、筆跡を隠す目的でわざといびつに書いたようにも見え、何かしらおぞましい雰囲気を感じさせる。

「何これ、気持ち悪い」

あたしの声を聞きつけて、泰彦が近寄ってくる。

「どうしたの」

「変なもの見つけちゃったんだけど」

泰彦に紙片を見せる。

「どこにあったの」

「ゴミ箱の前。これ一枚だけ落ちてた」

「《放せ》って、どういうことだろう」

「あんた心当たりないの」

「全然。姉ちゃんも知らないなら、お母さんだろうね。破って捨てたときに、これだけこぼれちゃったのかな」

「何が書いてあったのかしら」

「これだけじゃ、ちょっと想像つかないな。でも、この紙の左端だけ、破った感じじゃないだろ。縦書きだから、ここが最後の部分ってことになるな」

確かに、ほぼ長方形をした紙片の三辺はぎざぎざで、左端だけまっすぐだ。《放せ》と書かれた下は、結構空いている。

「文章の最後が《放せ》で終わってたってこと?」

「そういうことになるね。気になるんだったら、玄関のポリ袋あさってみれば。残りの部分はその中にあると思うよ」

生ゴミの入ったポリ袋を探ることを想像して、うんざりする。見つけたところで、残りの紙片が何枚あるかわからないし、拾い集めてもジグソーパズルを完成させないと文面がわからない。

「いい。そこまでする気にならない」

「書き間違えたのを破り捨てただけかもしれないし、大した意味はないと思うけどね。明日お母さんが帰ってきたら、聞いてみなよ」

「うん。そうする」

お母さんに電話で聞くという手もあるが、勤務中はまず出ない。出たとしても、そんなことで職場にかけてくるなと叱られそうだ。

自分の部屋に戻ると、スマホを片手にベッドに腰を下ろした。電話帳の画面をスライドさせ、少しためらったあと、思い切って、碓井に電話をかける。

「もしもし、仲川？」

「ごめんね。夜遅くに」

「いや、いいけど。何かあった」

「ううん。大したことじゃないの。でも、ちょっと相談にのってもらいたいことがあって」

「恋の悩みとか勘弁してくれよ。いくら俺でも傷つくから」

「違うよ。いま、ちょっと気味悪いものを見つけたの」

あたしは、《放せ》と書かれた紙片を見つけたいきさつを、碓井に話した。

「碓井はペットボトルの理由を見事に推理してくれたじゃない。だから、この紙切れの謎も解いてくれるかなって思って」

「《放せ》ねえ……」

少し考え込むような間があってから、碓井は言う。

「その紙片、《放せ》の後に何か文字が続いてたってことはないのか」

「なさそうよ。《放せ》と書かれた下が結構空いているから」

「句点は」

「句点？　何それ」

「丸だよ。文の終わりにつけるやつ」

「ああ、ないよ。《せ》の字の下には何も書かれてない」

またしばらく沈黙がある。何か心当たりがあるのだろうか。

「悪い。わかんないな」

「そっか、碓井でもわからないか」

「少し考えてみるよ。わかったら、LINEする」

「うん。ありがとう」

いつの間にか膝の上にはコンブがいて、スマホに手、いや前足を伸ばしていた。碓井と話していることがわかっているかのようだ。

コンブが《なーん》と鳴くと、「お、コンブ、そこにいるのか」と碓井が反応する。

「あんたに会いたいみたいよ」

「俺もコンブに会いたいよ。――そうだ、コンブのことなんだけど、コンブは夜でもベランダに出られるのか」

「え？　そうよ。コンブの出入り口には鍵をかけないもの」

「そっか、ならよかった」

何がよかったのだろう。不思議に思っていると、碓井はさらに聞いてくる。

「お隣さん、その後変わった様子ない？」

「ペットボトルはそのままよ。特に変化なし。あ、でも、弟がさっき怒られたみたい。玄関前にゴミを出しとこうとして」

「ゴミって、燃えるゴミ？」

「うん。こんなところにゴミ出しておくなって。別に時間外に集積所へ持ってってるわけじゃないのにね。自分ちの前なんだから、お隣さんにとやかく言われることじゃないと思うんだけど」

「ふうん」

「まあ、いろいろ付き合いづらい感じだけど、お隣さんとは波風を立てないように、気をつけていこうと思ってる」

「それがいいな」

「じゃあ、切るね。ありがとう」

「あ、ちょっと待って。――いま、竹馬ってどこにある」

「竹馬？　玄関に置いたままだけど、どうしていま竹馬の話になるの」

「それさ、ベランダに持ってったほうがいいと思う」

「竹馬をベランダに？　何のために」

「いや、大した意味ないんだけど、おまじないみたいなものさ。じゃあな」

どういう意味があるのかさっぱりわからなかったが、電話を切ったあと、あたしは一階へ下りて竹馬をとってきた。コンブがずっと後をついてくる。

ベランダに出て、竹馬を奥の壁に立てかける。手をはたきながら振り返ると、コンブがいない。階段を上がるところまでは足下をうろちょろしていたはずだが、ベランダまではついてこなかったのだろうか。

室内に戻るドアを開けると、コンブが恨めしそうにこちらを見上げ、訴えかけるように《びゃー》と鳴いた。あたしが家に帰ってきたときと同じ鳴き方だ。

「どうしたのよ。一緒にベランダへ来ればよかったじゃない」

「あ、そうだ！」泰彦がソファで体を起こす。「さっき、コンブの出入り口壊しちゃったんだ」

「えーっ」

体をかがめてコンブの出入り口を確認すると、蝶番が片方はずれている。扉を動かそうとすると、外から内へは動くが、外側には開かなくなっていた。

「どうして、こんなになっちゃったの」

「テレビ見ながらアイス取りに行こうとしたら、ランドセルに足がひっかかってさ。よろけた拍子に足ぶつけちゃったんだ」

「もう、いつも言ってるじゃない。ランドセルは自分の部屋に持っていきなさいって。——あんたは怪我《けが》ないの」

「うん。俺は大丈夫」

「ならいいけど。コンブの出入り口は、お父さんに直してもらうしかないかな」

「明後日《あさって》の土曜日にホームセンター行って、蝶番買ってくるよ。俺が何とか直す」

「そう。じゃあ、頑張ってね」

あたしの言葉に続けて、コンブも《びゃ》と短く鳴いた。

6 （七月八日①）

クラス全員がこちらを見上げている。体を動かそうともがくが、手足が固定されていて、身動きがとれない。開いた両腕は横木に固定され、足も垂直な太い柱に縛りつけられている。

岸部がだれかに指示を出した。松明《たいまつ》を持った男たちが近づいてくる。

磔《はりつけ》にされたあたしの足下には、大量の薪《まき》が積まれている。

「やめて……おねがい！」

あたしは、声を張り上げた。目の前では、岸部が腕を組んで薄ら笑いを浮かべている。

「お前が余計なことをするからだ」

ぱちぱちと木のはぜる音が下から聞こえ出す。薪の間から炎がゆらめき、熱気が這い上がってくる。

絶望的な気持ちでクラスメイトたちを見渡した。にやついている岸部のグループ以外は、みな無表情だ。萌花の姿もその中にあった。

――碓井は。碓井はどこ。

すがるような気持ちで捜すが、見当たらない。

熱気はどんどんひどくなる。はぜた火の粉《こ》が顔にかかり始めた。火が大きくなり、足をかすめる。顔が煙に包まれ、息苦しい。

「助けてー！　碓井！」

叫んだところで目が覚めた。

タオルケットを跳ね上げ、体を起こす。周囲を見回し、自分の部屋にいることがわかってほっとする。あたしはベッドの上にいた。

だが、いつもとは様子が違う。焦げたにおいは、目を覚ましても鼻をついてくる。枕元の電気スタンドをつけると、室内にはうっすら煙が漂っていた。

あたしと泰彦は、もともと一つの子供部屋だったのを、カーテンで間仕切りして使っている。照明をつけてカーテンを開くと、泰彦はまだベッドで眠っていた。

「起きて、泰彦！」

体をゆすると、目を閉じたまま、「何」とかすれた声を出す。

「火事だよ、火事！」

泰彦も異変に気づいたようだ。ぱっと目を開き、体を起こす。

「やばいよ。逃げないと」

ベッドから降りた泰彦は、慌てて部屋を出ようとする。ドアを開いた瞬間、熱気と煙がなだれ込んできた。ドアの向こうのリビングルームには、すでに煙が充満しているようだ。

泰彦は一旦ドアを閉める。「だめだ、タオルか何かで口ふさがないと」

あたしはタンスの抽斗《ひきだし》を開け、小さめのスポーツタオルを二つ取り出す。一つを泰彦に渡し、残る一つを自分の口元に持っていこうとして、「そうだ。コンブ！」と叫んだ。コンブがいつもリビングのソファで寝ていることを思い出したのだ。

「コンブなら、きっとベランダに脱出してるよ」

「出られないよ！　だって、出入り口壊れちゃってるでしょ」

「しまった！」

「助けに行かないと」

「――かわいそうだけど、いまはコンブを気にしてる余裕はないよ。俺たちだって危ないんだ。もし無事なら、コンブも俺たちの後をついてくるって。とにかく、自分たちが逃げることを考えよう」

素直にはうなずけなかったが、煙の充満した部屋でコンブを捜し回るのが自殺行為なのもわかっていた。

「行くよ」泰彦が言う。「なるべく、体を低くして、煙を吸わないように」

再び泰彦がドアを開ける。子供部屋の明かりがリビングにこぼれたが、先程以上に煙が濃くなっていて、視界はほとんど利かない。

床に這いつくばる。床上三十センチくらいまではまだ煙が満ちていないようだ。

泰彦が前を進み、その後ろをあたしがついていく。階段までたどり着いたが、

「だめだ、下はもう燃えてる」

階段が使えないとすると、残るルートはベランダしかない。

あたしたちは体の向きを変える。

「コンブ！」

思わずあたしは叫んだ。ベランダに通じるドアの前で、コンブが体を縮こまらせていた。できる限り急いでそちらへ向かう。近づいてよく見ると、コンブは小刻みに震えている。あたしが手を差しのべても寄ってこない。仕方なく、床から引きはがすように抱きかかえた。

泰彦がドアを開き、二人で倒れこむようにベランダへ出る。あたしはコンブを放し、すぐにドアを閉めた。近くに街灯があり、ベランダはむしろ室内より明るい。外も煙は漂っていたが、室内に比べればわずかな量だ。タオルを口からはずし、その場に座り込む。

「何でこんなことに……」

「一階は玄関しかないのに、下が燃えてるって、考えられないよな」

「だれかが火をつけたってこと？」

「たぶん」

たまたまうちが放火犯のターゲットにされたのだろうか。それとも、家族のだれかに恨みを持つ者の犯行なのか。

目が覚める直前に見ていた夢を思い出す。岸部の薄ら笑い、クラスメイトの醒めた目——やけに現実味を帯びて記憶に残っている。

「とにかく、何とかして下へ降りよう。もうすぐここも火に包まれる」

「わかった」

うちは築三十年の木造住宅だ。このままでは全焼する。

「一一九番したいけど、スマホ――」泰彦はあたしの顔を見る。「――なんて、持ってきてるわけないよな」

あたしは《ごめん》という思いを込めてうなずく。逃げなきゃという気持ちが先立って、枕元にあったスマホさえ、持ってくることに考えがいたらなかった。

そのとき、

「一一九番なら、たったいま、したわ！」

叫び声が聞こえた。驚いたことに、隣家の二階の窓から、藤崎さんが叫んでいる。「なんとか、こちらへ跳び移れない？」

あたしと泰彦は、ベランダの端に移動する。隣家までの距離は一・五メートルくらいだろうか。障害物のないところなら跳べない距離ではないが、手すりを越えなければならないし、跳び移る先はほんの一メートル四方の窓だ。危険過ぎる。

一一九番は藤崎さんがしてくれたという。もうすぐ消防車も駆けつけてくるだろう。だが、隣家の壁に映るオレンジ色の光は、火の手が床下すぐのところまで迫っていることを示していた。

「そうだ、竹馬！」

碓井に言われて、竹馬をベランダに移動させていたことを思い出した。早速、壁に立てかけておいた竹馬を手に取る。

「これを二本渡せば、橋になるでしょ」

「姉ちゃん、冴えてる。よし、俺がこっちの端押さえてるから、先に渡って」

「コンブはどうする？」

「コンブは……」

泰彦は足下で不安そうに見上げているコンブを抱きかかえる。

「ごめんな」

そう言うと、右手でコンブの首筋をつかみ、「お願いします」と叫んで放り投げた。藤崎さんが真剣な顔でキャッチする。

「藤崎さん、竹馬をそちらに渡しますから、押さえてもらえますか」

藤崎さんはうなずく。泰彦とあたしは竹馬を一本ずつ持った。足を乗せる部分をこちらのベランダに引っかけ、反対側を隣の家の窓に向ける。

すると、藤崎さんの横で、小学校高学年くらいの男の子が顔を覗かせた。

——一人暮らしじゃなかったんだ。

また驚いたが、いまはそんなことを気にしている余裕はない。

一本を藤崎さん、もう一本を男の子が支える。こちら側では、泰彦が両脇に抱えるようにして二本の竹馬をつかんだ。

「姉ちゃん、早く」

「うん。泰彦もすぐ来てね」

二本の竹馬に両手両足を乗せ、そろそろと進んでいく。不安定な姿勢のためか、せいぜい二階の高さと自分に言い聞かせても、それ以上に地面との距離を感じてしまう。なるべく前だけを見るようにして竹馬の橋を進み、なんとか隣家の窓にたどり着いた。

次は泰彦の番だ。しかし、今度はあたしの家の側で竹馬を支える人がいない。足を乗せる部分が手すりにかかっただけの状態で渡ることになる。

泰彦は、ふうと大きく息をつき、竹馬に上がった。あたしと同じように、這いつくばるような姿勢でこちらへ向かってくる。あたしは男の子と一緒に、できるだけ揺れないようにと、力を込めて竹馬を支えた。

じりじりと、泰彦がこちらへ近づいてくる。

半分を越えた。竹馬は安定している。あと少しだ。

だが、泰彦がこちらの窓まであと二十センチほどに迫ったとき、二本の竹馬が急にぐらりと揺れた。向こう側が八の字に開く。

「危ない!」

あたしと藤崎さんは同時に叫んだ。

7（七月八日②）

いつの間にか消防車の放水の音は止んでいた。

あたしの家は十字路の角にあり、裏は児童公園になっているから、隣接する建物は藤崎さんの家しかない。消防車はそちらに面した側から放水を始めたので、早い段階で藤崎家への延焼のおそれはなくなっていた。

「男の子がいたんですね」

「はい」

「息子さんの姿が外から見えないよう、塀にペットボトルを?」

「ええ」

藤崎家のダイニングルームで、あたしは淡々と藤崎さんに質問していた。

「ここに越してきてからずっと、窓とカーテンを閉め切っていたの。そしたら、ひと月くらい前からかなり湿気がこもるようになって、息子にアレルギー症状が出るようになったわ。息子はカビやハウスダストにアレルギーがあって、体質的にエアコンもだめだから、仕方なく、窓を開けることにしたのよ。ほかの部屋には最低ひとつは、開けてもどこのお宅からも家の中を見られない位置に窓があるのだけど、この部屋だけは、仲川さんのお宅に向いたほうにしか窓がついていないから、目隠しが必要だった」

テーブルには、ビニールのテーブルクロスがかかっている。二人はいつもここで食事をとっているのだろう。

いま、そのテーブルについているのは、あたしと藤崎さん、藤崎さんの息子の三人だ。部屋にはもう一人、床に座って自分の足に包帯を巻いている泰彦がいた。

二本の竹馬が離れていったとき、泰彦はとっさに片方の竹馬にぶら下がり、転落を免れた。窓枠まであと少しのところまで来ていたので、あたしたちも手を貸して、部屋に引き上げた。その一瞬でパジャマのズボンの裾に火が燃え移ったらしく、泰彦は右足に軽い火傷《やけど》を負っていた。藤崎さんに軟膏《なんこう》とガーゼで応急処置をしてもらったあと、包帯はテーピングで慣れているからと、自分で巻くことにしたのだ。

手当てを済ました泰彦は、藤崎さんの隣に座る男の子を見上げて言った。

「君、うちの学校に来た転校生だよね」

泰彦はぎこちなく立ち上がると、男の子の前の椅子に座る。

「クラスが違うから、転校生が《藤崎》って名前だとは知らなかったよ」

男の子は否定も肯定もせず、だまってうつむいている。ふと、その横顔をどこかで見たことがあるような気がした。

「火事を未然に食い止められなくて、ごめんなさいね」藤崎さんが目をふせる。

「どうして藤崎さんが謝るんですか」

「お隣さんが放火魔に狙われていると知りながら、遠回しな方法でしかそれを防ごうとしなかったんだもの」

「放火される危険性があるって知ってたんですか」

「たまたま不審人物を見かけたから……」

藤崎さんは言いにくそうに言葉を濁《にご》す。

「遠回しな方法?」泰彦が口をはさむ。「いま、遠回しな方法で防ごうとしたって言いましたよね?」

「ええ」

「もしかして、カードか何かをうちのポストに入れました?」

「注意を促すカードを入れたわ。《放火されるおそれがある。注意せよ》って書いて」

「……そうか、それで《放せ》だったんだ」

「どういうこと」あたしはまだわからない。

「あれだよ、姉ちゃんが拾った紙。あそこに書かれていた文字は、縦書きじゃなく横書きだったんだよ。たまたま、《注意》と《せよ》の間で改行されていた。その紙を縦に破いたから、左端に《放》《せ》と縦に文字が並んだんだ」

なるほど、そうだったのか。

もしかして、碓井もそれに気づいたのだろうか。竹馬をベランダに上げておけというのは、こうなることを見越しての発言だったのかもしれない。

とりあえず、カードの意味はわかった。だが、藤崎さんが言葉を濁した部分が気になる。不審人物というのがだれなのか、そこが一番の問題だ。

「藤崎さん、さっきおっしゃった不審人物について、詳しく教えてくれませんか」

藤崎さんは横目で息子の表情を窺うが、男の子は何の反応も見せない。仕方ないというように目を戻し、藤崎さんは語り出した。

「不審者を見かけたのは、息子なの。昨日――もう一昨日ね、水曜日の晩のことよ。玄関にいたクモを外に逃がそうとしてドアを開けたとき、仲川さんの家の前に、紙の束とライターを持った挙動不審な少年がいたらしくて」

少年――。

すうっと血の気がひいた。やっぱり、ターゲットはあたしだったのだ。

「ちょうどそこへ屋台のラーメン屋さんが来て、その少年は何もせずに立ち去ったってことだったけど」

あたしが泰彦にラーメンを買ってきてもらったときだ。あの直前に、放火犯は火をつけようとしていたのか。

「息子からその話を聞いた私は、すぐに深夜営業している量販店へ行って、消火器とペットボトルを買ってきたの」

「え、それじゃあ、あのペットボトルは、防火対策のためだったんですか」

藤崎さんはうなずく。

「消火器を持ってるだけじゃ、うちが留守のときはどうにもならないでしょ。でも、塀の上にペットボトルがあれば、だれか火を見つけた人がすぐ消火に使える。ちょうど目隠しにもなるし、一石二鳥かと思ったの」

「ゴミを家の前に出した俺を注意したのも、そのためだったんですね」泰彦が納得したように言う。「放火犯の恰好のターゲットになるから」

「きつい言い方しちゃって、ごめんなさいね。放火されるかもしれないときに何やってるのって思ったら、つい」

「でも、うちのために、どうしてそこまでしてくれたんですか。消火器やペットボトルを用意したり、カードで知らせてくれようとしたり」

「仲川さんが狙われるようになったのは、もともとうちの子が原因だったから……」

「え」

あたしは男の子を見た。ふてくされたようなその横顔を、やはりどこかで見た覚えがある。さほど前ではない。わりとつい最近……。

「あ、あのときの！」

そうだ。ゲームセンターの裏でかつあげされていた男の子だ。

「息子は、放火しようとしていた少年の顔に見覚えがあると言ったわ。少し前、その少年のグループにかつあげされそうになったらしいの」

やっぱり岸部だ。あのときのことを恨んで、あたしの家に火をつけたんだ。

「そのとき、息子を守ってくれたのが、あなただったのよね。いまさらだけどお礼を言うわ。どうもありがとう」

藤崎さんは深々と頭を下げる。

「でも、それならどうして、はっきりと教えてくれなかったんですか、うちが放火魔に狙われている、もしかしたらあたしたち、焼け死んでいたかもしれないんですよ」

「助けられると思ったんだ」初めて男の子が口を開いた。

「え、どういうこと」

「ぼくは二階の部屋で、いつも君ん家のベランダを見ていた。さっき君たちを助けた窓から」

火事のどさくさでよく見ていなかったが、言われてみれば、二階のあの部屋には勉強机やベッドがあったような気がする。

「君たちの家からはこっちが見えないように、いつも部屋の電気を消してたけどね。スマホを見たりゲームをしたりするのに、明かりは必要ないし」

なるほど、だから、こちらから彼の姿を見ることはなかったのか。

「君ん家の猫は、だれかが家にやってくると、いつもベランダに出て、下を見てるだろ」

確かにコンブは、家族であれだれであれ、家の前に人が立つと、警戒するようにベランダから見ている。ベランダには街灯の明かりが届くから、室内の電気を消していれば夜でもコンブの姿は見えただろう。

「あの猫、家族が帰ってきたときは、すぐ家の中に戻るよね。でも、宅配便とかだと、その人が帰るまで、ベランダで見てる。だから、もし放火犯が来たら、猫はしばらくベランダから下を見てるはずでしょ。そういうときに一階に降りて用心していれば、たとえ放火されてもすぐに消し止められるって考えたんだ。ぼくはいま、昼と夜が逆転した生活を送っているから、夜はずっと起きてても。耳はいいほうだから、猫がベランダに来れば鈴の音でわかる。でも、どういうわけか今日は猫が出てこなかった」

出てこなかったのではなく、出られなかったのだ。

泰彦を見ると、きまり悪そうな顔をしている。泰彦がコンブの出入り口を壊してしまわなければ、もっと早く火事は発見されていたというわけだ。

今日は不幸な偶然が重なったのかもしれない。しかし、そうだとしても、釈然としない部分がある。何も悪いことをしていないのにどうしてこんな目にあうのだという思いが気持ちを昂《たかぶ》らせ、あふれる言葉を抑えられなかった。

「お二人があたしたちを救おうとしてくれてたのはわかりました。でも、やっぱりあたし、納得できません。どうして、そこまで近所付き合いを避けるんですか。そんな回りくどいことしなくたって、いくらでも直接あたしたちに注意を促す方法はあったじゃないですか。不登校のお子さんがいるからですか。それって、別に恥ずかしいことじゃないと思うんですけど」

藤崎さんは答えない。あたしの気持ちが静まるのを待つように、身じろぎもせずにうつむいている。

「いいよ。お母さん。話しちゃって」

藤崎さんははっとしたように顔を上げた。息子に目をやり、うなずく息子を見て、あたしのほうに向き直る。

覚悟を決めた表情で、藤崎さんは言った。

「息子――タカシは、E市のいじめ自殺事件の加害者なんです」

一瞬、何を言われたのかわからなかった。ここからずっと遠い、自分が行ったこともないE市という地名と不穏な言葉が出てきて、混乱してしまう。

カードの切れ端に書かれたこけしのイラストが思い浮かぶ。そう、E市は東北にある都市だ。

「ニュースでさんざん話題になった、あの事件ですか」

「ええ」

「加害者って聞こえましたけど……」

「正確に言うと、加害者側ね。うちの子は去年の夏まではいじめられっ子だったの。でも、あるとき、思いがけずいじめの主犯格の少年を助けるような言動をしたことで、その少年から一目置かれるようになった。主犯格の少年は、タカシを自分のグループに引き入れ、代わりに別の少年をいじめるようになったの。新たなターゲットはタカシの数少ない友人の一人だったわ。タカシは主犯格の少年が怖くて、彼の言いなりになり、いじめに加担したの」

「その新たなターゲットになったのが、自殺した少年ですか」

「ええ。主犯格の少年だけでなく、タカシも含め、そのグループにいた少年はみな、実名をネットにさらされたわ。それから様々な嫌がらせが始まった。外を歩いていれば人殺しとののしられ、家には毎日のように落書きをされた。自転車や鉢植えも壊されたわ。タカシはもうE市では暮らしていけなくなった。それでこの町に転校してきたの」

「タカシ君のお父さんは」

「仕事の都合上、引っ越すわけにはいかなかったの。いまもE市で肩身の狭い思いをしながら暮らしてるわ」

あたしは何を言っていいかわからなかった。さっき藤崎さんは、タカシ君が放火犯を目撃したとき、彼は玄関にいたクモを外に逃がしてやるところだったと言った。きっと、本当は心の優しい少年なのだろう。タカシ君や藤崎さんも、ある意味被害者だと言える。

だが、自殺した少年のことを思うと、軽々しく同情はできない。タカシ君は無理矢理従わされただけなのかもしれないが、自殺した少年は、彼に裏切られたことで最後の一線を越えてしまったのかもしれないのだ。

「お前の気持ち、わかんなくもねえけどさ」泰彦がタカシ君に話しかける。「とりあえず、学校には来いよ」

タカシ君は顔を上げ、泰彦を見た。泰彦は、にこりと笑う。

「お前は俺の命の恩人だ。お前のこと、どうこう言う奴がいたら、俺がぶっとばしてやる」

ほめられた言葉じゃないかもしれない。けれど、泰彦の言葉は、おそらくどんな正論よりも、心に響いただろう。たったひとりでも、自分の味方になってくれる存在は、心の支えになるはずだ。

どこからともなく鈴の音が聞こえ、ダイニングにコンブが入ってきた。初めての家を探検していたようだ。コンブはあたしを見つけると、怒ったように《びゃー》と鳴く。

そういえばタカシ君、猫アレルギーではないのかしら。あとで念入りに掃除機をかけてもらうことになっちゃうかも。

　そんなあたしの心配をよそに、コンブを見るタカシ君の表情は柔らかかった。

8（七月八日③）

　玄関のブザーが鳴り、外から「ごめんくださーい」と野太い声が聞こえてきた。藤崎さんが席を立ち、しばらくして玄関から戻ってくる。

「お嬢さんのスマホかしら」

　藤崎さんの手には、あたしが部屋に置いてきたスマホがあった。

「そうです。あたしのです」

「消防隊員の方が届けてくれたわ。何度も鳴っていたので、持ってきてくれたらしいの」

　消防の人には、あたしと泰彦は隣家に避難していると伝えていた。火の手はあたしたちの部屋までは及ばなかったのだろう、スマホは無事だったらしい。防水機能付きだったことも幸いし、放水の影響も受けなかったようだ。

　礼を言って受け取ると、碓井からの着信が七件もあった。あたしは、廊下へ出て碓井に電話した。

「お、やっと通じたな。電話出ないから心配したよ」

「こうなること予想してたのね」

「こうなることって――え、まさか」

「あたしん家、ゆうべ放火されたの」

電話口の向こうで息をのむ気配が伝わってくる。

「安心して、みんな無事よ。でも、どうしてちゃんと教えてくれなかったの。竹馬のアドバイスも、火事が起きたときの脱出のためでしょ。放火されることを予想してたのよね」

「もしかしたらって、念のため言っておいたんだよ。まず俺の思い過ごしだろうと思ってたし、お隣さんも何かと気にかけてくれてるみたいだったから」

やっぱり碓井は、藤崎さんの行動についても見当がついていたようだ。

「悪かったな。もっと気をつけるように言うべきだった。だけど、お前に余計な心配かけさせたくなかったんだ」

たぶん、碓井なりに気を遣ったのだろう。人間不信になりかけていたあたしが、放火魔に狙われているなどと聞かされたら、心に相当なダメージを受けたはずだ。お母さんもあたしのそんな状態に気づいていたのかもしれない。だから藤崎さんのカードをいたずらか嫌がらせだと思って、だれにも見せずに破いて捨てたのだろう。

「あのさ」碓井はちょっと声のトーンを落とす。「すぐにわかることだから言うけど、当分高見沢は学校来ないから」

「え……?」

「あいつのお母さんから電話があった。今日、部活には行けませんって。それから、しばらく学校休むことになるから、剣道部にその旨伝えてくださいって」

そのとき、あたしは悟った。だれがあたしの家に火をつけたのかを。

「高見沢だったのね……」

「それとなく牽制《けんせい》しておいたから、まさか実行しないだろうと思ってたんだがな」

きっと、すでに警察が高見沢の家に行ったのだろう。深夜に出歩いていて補導でもされ、所持品から放火が発覚したのかもしれない。

「じゃあ、黒板に貼られていた写真も、岸部じゃなくて高見沢が……」

「たぶん、そうだろう」

「あたし、そんなに高見沢に恨まれるようなこと、したのかな」

「恨みというより、妬《ねた》みじゃないかな」

「どうして」

「あいつも前はいじめられてたんだろ。あいつには友達がいなかったんだ。だから、学校で生きていくためには岸部に取り入るしかなかった。

仲川がかつあげを阻止したとき、高見沢はきっと恥ずかしかったんだよ。岸部とつるむだけならまだしも、かつあげにまで手を貸すということは、自分がいじめから逃れるために、他人に同じ苦しみを味わわせることになる。いじめられていたころの自分をよく知っている仲川には、決して見られたくない姿だったんじゃないか。お前の姿がまぶしく見えただろうし、自分が情けなく思えたんだろうな」

その後はあたしが岸部の嫌がらせを受ける側になった。にもかかわらず、あたしはほとんどこたえていないように――実際は、結構落ち込んでいたのだが――、高見沢の目には映ったのだろう。そのことも彼には許せなかったのかもしれない。

「だから、あまり気にすんなよ。お前のせいじゃないから」

「うん。わかった。ありがと」

碓井の言葉が、じんわりと胸にしみ込み、少し気分が楽になった。

「今日から部活再開だね」

「ああ」

「次に学校行けるのは来週になるだろうけど、また帰りは一人になっちゃうな……」

一瞬沈黙が流れた。その後、碓井は穏やかな声で言った。

「松下と帰ればいいじゃないか」

「萌花は、あたしと帰りたくないんだよ。最近口もきいてくれないし」

「もう大丈夫なんじゃないか」

「え、どういうこと」

「昨日の夕方、駅前病院の前で、たまたま松下と出くわしたんだ。お母さんのお見舞いを終えて出てきたところだった。水曜日から入院してたんだってな。容態がよくなって明日退院するんだって、すごくうれしそうだったぜ」

——ごめん、ちょっと今日急いでるから。

萌花は、あたしを避けていたわけではなかったのか。

もしかしたら、たまたまお母さんの入院と時期が重なっただけで、あたしへの態度とは関係ないのかもしれない。

でも、避けていたのでもそうでなくてもどっちでもいい。これからはもっと積極的に自分から萌花に話しかけよう。あたしはそう心に決めた。

9（七月十五日）

孝志が遅い朝食をとっている。網戸一枚の窓から、蟬《せみ》の声とともに、乾いた風が流れ込んできた。

隣の火事から一週間が経ったが、孝志はまだ学校へは行けていない。

泰彦君の言葉は、孝志にとって、暗闇の中に希望の光が射したようなものだったろう。だが、その言葉だけですべてをふっきれるほど、これまでの孝志の苦悩は単純なものではなかった。

ご飯茶碗を空にした孝志に、「おかわりは」と尋ねる。「いい」と返す言葉は相変わらずぶっきらぼうだ。

でも——いつかきっと、孝志は学校へ、社会へ復帰できる。そんな気がしている。火事以来、孝志の昼夜逆転の生活は改善された。塀の上の目隠しを撤去し、このダイニングからも、隣家のベランダが見えるようになった。

「あ、コンブだ」

孝志の目がベランダに注がれる。その目には、十一歳の少年らしい輝きが戻っているように見えた。

ミッシング・リング

《銀峰荘》見取図

【2階】

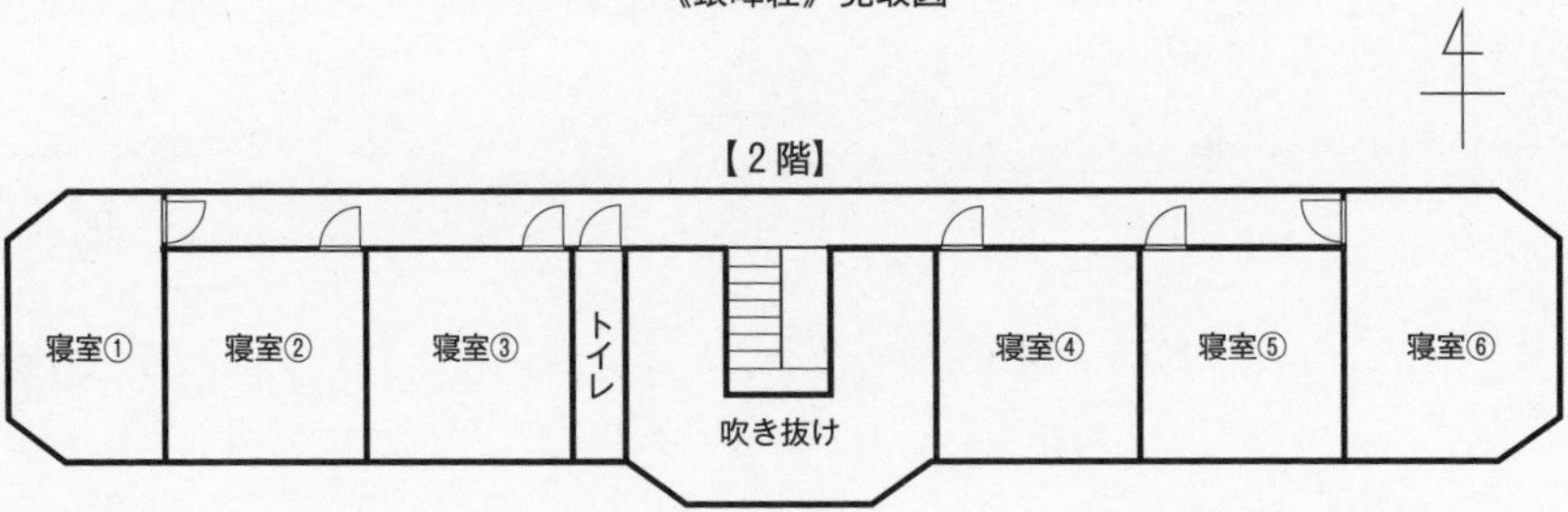
寝室①
寝室②
寝室③
トイレ
吹き抜け
寝室④
寝室⑤
寝室⑥

【1階】

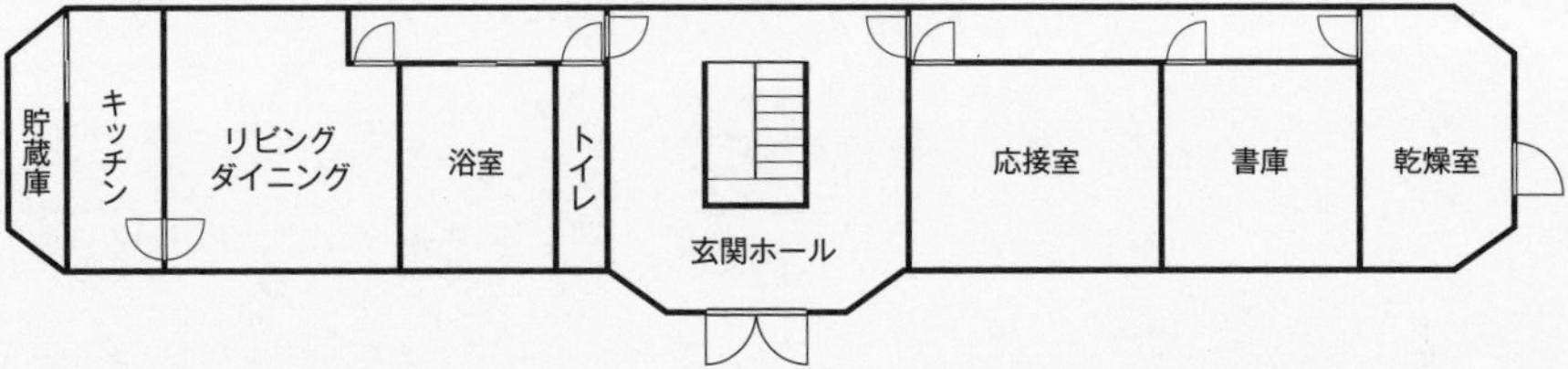
貯蔵庫
キッチン
リビング
ダイニング
浴室
トイレ
玄関ホール
応接室
書庫
乾燥室

【起――相庭浩一】

1　14:40

山並みの上に広がる空は、淡い灰色に覆われつつあった。フロントガラスから見える山々は、頂上付近だけがわずかに白銀を明るく反射させている。そこだけは雲が切れて日が差しているのだろう。相庭《あいば》浩一《こういち》はハンドルにあごを乗せ、今夜は雪になりそうだと思った。

長野県の上田市は昨日から降雪がなく、三月上旬のこの日、通行量の多い国道の路面はほぼ乾いている。一方で、路肩や周囲の田畑には雪が残っていた。

「お、雪だるまがいるぜ」

助手席の中西貴之《なかにしたかゆき》が顔を左に向ける。浩一もそちらを見て、くすりと笑みがこぼれた。「何かお前に似てるな」

ペンションらしき建物の庭に、やや解けた雪だるまがある。

二つの雪玉をつなげたそれは、首に相当する部分がぐるりと一周、もりあがっていた。解けた部分から赤い布がのぞいている様子から察するに、マフラーを巻いて放置しておいたところへまた雪が降って凍ったのだろう。眉毛にした小枝が取れかけて八の字になった愛嬌《あいきょう》のある顔は、太い首と相まって、元ラグビー選手である貴之と雰囲気が似ていた。

「浩一、青だよ」

後部座席から永野亜希子《ながのあきこ》の声がかかり、浩一は慌てて顔を戻す。ブレーキペダルから足をはずし、車を発進させた。

浩一、貴之、亜希子の三人は、いずれも秀林《しゅうりん》大学の卒業生である。彼ら三人に太田美咲《おおたみさき》、倉橋春菜《くらはしはるな》を加えた五人は、理学部数学科の同級生で、学生時代はいつも行動をともにしていた。しかし、卒業後は進路もばらばらとなり、だれか二、三人が会うことはあっても、五人で集まる機会はこれまでなかった。

そんな彼らが五年ぶりに再会することになったきっかけは、浩一が貴之に送った年賀状である。何の気なしに書いた「久しぶりに、あのころの仲間で集まらないか」との言葉に貴之が反応し、彼はさっそく美咲に連絡をとった。美咲は、信州にある自分の家の別荘に四人を招待すると申し出た。彼女は大手証券会社の重役の娘で、冬から春にかけては、毎週のように別荘に赴《おもむ》き、スキーを楽しんでいるという。

太田家の別荘に集まることにはみんな異存はなかったが、なかなか全員のスケジュールが合わず、一月、二月は適当な日がなかった。結局三月第一週の週末に、一泊二日、その別荘で過ごすことになった。

「春菜は出発したころかしら」

後部座席から亜希子が言った。浩一はカーナビの時計に目をやる。

「そうだな。確か三時台の新幹線に乗るって言ってたから」

「あいつそそっかしいから、行き先の違う新幹線に乗らなきゃいいけどな」

倉橋春菜は、東京で私立の中高一貫校の教師をしている。そのため、土曜と日曜も授業やら部活やらでなかなか休みがとれず、なんとかこの日ならと言った今日も、一人だけ遅れて電車で来ることになっていた。

「そういえば、春菜のやつ、美咲から重大発表があるかもよとか言ってたな。浩一、何か聞いてるか」

「え、いや、特に何も」

「アッコは？」

「まあ、もしかしたらって思うことはあるけどね」

「何、何」

貴之が後部座席を振り返る。貴之は、大学時代はラグビー部に所属し、現在もスポーツクラブのインストラクターをしている。外見はごついが、仕草や発言に妙に子供っぽいところがある。熱くて純粋な男なのだ。

「正月に会ったとき、美咲、とてもきれいになってた。それにとても幸せそうだったし」

「それって、まさか……」

「たぶん、結婚するってことじゃないかな。まあ、女の勘だけどね」

美咲とは長い付き合いだけあって、亜希子は鋭い。彼女たちは、私立の中学から同じ学校で、中学、高校時代は二人とも水泳部に所属していた。

大学生になって美咲は水泳をやめたが、亜希子は大学でも水泳部に所属し、現在は、水泳で培《つちか》った均整のとれたプロポーションを生かしてモデルの道に進んでいる。

「えー、美咲、結婚しちゃうのか」

「わからないわよ。そんな気がするだけ。でも、もしそうだったら、貴之君はショックでしょ。美咲のこと、好きだったもんね」

亜希子は、浩一のことは呼び捨てだが、貴之のことは君付けで呼んだ。

「美咲が結婚するなら、俺はその相手を一発殴る」

「何、父親みたいなこと言ってんのよ。美咲と付き合ってたわけでもないのに」

冗談を言いながらも、貴之は少し気落ちしたようだった。いかつい体が一回り小さくなったように見える。

浩一は、背中を冷や汗が伝うのを感じながら、黙って運転を続けていた。

2　15:10

美術館風のしゃれたコンクリート塀に沿ってしばらく車を走らせると、やっと入り口の門にたどり着いた。門柱には《銀峰荘《ぎんぽうそう》》と書かれたプレートが埋め込まれている。白銀の山々を背景に建つ広々とした別荘は、確かにそう呼びたくなるたたずまいだった。

このあたりは路面にも多少雪が残っていたが、敷地内の駐車場へのアプローチはきれいに雪かきがされている。車一台分のカーポートは空《あ》いていて、その隣の屋根のないスペースに、ブルーのスカイラインと、四〇〇ＣＣのバイクが駐車していた。おそらく来客用にカーポートを空けておいてくれたのだろう。ありがたくそこに車を止めさせていただき、エンジンを切った。

思わず、ほっと息をつく。何とか雪道を走らずに到着することができた。愛車のストリームには念のためチェーンを積んできたが、チェーンの着脱などもう五、六年やっていない。それに、今日は服を汚したくなかった。

「すごいな。まるでホテルみたいだ」

《銀峰荘》を初めて訪れた貴之が感嘆の声を上げる。

《銀峰荘》は、北欧風の尖《とが》った屋根を頂いた瀟洒《しようしや》な建物だ。二階建てではあるが、尖った屋根の分だけふつうの二階建てより高く感じられ、洋館という言葉がぴったりな風情《ふぜい》を醸《かも》し出していた。

一行は、レンガの石畳を踏んで、正面にある玄関に向かった。重厚な木製の扉をはさみ、左右に窓が並んでいる。玄関は横長の建物の真ん中に位置していた。

呼び鈴を押すと、ほどなくしてエプロン姿の美咲が顔をのぞかせた。

「いらっしゃい。遠いところをようこそ」

到着した三人の顔をぐるりと見て、「さ、入って」と扉を引いた。

玄関を通るとき、浩一は一瞬美咲と目を合わせた。美咲は意味ありげにほほえむ。浩一は小さくあごを引いた。

三和土《たたき》で靴を脱ぎ、スリッパに履《は》き替える。広々とした玄関ホールは屋外のように明るい。ホールは吹き抜けになっていて、大きく開いた天窓は薄曇りながらも十分な明るさを室内に取り込んでいる。

ホール中央には、二階へと上がる階段がある。水平の踏板とそれを支える左右の側桁《がわげた》だけの作りで、蹴込板《けこみいた》はついていない。それだけに、ホールの中央にあっても圧迫感はなかった。

「どうぞ、こちらへ」

ホールは十数畳ほどの広さで、左右にそれぞれドアがある。玄関を入るとき、西日が左後方から差していたので、玄関は南に向いているのだろう。したがって、そこから左右に延びる棟には東西に分かれて部屋が並んでいることになる。美咲は向かって左のドア、つまり西側の棟へ一行を誘《いざな》った。

ドアを開けると、まっすぐに廊下が続いている。右側には窓、左側にはドアが複数ある。蛍光灯もついているが、吹き抜けの玄関に比べると、やや薄暗い。

トイレ、浴室の前を通り過ぎ、美咲は一番奥のドアを開いた。一度ここに来たことがある浩一は、そこがダイニングルームであることを知っていた。

だれもいないものと思っていたが、室内に入ると、先客が一人いた。

正確にはそこはリビングダイニングルームで、入って右側に食事をするテーブルと椅子、左側にはテレビやソファが配置されている。五、六人は座れそうな大型のソファの端に、自分たちよりも少し若そうな青年が座っていた。青年はこちらに気づくと、立ち上がってぺこりと頭を下げた。

「太田稜《りょう》といいます。いつも、姉がお世話になっています」

「弟……さん？」

浩一が《聞いていないよ》という顔を美咲に向けると、「ごめんなさい」と彼女は頭を下げた。

「お昼過ぎに、突然やってきたのよ。今日はお客さん来るから帰ってって言ったんだけど、実家には厄介になりたくないし、ホテルに泊まるお金もないって言うもんだから」

「すいません。お邪魔はしませんので」

ニットのセーターにジーンズ姿の青年は、恐縮した様子で慇懃《いんぎん》に言った。

美咲の弟と会うのは、初めてだった。二年前、高校卒業と同時に絵の勉強をしたいからと親の反対を押し切って家を飛び出し、ヨーロッパへ行ってしまったと聞かされていた。

「日本を発《た》つ前に、別荘の合鍵をこっそり渡しておいたの。今朝成田に着いて、レンタルバイクでここまで来たんですって。そうしたら、私がいたってわけ」

「ま、いいじゃないか。人が多いほうがにぎやかでいい」貴之が稜に歩み寄る。「俺は中西貴之。いずれ君のお兄さんになるから、よろしくな」

亜希子の推測を認めたくないのか、冗談で言っているのか、真顔で貴之は言い放つ。

「あ、はい……」稜は困惑顔で、差し出された手を握った。

「私は永野亜希子。高校のとき、一度美咲のうちで会ったことなかったかしら」

「はい。永野さんのことは覚えています。あまりにきれいなお姉さんだったんで、印象に残っています」

「お世辞が上手ね。でも、あなたまだ、そのときは小学生だったでしょ」

「そ、そうでしたね」

浩一が次に名乗ろうとすると、貴之が先に口を開いた。

「そして、このひょろっと背の高いのが、アッコの元彼の相庭浩一」

「おい、そんなこと、ここでばらさなくてもいいだろ」

浩一は慌てた。亜希子との過去は美咲も知っていることだが、将来の弟になるかもしれない初対面の稜に、軽い男と思われたくなかった。

美咲が咳払いをする。「ええと、とりあえず皆さん、まず中をご案内いたします。私は、食事の準備があるので、稜、お願いね」

《え、ぼく》とゼスチャーで応じる弟に「頼んだわよ」と言い残し、美咲はキッチンに向かった。

「えっと、荷物はここに置いていっていいのかな」貴之が肩にかけている自分のバッグを指差す。

「そうですね。あ、でも、ここは皆さんが使うので、応接室に置いてもらってもいいですか」

「人数分ベッドルームがあるって聞いたんだけど、そっちに置いちゃだめなの」

「すみません。寝室は二階なんですけど、さっき姉貴に頼まれて廊下にワックス掛けしちゃったんですよ。まだ乾いていないんで」

「わかったわ。じゃあ、応接室に案内して」

一行は荷物を持ったまま、稜の後に従う。

廊下に出た稜は、玄関ホールに戻ると、そのまままっすぐホールを突っ切り、東側のドアを開けた。ドアの向こうは同じように廊下になっている。左側が窓で、右側に部屋のドアがある。稜は最初の部屋のドアを開け、三人を誘った。

「ここが応接室です」

ダイニングルームと同じくらいの広さの部屋には、二人掛けのソファが四つあり、ガラステーブルを囲んでいる。右手奥にピアノ、左手の壁際には重厚なリビングボードがあって、リビングボードの上には、いくつかのトロフィーや盾《たて》が飾られていた。

「荷物はソファの上に置いてください」

「このトロフィーとか盾は、ご家族の？」

荷物を置いた貴之は、リビングボードに歩み寄る。

「はい。父のゴルフ、母の日本舞踊、姉貴のピアノですかね。ぼくのは何もないです」

「どうして実家に飾らず、別荘なんかに置いてあるんだい」浩一も貴之の後ろからのぞき込んだ。

「実家にもありますよ。これは、ほんの一部」

《ほう》とも《ふう》ともとれる、微妙なため息がもれる。

「あ、これ、菅平《すがだいら》じゃないか」

貴之が、トロフィーの横を見て言った。そこにはカレンダーが掛けてあり、二月のそれには、雪に覆われた菅平高原の写真が刷られている。

「そうみたいだな。《信州美景カレンダー》って書いてある」

「なつかしいな」

この別荘から車で十五分くらいの距離にある菅平高原は、スキー場としても有名だが、夏はラグビー合宿のメッカになる。貴之は大学時代に合宿で訪れていたのだろう。

浩一は視線を戻し、一つのトロフィーに目をとめた。

台座の上に球体が載り、その上に人間らしきものをかたどった像が据えられている。その形状は、ゴルフ、日本舞踊、ピアノのいずれにもあてはまりそうにない。

よく見ると、両手を後方に広げた人物像は、ちょうどバタフライの息継ぎをする瞬間をかたどったもののようだった。台座の部分は、他のトロフィーの陰になっていてよく見えないが、美咲は高校時代まで水泳をやっていたから、その当時のものなのかもしれない。

「では、行きましょうか」稜はドアを開けようとして、思いついたように立ち止まる。「あ、念のため、貴重品はお持ちになってくださいね」

浩一も立ち止まった。そうだ、非常に大事な品がバッグに入っている。

「ちょっと、待っててくれ」

浩一は奥へ戻った。貴之と亜希子は改めて取り出すものがないらしく、ドアのところに立ったままだ。

浩一は急いでバッグを開くと、中を探り、目当てのものを見つけた。しかし、それをバッグから出そうとしたところで思い直した。

さほど大きなものではないが、ほぼ立方体のそれは、ポケットへ入れるには無理がある。かといって、手に持って歩くわけにはいかない。

結局、貴之と亜希子からは見えないよう体を盾にしてそれをバッグに戻し、財布だけを持って、部屋を出た。

3

15:30

ダイニングルームに戻ると、ちょうど美咲がコーヒーをいれているところだった。

「そろそろ戻るころかと思ってね」カップをテーブルに置きながら、だれにともなく言う。

「お茶にしましょ」

「いや、びっくりしたよ」貴之が椅子に腰を下ろしながら言う。「とても個人の別荘とは思えないな」

確かに、一階だけでも十分な広さだった。ペンション、いや、プチホテルと言ったほうがふさわしい。

先ほど応接室を出た一行は、次に隣の書庫に立ち寄った。そこにはびっしりと本棚が並び、これも実家に置ききれなくなった書籍であると稜は説明した。

書庫のさらに奥には、乾燥室があった。スキーの板やブーツを乾かすための部屋で、部屋の突き当たりには外へ通じるドアがあり、滑りに行くときは、スキー靴のまま直接出入りできるようになっているのだという。

ダイニングへ戻ってからも、ここが初めての貴之と亜希子は、《銀峰荘》の想像以上の豪華さに、興奮した面《おも》持《も》ちを隠せないでいた。

「二階はどうなっているの」カップを両手で持ちながら、亜希子が美咲に尋ねた。

「二階は全部寝室よ。階段を挟んで、両側に三部屋ずつあるの」

「ふうん。もっと部屋がありそうな広さだけど、一部屋一部屋がゆったりした作りになっているのね。六部屋ってことは、いまここにいる五人に春菜をいれたら、ちょうど人数分ぴったりか。もう一人いたら稜君は追い出されるところだったわね」

「あ、でも、二階にはそれぞれの部屋にロフトがあって、ロフトにもベッドがあるから、二人で一部屋使うこともできるの」

「なるほど、とんがり屋根の部分がロフトなんだ」

「そういうこと。だからまあ、実質二階半みたいなものね」

美咲は自分の分のコーヒーを飲み干すと、すぐにまたキッチンへ戻っていく。キッチンとの境にドアはないが、胸の高さくらいに、バーカウンターにあるような前後に開く戸が設置されている。美咲が通り過ぎると、ぱたぱたと戸が揺れた。

「ところで、浩一。さっき、応接室で、何か隠してたでしょ」

「え、何のことだい」

「まさか、浩一だったとはね」

「おい、何の話してるんだ」貴之が怪訝《けげん》そうな顔をする。

「だから、美咲のお相手よ。美咲が結婚を考えている相手は、浩一なんでしょ」

一瞬空気が固まった気がした。貴之は目を見開いている。

「う、うそだろ……」

「応接室で見ちゃったのよね。貴之が指輪のケースを取り出そうとして、またバッグにしまったのを」亜希子は、浩一のほうに向き直る。「あれ、婚約指輪なんじゃないの」

亜希子と貴之の視線が浩一に注がれる。稜は、「ぼく、カップ片付けてきますね」と言って立ち上がった。込み入った話になりそうなので気をきかせたか、あるいは、美咲からすでに聞かされているのかもしれない。

「あっちで話すよ」

浩一はリビング側のソファを示した。美咲にはまだ内緒にしておきたい話もある。少しでもキッチンから離れておきたかった。

浩一に続いて、亜希子と貴之もソファに座る。

「別に、隠していたわけじゃないんだ。食事のあとで落ち着いたら、ちゃんと発表しようと思っていた」

「じゃあ、ほんとにお前、美咲と結婚するのか」

「ああ。去年のクリスマスにプロポーズした」

「いつから付き合っていたの」亜希子の声にはやや険がある。「もしかして、大学時代から？」

「いや、誓ってそれはない。大学時代は、アッコだけを見てた」

亜希子とはどちらかが別れを切り出したわけではなかった。大学を卒業し、それぞれ職につくと、会う機会が次第に減っていったのだ。新生活をスタートさせたばかりのころは、なかなか自分の時間を作るのは難しい。それまで当たり前のように二人で同じ時を過ごしていただけに、いつでも会えるという気持ちも強かったのだろう。お互い積極的に連絡をとることがなくなり、フェイドアウトするように二人の関係は終わってしまった。

「美咲とは二年前にたまたま再会したんだ。仕事の関係でね」

「仕事っていうと、コピアーツの？」

浩一はうなずく。コピアーツは、複合機メーカーの最大手企業だ。営業部メンテナンス課が浩一の配属先だった。

「美咲の勤める証券会社からコピー機修理の依頼があって俺が出向いたら、たまたま彼女が働いているフロアだったんだ。その日の夜、一緒に食事をしようってことになった。当時美咲は、仕事上のことで悩んでて、それから何回か相談にのっているうちに、付き合うようになったんだ」

「あの指輪は、婚約指輪？」

「ああ。でも、美咲にはまだ俺が指輪を用意してるってことは内緒にしているんだ。今日、サプライズで渡そうと思ってね」

「そうなんだ。で、その大事な指輪、応接室に置いたままでいいの。どうせもう私たちにはばれちゃったんだから、そばに置いておいたほうがいいんじゃない？」

「そうだよ。とってこいよ。でないと、俺がもらっちまうぞ」

さっさと行けというように、貴之が手を振る。

「わかった。すまないな」

浩一は立ち上がり、ダイニングを出た。

4　15：50

ダイニングを出ると、廊下はさっきより薄暗くなっていた。日が傾いたせいかと思ったが、どうやらそれだけではないらしい。廊下に並んだ蛍光灯のうち、玄関に近いほうの一本が切れかかっていた。うすぼんやりした明かりがちらちらしたかと思うと、時折完全に暗くなる。

夜までに交換したほうがいいなと、浩一は思った。

玄関ホールを抜けて、東側の廊下へ入り、応接室のドアを開ける。先ほどと同じ状態で、バッグはソファの上にあった。薄暗かったので電気のスイッチを入れ、ソファに近づく。

自分のスポーツバッグを開き、中を探ると、すぐに指輪のケースは見つかった。薄紫色のフェルト地のケースだ。取り出してふたを開くと、シルクの台にプラチナのリングが載っている。幅のある帯状のリングに、小さなダイヤが五つ、一列に埋め込まれている。部屋の照明がリングに反射して、きらめきを放った。

浩一はケースを閉め、少し迷ったあと、ジャケットのポケットに入れた。盛り上がって目立つが、もう美咲以外にはばれてしまっている。美咲の前でだけ、ポケットを隠すようにすればいい。

部屋を出て、再び玄関ホールを通り抜け、ダイニングに戻ると、貴之と稜がソファでテレビを見ていた。テレビでは地方向けの情報番組が放映されている。二人とも、特にすることもないので、退屈しのぎにテレビを眺めているという雰囲気だった。

「アッコは?」

「キッチンに行った。夕飯の支度、手伝うって言って」

「すみません。ほんとはぼくが手伝うべきなんでしょうけど、料理は苦手なので」

稜が頭を下げる。

「でも、留学先では一人暮らしだったんだろ?」浩一は稜の隣に腰を下ろした。「食事はどうしてたんだい」

「最初のうちは、パンやファストフードばかり食べてました。そのうち、まかない付きのバイト先を見つけたんで」

稜はひざの上で組んだ手を開いて、また閉じた。どこか欧米人らしい仕草だった。その指は細く、芸術家らしい繊細さを感じさせる。

この青年が弟になるのかと、浩一は感慨深い気持ちで稜の横顔を眺めた。

5

16:05

「そろそろ、春菜を迎えに行ってくるね」

手を後ろに回し、エプロンの紐をほどきながら、美咲がダイニングに入ってきた。

「新幹線の駅まで迎えに行くことになってるの」

ここからだと、北陸新幹線の上田駅だろう。車なら二十分ほどの距離だ。

「ぼくが行こうか」稜が立ち上がる。

「あんたは向こうで免許とったんでしょ。右ハンドルが初めてなんて人に出迎えは任せられないわ。それともバイクで二人乗りするつもり」

「俺の車出してもいいけど」浩一はソファに座ったまま美咲のほうへ体を向けた。ジャケットのふくらみに気づかれないよう、さりげなく右手でポケットを隠す。

「でも、雪降ってるわよ」

「え、ほんと」

窓に目をやると、いつの間にか外は雪になっていた。まだ降り始めて間がないはずだが、白い斜めの線が無数に見える。結構な勢いだ。これでは戻ってくるころにはノーマルタイヤでは走れそうにない。

「うちの車はスタッドレスだから、私が行くわ」

美咲は冬に何度もこの《銀峰荘》に来ているから、雪道にも慣れている。ここは素直に従ったほうがよさそうだ。

「台所はアッコに任せてあるけど、もし応援が必要なときは手伝ってあげて」

「了解」浩一と貴之は声をそろえた。

美咲はハンガーにかけてあったコートを羽織《はお》り、部屋を出ていく。

少ししてから、浩一は立ち上がった。

「お、フィアンセの見送りか」貴之が茶化す。

そう言って、浩一は廊下へ出た。昼にサービスエリアで行ったきりだ。

「トイレだよ」

トイレは玄関ホールへ出る手前の右側にある。さすがに男女別にはなっていない。宿ではなく一般の別荘であることに気づかされる。

用を済ました浩一は、やはりポケットに指輪があると何かと動きづらいと思った。ケースから出して持っていればいいのだが、それではどこかに落としてしまいそうだ。二階の部屋に置ければいいのだが、二階に上がることは止められている。廊下のワックスはまだ乾いていないのだろうか。

様子を見てみようと思った浩一は、玄関ホールに出て、階段に向かった。

階段を上り、上がり切る三段ほど手前で足を止める。二階の廊下はてらてらと光っていた。手を伸ばしてそっと指でこすってみると、うっすらと指の跡がついた。まだ完全には乾いていない。やむをえず、浩一はきびすを返し、階段を下りた。

結局、指輪は応接室のバッグにもどすことにした。だれもそこに指輪があると思っていないのだから、置いておいても盗まれる心配はないだろう。まして、気心の知れたメンバーばかりだ。初対面の稜にしても、いずれは弟になるのだから身内といってもいい。

応接室に入り、浩一は自分のバッグを開いた。念のため奥のほうにしまっておこうと、手を深く差し入れる。指先が何か固いものに触れ、何だろうと思いながらそれを取り出した。

——そうか。これ、入れっぱなしにしていたんだ。

箱根で買った寄木細工の箱だった。

今年の正月に、ふと思いついて箱根の温泉に出かけた際、土産物屋《みやげものや》で寄木細工のからくり箱が目にとまった。元来パズルや知恵の輪が好きな性格なので、衝動買いしてしまったのだ。旅行バッグの奥にしまったまま、出すのを忘れていた。

開くためには二十数回の手順が必要なその箱は、ちょうど指輪のケースが入る大きさだった。

——ちょうどいい。これに指輪を入れておこう。

浩一は指輪を一旦リビングボードに置き、箱を開けにかかった。

手間は多いが、ほとんど同じ作業の繰り返しで開く仕組みだったはずだ。
二、三分ほど手を動かしていると、箱は開いた。
リビングボードに置いた指輪を取り上げようとした浩一は、何気なく壁のカレンダーに目をやる。白銀に輝く北アルプスの写真の下に数字が並び、今日の日付には赤いペンで丸がついている。そこには美咲の字で、《再会記念日》と書かれていた。そう、今日は二年前に二人が再会した記念日なのだ。

指輪をからくり箱にしまう前に、浩一はもう一度ケースのふたを開いて、中のリングを確認した。今日この指輪を美咲に渡すことにしたのは、ふたりにとっての大切な日だからだ。学生時代も親しかったとはいえ、当時はただの友人でしかなかった。のちに恋人となるふたりの再出発は、二年前のこの日だったのだ。

浩一は、気持ちを込めるようにケースのふたを閉じ、それを寄木細工の箱にしまった。

6　16:15

「ちょっとだれか手を貸してくれないかな」

浩一がダイニングに戻ると、ちょうどキッチンから亜希子が顔を出した。

「俺行くよ」

貴之が立ち上がる。浩一に目をとめると、彼が何か言う前に、「浩一はいいよ」と片手をあげて制した。「言ってみれば、浩一は主賓だもんな。いや、嫌みで言ってるんじゃないぜ。何のお祝いも持ってきていない代わりに、料理の手伝いくらいさせてほしいんだ」

貴之と亜希子は、浩一に手を振り、キッチンへ消えた。

「何か気を遣わせちゃってるな、俺」浩一は稜の隣に腰を下ろしながら言った。

「浩一さんは、以前、亜希子さんと付き合ってらしたんですよね」

「ああ。大学時代の二、三年だけだけどな」

「亜希子さん、浩一さんが姉貴と結婚するって聞いてから、ちょっと元気ないような気がしませんか」

「そんなことはないだろう。別れてからもう三、四年は経ってるんだぜ。きっと向こうにも新しい恋人がいるさ」

「そうですね。そういう目で見てしまうからかもしれませんね」

テレビでは、ちょうど情報番組が終わり、ニュースが始まった。浩一は大きく伸びをする。

「ここでテレビ見ててもつまらないですよね。もしよかったら、書庫から何か本持ってきますか」

「堅苦しい本は苦手なんだがな」

「そんな本ばかりでもないですよ。旅行ガイドや小説なんかもあります。そうだ、浩一さんたちは大学で数学を学んでいらしたんですよね。数学とか自然科学に関する本も確かあったと思います」

「そうか。じゃあ、ちょっと見せてもらおうかな」

「ぼくもちょっと退屈してたとこなんで、一緒に行きます」

二人は立ち上がり、廊下へのドアを開いた。

「あれ、蛍光灯、切れてますね」玄関ホールに近いところの照明を見て、稜が言った。

「ああ、ついにつかなくなったか。さっき俺が見たときには、まだかすかについてたんだが」

「姉貴がもどってきたら、蛍光灯の予備がないか聞いてみましょう。とりあえず、書庫へ」

東側の廊下へ進み、書庫に入る。先ほどはざっと案内されただけだから、蔵書はよく見ていなかった。

部屋に入ると、中央に大きな本棚が二つ背中合わせに置かれ、壁沿いにも、ずらりと本棚が並んでいる。奥にクローゼットらしき収納と、小さな机、椅子があるほかは、本棚で埋め尽くされている部屋だった。

本棚を眺めながら突き当たりに達した浩一は、クローゼットの前で足を止めた。

「この中にも本があるのかな？」

稜に声をかけると、少し離れたところにいた彼もクローゼットの前に来た。

「ここには生活備品が入っています。元はこの部屋も寝室だったんで、クローゼットは備え付けなんですよ。でも書庫にしてしまったので、倉庫がわりにいろいろなものを置いていて」

そう言いながら、稜は扉を開いた。中には、掃除機やほうき、それに蛍光灯や脚立《きゃたつ》があった。

「蛍光灯、ありましたね」

「脚立もあるから、交換できそうだな」

「ただ、天井に届きますか。この脚立小さいですけど」

「俺なら届きそうだから、あとで交換しておくよ」

「すみません。ぼくじゃたぶん届かないんで」

身長一七八センチの浩一より、稜は十センチほど背が低い。

とりあえず借りる本を先に選んでしまおうと思い、浩一はクローゼットの扉を閉めた。

浩一の気をひいたのは、文庫の棚にあった推理小説と、自然科学系の棚にあった数学系の本だった。推理小説は明日までに読み終わらないかもしれないので、数学関係の本を一冊借りることにする。二十年ほど前に発刊されたデュードニーのパズル集があったので、それも取り出した。

7　16:40

稜は窓側の椅子に座って、シャガールの画集を開いていた。食い入るように見入っている。

「これ、貸してもらっていいかな」浩一は取り出した本を稜に見せた。

「どうぞ」

「ダイニングに戻る途中で、蛍光灯も交換しておくよ」

「あ、すみません。ぼくもお手伝いします」

「いや、一人で大丈夫だよ。その本重そうだから、ここで見ていたらいい」

「すいません。じゃあ、ぼくはもう少しここにいます」

浩一はクローゼットを開き、蛍光灯と脚立を取り出した。

玄関ホールを通り過ぎて西側の廊下に出た浩一は、切れている蛍光灯の下に脚立を置いた。

《銀峰荘》の一階は一般的な家屋よりも天井が高い。長身の浩一が脚立にのってやっと届くらいの高さだ。これでは大人でも小柄な人では天井に手が届かないから、もう少し高い脚立がどこかにあるのかもしれない。

新しい蛍光灯を細長いボール紙の筒から取り出したとき、ダイニングのドアが開くのが見えた。貴之が廊下に姿を現し、こちらへ歩いてくる。

「蛍光灯？」

「ああ、ついさっき切れたみたいなんだが、書庫に予備の蛍光灯があってね。――貴之は？」

「醬油がほとんど残っていないんだ。だから、買い物を稜君に頼もうと思って」

「そうか。彼なら、いま書庫にいるよ」

「了解」

貴之は玄関ホールに向かった。

その後浩一は、脚立に上ろうとして、貴之に手伝ってもらうのだったと後悔した。新しい蛍光灯を持ったまま脚立に上がると、古いほうをはずすことができない。かといって、床に交換用を置いたままでは、はずしてから一旦脚立を降りなければならず、面倒だ。

刀のように腰に差せないかと、新しい蛍光灯をベルトにはさもうとしたが、うまく固定されない。しかたなく、床にそれを置いて、古い蛍光灯を取り外しにかかった。

古いほうをはずして、脚立を降りると、玄関へ続くドアが開き、貴之が戻ってきた。

「稜君、ちょうど玄関にいて、出かけるところだった。美咲からも携帯に連絡があったらしい。醬油買っておくの忘れてたから、買いに行ってくれって」

「美咲がついでに買ってくればいいのに」

「アッコが困っているだろうから少しでも早くと思ったんじゃないか。携帯にメールが来てたのは三十分前くらいらしいから。結局、今から出たんじゃ、美咲が買って帰るのとあまりかわらないけどな」

貴之は「何か手伝おうか」と言ってくれたが、あとは新しい蛍光灯をつけるだけだ。浩一は大丈夫だと答える。貴之はダイニングに戻っていった。

浩一は再び脚立に上がり、蛍光灯をとりつけたが、どういうわけか明かりは灯《とも》らなかった。付け方が悪いのかと思い、何度かつけたりはずしたりを繰り返したが、つかない。

グローランプのほうが切れているのかもと思って、グローを取り外す。しかし、取り外してみても、切れているかどうかはわからなかった。たとえ切れていたとしても、交換用のグローがクローゼットにあったかどうかは記憶にない。

とりあえず、グローランプを元に戻すと、今度は明かりがついた。どうやら、グローの接触が悪かったらしい。

蛍光灯も換える必要はなかったかなと思ったが、はずしたほうはかなり黒ずんでいた。やはり交換どきだろう。

浩一は脚立を降りると、古いほうをボール紙の筒に入れ、廊下の隅に立てかけた。

8　16:55

　蛍光灯の交換を終えると、手がすっかり冷たくなっていた。かじかむ指に息をふきかけて両手をすりあわせる。廊下にもスチームヒーターが据えられているが、部屋の中に比べると廊下の温度はずっと低い。

　窓の外を見ると、黄昏《たそがれ》というより夜に近い暗さになっていた。悪天候のせいで、暗くなるのも早い。屋内の明かりが届く範囲以外は、雪も見えなくなっている。

　浩一がダイニングルームに戻ったときには、室内にはだれもいなかった。美咲はまだ戻ってこない。稜も買い物に出た。亜希子と貴之はキッチンだろう。

　テーブルの上には、ランチョンマットが六人分並べられていた。オレンジ色の照明に木目が映える室内は、心地よい暖かさに包まれている。キッチンからはほのかに料理の香りがただよってきて、自然と夕食への期待が高まった。

　席につこうと椅子を引くと、キッチンから亜希子が現れた。空《から》のグラスをトレーに載せている。

「あ、浩一。稜君はまだ戻ってこない？　煮物の味がちょっと薄いんだけど、醤油がもうないのよね」

「さっき前を通った近くのコンビニなら、バイクで往復十分ってところだよな。そろそろ戻ると思うけど」

「ちょっと遅いわね。雪にはまって動けなくなっていなければいいけど」

ちょうどそこに、外からエンジン音が聞こえてきた。バイクか車かは判然としないが、稜か美咲のどちらかが帰ってきたのだろう。ダイニングルームの鳩時計が五時を告げた。

「出迎えに行ってくるよ」

浩一は着席することなく、再びダイニングを出た。

玄関ホールはすっかり暗くなっていた。先ほどまでは照明をつけていなかったことに気づく。ホールには天窓があるため、必要なかったのだ。照明のスイッチを見つけ、明かりをつける。明るくなるのと当時に玄関の扉が開き、美咲が顔を出した。つややかな黒髪に雪が張り付いている。

「ただいま。かなり強く降ってるわ」

「稜君は醤油買いに行ったよ。まだ戻ってきてない」

「そっか。私が買ってきたほうが早かったね」

「春菜は？」

「まだ車の中。傘持ってきてないらしくてね、荷物が雪まみれになっちゃうから、先に私が傘取りに来たの」

「俺も行こうか」

「いま外に出たら靴がぐしょぐしょになっちゃうからいいよ。春菜も荷物少ないから私だけで大丈夫」

美咲は玄関脇の傘立てから一番大きそうなこうもり傘を取り出し、駐車場へ戻っていった。

ドアの開閉時に、ガーデン灯に照らされた庭が見えた。駐車場へのアプローチは一面雪に覆われ、点々と足跡が記されている。

浩一は、ふと指輪のことを思い出した。指輪は、夕食の席で皆に婚約の報告をし、その直後に美咲に渡すつもりでいた。もう食事時になるから、このあとはずっとダイニングにいることになる。いまのうちに、手元に用意しておくのがいいだろう。

浩一は玄関ホールを出て、応接室に入った。バッグを開き、寄木細工の箱を開けて、指輪のケースを取り出す。何気なくふたを開いた次の瞬間、彼は思わず声を上げた。

「そんな、ばかな……」

浩一は呆然とケースを見つめた。シルクの台座には、くぼみだけがあり、そこに収まっているはずのリングは跡形もなく消え失せていた。

【承——太田美咲】

1　16:10

玄関の扉を開くと、庭にうっすらと雪が積もり始めているのが見えた。花びらのような雪が空から激しく舞い落ちて、視界を白く覆っている。まだ四時すぎだというのに、すでに日が落ちたかのようにあたりは暗かった。

太田美咲はスノーブーツを履き、傘をさして車に向かった。スカイラインの運転席に収まると、肩や髪の雪をはらう。コートを脱いで、車をスタートさせた。

春菜とは、昨年の秋にも会っていた。浩一と式場の下見に行った帰り、偶然都内のカフェで出くわしたのだ。

どこか天然キャラのそそっかしい春菜だったが、さすがにそのときは雰囲気で二人の関係を察したようだ。久しぶりの再会にもかかわらず、二言三言交わしただけで行ってしまった。二人の邪魔をしないようにと気を利かせたのだろう。

やがて、車は県道に出た。ここまで来ると、交通量もあるので、路面に雪はまだ積もっていない。

全国チェーンのコンビニの前を通り過ぎたとき、あることにはたと気づいた。

——そうだ、醬油がなかったんだ。

昨夜遅くに《銀峰荘》に着いた美咲は、朝食に豆腐を食べようとして、醬油が残り少ないことに気づいた。買っておかなければと思いながら、今まで忘れていた。

美咲は一旦車を路肩に止め、どうしようか迷った末、稜に頼むことにした。

春菜を迎えに行った帰りに自分が買うとなると、五時近くになってしまう。それまで醬油が使えないと、亜希子の調理がストップしてしまうかもしれない。ちょうど稜は落ち着かない思いでいるはずだし、何か頼まれたほうが彼も気が楽だろう。

美咲は携帯の電源を入れ、《醬油を買いに行って》と、稜にメールをした。

2 16:30

駅周辺まで来るころには、国道の路面にも雪が積もり始めていた。大型トラックがすぐ前をゆっくりと走行している。春菜を待たせてしまうのではないかと、美咲は何度も時計に目をやった。

結局、予定より数分遅れて、上田駅に着いた。ちょうど新幹線が着くころだ。

お城口のロータリーに入り、路線バスの合間を縫って、空いたスペースに車を止める。サイドブレーキを引くのと同時に携帯がバイブし、《いま着いたよ》と春菜からのメールが届いた。車を止めた場所の目印を書いて返信すると、ほどなくして、こんこんと助手席のドアがノックされた。小振りなスポーツバッグを片手に、春菜が手を振っている。ドアを開けて乗り込んできた彼女は、全身雪まみれだった。

「ありがとう。迎えに来てくれて」

「傘持ってきてないの？」

「だって、東京じゃ雪降ってなかったもん」

こういうところが春菜らしい。決して頭の回転が鈍いわけではないが、どこか抜けている。

車をスタートさせると、春菜は窓の外をきょろきょろ見回している。

「どうしたの」

「すごい雪だなあって思って。こんなたくさんの雪、久しぶりに見た」

「あいにくの天気になっちゃったね。せっかく来てもらったのに、ごめん」

「何で美咲が謝るの。謝るならこっちだよ。私の予定がなかなか空かないから、こんな日になっちゃったんだよね」

「たまたまみんなの都合が合わなかっただけだよ」

——それに、私たちの思惑もあるしね。

美咲は心の中でつぶやいた。二月下旬まで全員の都合が合わないとわかったとき、浩一は、それならいっそ二人の再会記念日にしようかと提案してきた。みんなに結婚の報告をするのにもちょうどいい日だと浩一は考えたようだ。美咲に異存はなかった。

「そうだ、今日たまたま、弟も来ているの」

「弟さん？」

春菜と知り合ったのは大学に入ってからなので、春菜と稜に面識はなかった。簡単に経緯を説明する。

「ということなので、一人、部外者が交じっちゃうけど、よろしくね」

「了解です。美咲の弟さんか……、会うの楽しみ」

春菜ならそう言ってくれると思った。彼女は、人見知りという言葉とは無縁な人間だ。

「ところで、美咲――」会話がとぎれたタイミングで、唐突に春菜が聞いてきた。「浩一君と結婚するの？」

「やっぱりばれてた？」

「だってあのとき、結婚式場の封筒持ってたじゃない。鈍い私でもわかるよ。式場の下見に行ったんでしょ」

「うん。今日、みんなに報告しようと思ってたんだ」

「そっか。それがいいね。こういうのって、自分だけ聞かされていなかったりするとがっかりするもんね。みんなに同時に報告するのがいいと思う」

「ありがとう、そう言ってくれて。実はちょっと不安もあったんだ。何か自分たちの幸せを見せつけるようで、感じ悪いかなとも思って……」

「そんなことないよ。おめでたいことじゃない」

春菜の屈託のない笑顔を見ていると心が和《なご》む。だが、春菜は祝福してくれても、亜希子や貴之には単純にそうと割り切れない気持ちがあることも、美咲は知っていた。

《銀峰荘》までの道のりの三分の一くらいまで来たとき、携帯が鳴った。メールの着信を告げる音だ。携帯は、助手席との間に置いたコートのポケットに入っている。

「ごめん、春菜。メールが来たみたいだから、ちょっと見てくれる」

「はーい」

携帯を取り出して操作をしていた春菜がくすっと笑う。

「どうしたの」

「《未来の兄さんの後ろ姿》ってタイトルで、浩一君の写真が送られてきた。何でだか知らないけど、本棚の前で脚立持ってる。これ、弟さんから?」

「うん、そう。まったく、何くだらないメール送ってよこしてるんだろ」

「あ、続けてまたメール来たよ。——《買い物のメール、いま気づいた。急いで買いに行くって」

「もう、稜ったら」

今から出るのでは、自分が買って行くのと大差ない。美咲は、稜に頼んだことを後悔した。

3　17:00

銀峰荘前の私道は早くも雪に埋もれ、そこに一本、轍《わだち》が残っている。おそらく稜のバイクのものだろう。美咲が出発したときのタイヤ跡はもう跡形もない。

カーポートの外の駐車スペースは、さっきまでスカイラインを止めていた場所にも雪が積もり始めている。

美咲は慎重に車をバックさせ、ストリームの隣に止めた。

ギアをパーキングに入れると、エンジンはそのままでコートを手に取る。

「春菜、ちょっと待ってて。いま傘取ってくるから」

コートに袖を通し、車外に出る。駐車場と玄関との間に、足跡が一筋あった。足跡は稜のバイクがあったあたりと玄関を結んでいる。

扉のすぐ横の窓がぱっと明るくなった。だれかが玄関ホールの照明をつけたようだ。

扉を開くと、そこに浩一が立っていた。美咲は髪や肩の雪をはらう。

「ただいま。かなり強く降ってるわ」

「稜君は醤油買いに行ったよ。まだ戻ってきてない」

「そっか。私が買ってきたほうが早かったね」

「春菜は？」

「まだ車の中。傘持ってきてないらしくてね、荷物が雪まみれになっちゃうから、先に私が傘取りに来たの」

「俺も行こうか」

「いま外に出たら靴がぐしょぐしょになっちゃうからいいよ。春菜も荷物少ないから私だけで大丈夫」

玄関脇の傘立てから一番大きいこうもり傘を取り出すと、美咲は駐車場へと引き返した。

4　17:05

春菜を連れて、美咲はダイニングルームに入った。皿を並べていた貴之と亜希子がこちらに気づいて、顔をほころばせる。

「やあ、春菜、久しぶり」

「こんにちは——というより、こんばんは、かな。ごめんね、遅くなって」

「学校、大丈夫だったの」

「うん。部活終わってから出てきたから」

美咲がコートを脱いでハンガーにかけていると、浩一が廊下に続くドアを開けて入ってきた。

春菜に気づくと「ああ、着いてたんだ」と声をかけてきたが、表情がさえない。

「浩一は座ってて。稜君が戻ったら、すぐ食事にできるから」

「あ、ああ。悪いな」

浩一は、どこか焦点の合っていない目でテーブルについた。

「何かあった？」美咲は浩一の顔をのぞき込んだ。

「いや、何でもないよ」

「そう……。ならいいけど」

明らかに様子が不自然だ。だが、浩一が話したくないのなら、それ以上詮索しても仕方ない。

「あ、貴之君、あと私がやるよ。手伝ってくれて、ありがとう」

「おう、じゃあ頼んだぞ」

貴之はそう言って、浩一の隣の席についた。

「私も手伝うよ」

春菜はダイニングの床にバッグを下ろし、キッチンに向かおうとする。そこへ、外からエンジン音が聞こえてきた。

「稜が帰ってきたみたいね。――春菜はいいよ。着いたばかりで、疲れてるでしょ。ここにいて」

「やっと来た。醬油、醬油」と、亜希子は廊下へ向かう。美咲はキッチンに入った。

料理の味見などをしていると、ダイニングから、「うっそー」という春菜の甲高《かんだか》い声が聞こえてきた。気になるので、ダイニングに顔を出す。

「美咲の弟さんって、太田君だったの！」

春菜が稜に駆け寄ると、「倉橋先生、どうしてここに」と稜も驚きの表情を浮かべる。

「あれ、二人は知り合いなの？」

友人と弟に接点があったなんて、初耳だった。

「倉橋先生は、母校の先生だよ」

「え、じゃあ、春菜の勤めている学校って――」

美咲が稜の母校である学園名を口にすると、春菜はうなずいた。そういえば、春菜が私立校の教師になったことは知っていたが、学校名までは聞いていなかった。

「太田君が美咲の弟だったなんて……。ありふれた名字だし、担任じゃなかったから、気づかなかった」

「高一のときに数学を教わったんですよね。直接のつながりはそれだけだったけど、先生は有名人だったから、いろいろ武勇伝は聞いています」

ふくみをもたせてにやついている稜に、「何よそれ、言ってみなさいよ」と春菜がかみついている。威厳のない先生だが、きっと生徒たちには慕われているのだろう。

「まあ、まあ、おふざけは後にして、私は醤油がほしいの。稜君、買ってきてくれた？」

「あ、すいません」

稜はあわててコンビニの袋を差し出した。

ダイニングがにぎやかな雰囲気に包まれる中、浩一だけは浮かない顔で、あらぬ方向を見つめている。

貴之がそれに気づき、「おい、浩一どうした。ぼんやりして、何かあったか」と声をかける。

「まさか、お前、指輪落としちゃったとかじゃないだろうな」

「貴之君」亜希子がたしなめる。

貴之は美咲のほうを見て、「あっ」と口に手をあてた。

「いまの、聞かれちゃった……？」

気まずそうな顔をする貴之に、美咲は笑みを返した。

「ごめん。聞こえちゃった。——でも、ほんと言うと、もっと前から気づいてた。浩一が指輪を持ってきていること」

「えっ」浩一が顔を上げる。

「さっき、私がキッチンにいるときに、みんなが話しているのが聞こえたの。それに、一ヶ月くらい前に、さりげなく浩一に指のサイズを聞かれたから、今日あたり、指輪をプレゼントするつもりなのかなって、何となく思ってた」

「そっか、今日は再会記念日だもんね」亜希子がうなずく。

「何だよ、再会記念日って」貴之は知らないようだ。

「さっき、応接室にカレンダー掛けてあったの見たでしょ」

「そっか、あれに書き込みがあったのか」

「大学卒業後に、美咲のオフィスで再会したのが今日なんでしょ」

「うん」美咲はうなずく。心なしか頬が熱い。

貴之は、「じゃあ、ほら、浩一」と、浩一の肩を両手でつかむ。「この際だ、いまこのタイミングでプレゼントしちゃえ」

美咲の前に押し出されるような恰好になった浩一は、美咲と視線を合わせず、うつむいている。

一同が怪訝そうな表情に変わったとき、浩一はポケットから指輪のケースを取り出した。それを美咲の前に持ち上げ、ふたを開ける。

「ごめん、美咲！」

そこに指輪はなかった。

5　17:19

「どういうこと？」

美咲の問いに、浩一は黙って首を振る。

「おい、冗談だろ。本当に、なくしちまったのか」

「わからない。いつの間にかケースの中から、指輪がなくなっていたんだ」

「だって浩一君、指輪ずっと持ってたんじゃないの」

「それが、ポケットに入れたままだと動きづらいから、一旦応接室のバッグに戻したんだ。ほんの一時間足らずだと思うんだが、いま取りに行ったら、ケースの中から指輪が消えていた」

「それって、盗まれたってことですか」稜がゆっくりと問う。浩一はだまっている。

「思い違いってことはないの。バッグに入れたつもりで、もともと入れてなかったんじゃ」

「でも、ケースはあったんですよね。ケースだけバッグに戻すとは考えにくいんじゃないですか」

指輪が盗まれた……。だとすると、この中のだれかが盗んだのだろうか。そんなことがあるとは思えない。ここにいるのは、気心の知れた仲間ばかりなのだ。

「ねえ、もしかしたら、泥棒がこの別荘に侵入したんじゃない？　だって、ここにいるだれかが盗むなんて考えられないよ」美咲の気持ちを代弁するように春菜が言った。

「そうだな。外部からの侵入者ってこともありうるな」貴之も同意する。

確かに、自分が春菜を迎えに行くとき、玄関には鍵をかけなかった。窓の鍵も、どこかが開いていたかもしれない。

「みんなで調べてみない？　もし侵入者がいたら、まだ足跡が残っているんじゃないかしら」

「この別荘に出入りできる箇所は、玄関と乾燥室。あとは、一階の窓かしら」美咲は別荘の間取りを思い浮かべながら言った。

「私、確認してくる」

美咲が廊下に向かおうとすると、「待って」と稜が呼び止めた。

「泥棒がまだ別荘の中にいるかもしれないんだ。一人じゃ危険だよ」

「そうだな。何かあってもいいように、少ない人数で行動するのはやめたほうがいい。足跡を調べに行くのは、俺と美咲と稜君にしよう。浩一はここに残って、万一賊がこっちに来たらアッコや春菜を守ってくれ」

「わかった」浩一は神妙な顔でうなずく。

「じゃあ、行くぞ」

貴之の言葉に美咲はうなずき、稜とともに貴之の後に従った。

6　17:30

結局、侵入者がいた形跡はどこにもなかった。

乾燥室のドアや窓はすべて施錠されていた。念のためドアや窓を開いて外を見たが、足跡のない雪面が続いているだけだった。

唯一玄関だけは、施錠がされておらず、足跡も幾筋か見られたが、それらは美咲と春菜、稜の三人のものとみて間違いなさそうだった。

第一、春菜を迎えに行って戻ってきたとき、稜の足跡が一筋あったほかは、雪面にはなんの痕跡もなかった。いくら雪の降りが激しいとはいえ、三十分やそこらで侵入者の痕跡が消滅してしまうとは考えにくい。

貴之たちがダイニングに戻って、状況を報告すると、六人の間に重い空気が流れた。

「残念ながら、俺たちの中に指輪を盗んだ犯人がいるってことだ」

「指輪がなくなったと考えられる時間帯にここにいたのは、四人。指輪の持ち主の浩一を除いた三人が容疑者ってことね」亜希子は貴之と稜を指差したあと、自分に指を向ける。

「容疑者だなんて、そんな……」美咲の声はかすれた。

「いいよ、美咲。気を遣わなくても。ここははっきりさせておいたほうがいい」貴之は毅然《きぜん》と言う。「第一、俺たちには動機がある」

「動機って、何だよ」浩一が困惑した表情で聞く。

「気づいていないふりをするのはよそうぜ。浩一だって、俺のこと疑ってるんだろ。俺が美咲に惚れていたのは周知の事実だからな。はっきり言って、美咲と結婚することになった浩一を、俺はねたましく思っている。婚約指輪を奪う理由は十分だ」

「そっか、私も同じような理由で、動機があるわけね。浩一と付き合っていたんだから」

「でも、もう何年も前に二人の関係は終わっているだろう」浩一が口をはさんだ。亜希子は自《じ》嘲《ちょう》ぎみに笑みを浮かべる。

「それは、浩一がそう思っているだけでしょ」

「え……」

「冗談よ。でも、私の気持ちは証明するすべがない。ほかのみんなに、いまでも浩一のことが好きなんじゃないかと思われても仕方ないってこと」

「身内をかばうようだけど、稜は動機ないんじゃない？　浩一とも今日初めて会ったわけだし」

「いや、姉さん、一番切実な動機を持っているのはぼくだよ。だって、間違いなくだれよりもお金に困っているからね。指輪を売ってお金に換えようと思ったとしても不思議はない」

「ねえ、みんな、もうやめない？」美咲は声を張り上げた。「やっぱり私、この中に指輪を盗んだ人がいるなんて思えないよ。だって、みんな自分で自分が犯人みたいに言ってるじゃない」

「俺も美咲と同意見だ。今日は悪かった。俺が指輪なんか持ってきたばかりに、こんなことになって。指輪は落としたものと思って諦《あきら》める。――それでいいだろ、美咲」

仲間内での犯人探しなど、したくない。指輪がなくても、二人の婚約が解消されるわけではないのだ。美咲はだまってうなずいた。

「ちょっと、待ってくれ」異を唱《とな》えたのは貴之だった。「お前たちはそれでいいかもしれないが、容疑者のほうの身にもなってくれよ。自分が犯人かもしれないとずっと疑われ続けるんだぜ。それは勘弁してほしいな」

「そうね」亜希子も同意する。「やっぱり、曖昧《あいまい》なままにしておくのはよくないよ」

「一つ提案なんですけど」稜が生徒のように手を上げる。「倉橋先生に犯人を見つけてもらったらどうでしょう」

「え、私？」春菜は自分を指差す。「無理無理、私なんかにできないよ」

「先生、ぼくが生徒だったころ、学校で起きた難事件をいくつか解決してたじゃないですか」

「難事件なんて、そんな。それに、あれは私のほかに、ものすごく頭の切れる先生がいて……」

「俺も、春菜にお願いしたいと思う」浩一も春菜に向き直る。「ふだんはおっちょこちょいだけど、春菜は本質を見抜く鋭い目を持っていると、前から感じていた」

「そうね。春菜にお願いするのがいいかもしれない。春菜はこの場にいなかったから、絶対に犯人じゃないし」

「ええー、そんな、自信ないよ」

美咲は春菜に歩みより、その手を握った。「私たちを助けると思って、ね。お願い」

春菜はしばらくうつむいて考えていたが、「わかった。やってみる」とつぶやいた。

「でも、期待しないでね。結局、わからなかったで終わるかもしれないよ」

「それでもいいよ。春菜が考えてわからなかったなら、みんな諦めがつくから」

浩一の言葉に、春菜を除く全員が深くうなずいた。

7　17：40

「じゃあ、ちょっと待ってて」

春菜はダイニングの床に置いたままのバッグに歩み寄ると、中を探り、ノートとボールペンを取り出した。

「まず、指輪がなくなった時間を確認するね」ノートを開き、ペンを構える。「浩一君、最後に指輪を確認したのはいつ？」

「美咲が春菜を迎えに行ったあと、俺はトイレに行った。そのときに、ポケットに指輪ケースがあると動きにくいと感じて、指輪をバッグに戻すことにしたんだ。だから、美咲がここを出てから五分後くらいかな」

「私がダイニングを出たのは、四時五分よ」

「じゃあ、浩一君が指輪をバッグにしまったのは四時十分ごろかな。なくなったのはそれ以降ってことね」

「待ってくれ、そのときにもう指輪が抜き取られていたってことはないのか」貴之が確認する。

「それはない。バッグに入れるときにケースを開けて確認したから」

浩一の言葉に、春菜はうなずき、ノートに時間を書き留めた。

「そうだ、みんなにはまだ言ってなかったが、そのとき俺は指輪をケースごと寄木細工の箱に入れたんだ」

「寄木細工って、からくり箱みたいなあれか」

「ああ。二十回以上の手順をふまないと開かないやつだ」

「よくそんなもの持ってたわね」

「たまたまバッグに入ってたんだ」

「その箱は元通りに閉まってたのか」

浩一はうなずく。貴之は、ふうんとうなずき、「ということは、犯人はからくり箱を開けて指輪を取り出し、また元通りに箱を閉めていったってことか」

確かに結構な手間だ。それをするためには、都合五十回近い手順が必要になる。

春菜も気になるようだ。ちょっと考える仕草をしてから、ノートに書き込みをした。

「次に、指輪がないことに気づいた時間だけど、何時ごろか覚えてる？」

「ちょうど美咲が帰ってきた直後だから、五時ごろかな」

「そうだね」春菜はうなずく。「私が車の中で美咲が傘を取ってきてくれるのを待っているときに、カーラジオが五時を告げたから、その時間は五時ちょうどで間違いないと思う。――そうすると、指輪がなくなったのは、四時一〇分から五時までの間ということでいいかな」

春菜は皆に同意を求める。異を唱えるものはいない。

「浩一君、念のため確認するけど、指輪がなくなっていることに気づいたとき、美咲はもう家のなかにいたの？　それとも、まだ外？」

「外だよ。春菜に傘を届けに行っているときだから」

「だとしたら、美咲が関与していないのは確実だね。車が到着してから浩一君と玄関で会うまでの間にってことも考えられるけど、私が車の中で待っていたのはほんのわずかな時間だから、靴を脱いで部屋にあがって指輪をとってくる時間なんてなかったはずだもの」

「もともと、美咲が犯人である可能性は考える意味がないだろう。指輪はこれから自分のものになるんだから、盗む意味がない」

「うん。でも犯人をつきとめるには、可能性は全部吟味していかないと、犯人だと指摘された人は納得がいかないでしょう。ごめんね、美咲」

「ううん。気にしないで」

「そうすると、やっぱり三人に絞られるね。亜希子、貴之君、太田君。不愉快かもしれないけど、その五十分間に、どこで何をしていたかを教えて」

三人は探るようにお互いの顔を見る。「じゃあ、私から話すね」と口火を切ったのは亜希子だった。

「私は単純。ずっとキッチンにいたわ。四時からずっと」

「キッチンから出たときはないの？」

「あるけど、その時刻と、そのときだれがダイニングに顔を出しただけだよ」

「一応、その時刻と、そのときだれがダイニングにいたかを教えて」

「美咲が出掛けてしばらくしたころ、貴之君に応援を頼んだわ。四時一五分ごろかな。そのときは、ダイニングには貴之君のほかに浩一と稜君がいたわ」

浩一と稜がうなずく。

「あと、五時ちょっと前くらいから、食器を並べたりして、キッチンとダイニングを行き来してた。途中で浩一がダイニングに戻ってきたわ」

「うん。間違いない」と浩一がそれを認める。

「わかったわ、ありがとう。じゃあ、次、貴之君」

「俺はアッコに応援を頼まれるまでは、浩一や稜君とダイニングにいた。稜君とはずっと一緒だったよ。亜希子が言うように、四時一五分ごろ食事の支度を手伝いにキッチンに入った」

「その後はずっとキッチンに？」

「いや、途中で一度、奥の貯蔵室に入った」

「貯蔵室？」春菜が首をかしげて美咲を見る。

「キッチンの奥にワインを貯蔵している小さい部屋があるのよ。かなり年代物のワインもあって、全部で二百本くらい置いてあるかな」

「そこにワインがあるってことは美咲から聞いてたから、私が貴之君に話したの」

「手が空いたんで、適当なワインを見繕《みつくろ》おうかと思ってね。探してたのは十分くらいかな。結局目当てのものはなくて、違うのにしたんだが」

「貯蔵室に入ったのは何時ごろ」

「入るときにキッチンの鳩時計がひとつ鳴いたのを聞いたから、四時半ごろだな。キッチンに戻ったのは四時四〇分ごろだと思う。そうだよな、アッコ」

「ええ。その通りよ」

「貯蔵室の出入り口はキッチン以外にもあるの」

美咲は首を振る。「ううん。キッチンを通らないとどこにも行けないわ」

「じゃあ、亜希子に気づかれずに抜け出すことはできないね」

「そういうことになるわね」

「貯蔵室を出た後は、貴之君はキッチンにいたの」

「いや、その後、稜君に醤油を買ってきてくれるよう頼みに行った。貯蔵室から出たら、アッコが醤油が足りないと言うんでね。浩一の車はチェーンを付けないと走れないから、稜君に頼もうと思ったんだ。そういえばそのとき、浩一は廊下で蛍光灯の交換をしていたな」

「ああ。確かに、交換しているときに貴之が通ったよ」

「それで俺は玄関ホールに行ったんだが、稜君はもう三和土《たたき》にいた。バイクスーツを着て、靴を履いているところだった」

「醤油を買ってきてっていう姉貴からのメールに気づいたのが、四時四〇分ごろでした。メールの発信時刻は三十分くらい前だったから慌てて玄関に向かったんです。玄関ホールに干しておいたバイクスーツを着込んで、靴を履いているところに貴之さんが来ました」

「そんなわけで、俺は玄関で稜君を見送って、またキッチンへ戻ったんだ」

「見送ったのは屋内で？」

「いや、玄関の扉の外でだよ。バイクがちゃんと走れるかどうか心配だったから、稜君が《銀峰荘》の敷地を出るまで見届けてから、中に入ったんだ」

「キッチンへ戻るとき、浩一君はまだ廊下にいた？」

「蛍光灯の交換を続けていたよ」

「浩一君は、何時から何時まで作業をしていたの」

「稜君と書庫で本を選んでいて、たまたまそこのクローゼットで蛍光灯を見つけたんだ。だから、四時半ごろからかな。なかなかてこずっちゃって、終わったのは五時近かった」

「その間、ずっと廊下にいたの？」

「ああ。当然、だれかが通れば気づくはずだけど、通ったのは貴之だけだった。といっても、貴之はホールに出てすぐに戻ってきたよ。その間、せいぜい五分程度かな」

「わかったわ。じゃあ、最後に太田君」

「ぼくは、料理もできないので、最初のうちはしばらくダイニングでテレビを見てました。四時一〇分ごろに浩一さんがトイレに立って、戻ってきたら今度は貴之さんがキッチンに入りました。浩一さんがトイレに立ってから五分後くらいです。その後、ぼくは浩一さんと書庫に向かいました。ちょうどテレビで新しい番組が始まったところだったので、番組表を見れば正確な時間がわかると思います」

稜と目が合った美咲は、マガジンラックに挟んであった新聞を取り出し、番組欄を確認した。稜たちが見ていたチャンネルでは、確かに四時二〇分に新しい番組が始まっていた。

「四時二〇分で間違いないわ」美咲は春菜に告げた。

「その後は、さっき話したとおりです。姉貴からのメールに気づいて、買い物に出かけました」

「戻るまで少し時間がかかっていたようだけど」

「《銀峰荘》を出て少し行ったところで、バイクが動かなくなってしまったんです。雪をかき出して動き出すまでに、十分くらい立ち往生してました。帰るときは、姉貴の車が通った直後だったので、轍をなぞるように戻ってきたんです」

稜の話は本当だろう。春菜を連れて《銀峰荘》に戻ってきたとき、ほとんど雪に覆われた車輪の跡が一本だけうっすらと残っていた。もし稜が途中で引き返して再び買い物に出たなら、車輪の跡はもう二本ついていないとおかしい。

「ありがとう。これでみんなが何時にどこにいたかがはっきりしたわ。――念のため確認なんだけど、その時間、二階に上がった人はいないよね」

全員が首を横に振る。

「それは保証するわ」美咲は言った。「二階はワックスが乾いていなくて、上がれない状態だったの。さっき念のため二階の窓も確認しに行ったんだけど、まだ床は完全には乾いていなくて、うっすらスリッパの跡がついたのよ。ほかの足跡はまったくなかったから、だれも二階には上がっていないと断言できるわ」

「ありがとう。――そうだ、あともう一つ。浩一君、指輪を入れてたっていう寄木細工の箱は、簡単に開けられるものなの」

「珍しい細工じゃないから、同じような箱を持っていたら、開けようと思えば誰にでも開けられるんじゃないかな」

「開けて閉めるのにかかる時間はどれくらい」

「うーん、手順が多いからな。たまたま開け方を知っていたとしても、三、四分はかかるんじゃないかな」

「そうすると、応接室に行って、指輪を取り出して、また箱を元通りにするには、少なくとも五分程度は必要ってことね」

「ああ。どんなに少なく見積もっても五分はかかるよ」

「わかったわ。じゃあ、このあと少し時間をください。みんなの行動を整理して、それから私の考えを話します」

読者への挑戦

この後春菜は、五人の証言を元に、ある人物が犯人であることを突き止めます。

春菜が犯人特定にいたった根拠は、皆さんの前にもすべて提示されています。

犯人は、中西貴之、永野亜希子、太田稜のいずれか一名であり、共犯者はいません。また、彼ら三名のうちの犯人以外は、ありのままを正直に証言しています。また、地の文での記述に一切偽りがないことも保証します。

論理的に犯人を特定してください。

【転――永野亜希子】

1　19：30

寝室に入れることになった。二階廊下のワックスはもう乾いたらしい。一人一部屋ずつ割り当てられた寝室へめいめい荷物を運び、再びダイニングに集まると、春菜は食事を先に済ますことを提案した。

「みんなの行動を整理するのには、少し時間がかかると思うの。みんなおなか空いていると思うから、先に食事にしましょう」

永野亜希子は料理を運ぶために、キッチンへ向かった。もやもやした気分で食事をするのは気が進まないが、春菜がそう言うのなら、それに従うしかなかった。

一同が食事を終えると、春菜は自室にこもった。彼女がダイニングに戻ったのは、後片付けも済んだ七時半過ぎだった。

「みんな、いいかしら」

春菜の呼びかけに、一同はダイニングの席についた。

「犯人、わかったのか」貴之が単刀直入に聞く。

「うん。たぶん」

そう答えた春菜の表情はさえない。だれが犯人であれ、友人か教え子を犯人と指摘しなければならないのだ。気が重いのは当然だろう。

「では、私がどう考えたかを話しますね」

若干緊張しているのか、春菜は少し改まった口調で話し始めた。

「指輪をバッグから抜き取るのに五分はかかるということなので、私は指輪を盗むことが可能と思われる五十分間を五分刻みにして、その時間、だれがどこにいたのかを一覧にしてみたの。それがこれよ」

春菜はノートを開き、手書きの表を皆に見せた。（表1）

「この表を見ると、四時一〇分から五時までの五十分間に、貴之君、亜希子、太田君はそれぞれ一人でいた時間があることがわかるわ。貴之君と太田君が四時三〇分から四〇分まで、亜希子が四時一〇分から一五分までと四時三〇分から四五分まで」

亜希子も表をのぞき込んだ。なるほど、この表を見ると、だれがどこにいたかが一目でわかる。

「一人でいたということは、その時間その場所にいたという確証がないわけでしょう。それ以外の時間はみんな、だれかと一緒にいたわけだから、こっそり応接室に行くことはできない。だとすると、応接室へ行くとしたら、この一人でいた時間に限られると思うの」

表1

時間帯	貯蔵室	キッチン	ダイニング	廊下	玄関	応接室	書庫	屋外
16:00~16:05		亜希子	浩一　貴之　稜					
16:05~16:10		亜希子	浩一　貴之　稜					
16:10~16:15		亜希子	貴之　稜			浩一		
16:15~16:20		亜希子　貴之	浩一　稜					
16:20~16:25		亜希子　貴之					浩一　稜	
16:25~16:30		亜希子　貴之					浩一　稜	
16:30~16:35	貴之	亜希子		浩一			稜	
16:35~16:40	貴之	亜希子		浩一			稜	
16:40~16:45		亜希子		浩一	貴之　稜			
16:45~16:50		亜希子　貴之		浩一				稜
16:50~16:55		亜希子　貴之		浩一				稜
16:55~17:00		亜希子　貴之	浩一					稜
17:00~17:05		亜希子　貴之				浩一		稜

さすが春菜だ。論理的に話を進める能力は、抜きんでたものがある。

「だけど、それじゃあ結局、だれだかわからないわよね」亜希子は口をはさんだ。「三人ともそういう時間があったんじゃ、みんな可能だったということがわかっただけでしょう」

春菜は首を横に振る。「この表をよく見て」

一同がテーブルの中央に顔を寄せる。

「この表の縦の列は、部屋の配置どおりに並んでいるの。左方向が西、右方向が東。つまり、ある部屋からある部屋へ移動するには、その間にある部屋の前を通らないといけないということ。たとえば、亜希子が一人でキッチンにいた四時一〇分から四時一五分までは、ダイニングにだれかがいた。キッチンから応接室へ行くにはダイニングを通らずには行けないから、この時間は除外される。そして、四時三〇分以降は……」

あっと浩一が声を上げた。「そうか、俺が廊下で蛍光灯を交換していた」

「そういうこと。この時間、貴之君と亜希子は二人とも西側の端にいたから、東側の応接室へ行くためには、廊下を通らなければならない。でも、廊下にはずっと浩一君がいたから、浩一君に気づかれずにそこを通ることはできないの。一度だけ、四時四〇分すぎに貴之君が玄関へ行って戻ってきているけど、その時間は五分もなかったし、このときは太田君が玄関にいたから、応接室へ行くのは不可能なのよ」

「じゃあ、応接室へ行くことが可能だったのは……」浩一の言葉と同時に、全員の視線が一人に集まる。

「ぼくだけってことですね」稜が諦めたように言う。「ぼくが一人だった時間は、西側の書庫にいたわけですから、ぼくだけは応接室へ行くことが可能だった」

「太田君、あなたが指輪を奪ったのね」

春菜が諭《さと》すように言葉をかけると、稜は小さくうなずいた。

「さすが、先生。相変わらず、鋭いですね。――姉さん、ごめん。ぼくがやったんだよ」

「どうして、そんな……」

「どうしてもお金が欲しかったから――なんて理由ではないよ。ぼくは、姉さんがだれかのものになるっていうことを受け入れられなかったんだ。だって、久しぶりに再会したら、いきなり結婚するって言われたんだよ。はい、そうですかって、即座には納得できない。姉さんを奪っていく浩一さんを困らせてやりたくて、つい……」

春菜はだまってうなずき、「浩一君に指輪を返してあげて」と優しく声をかける。

「ごめんなさい。持ち物を検査されたらまずいと思って、さっき外へ出たときに郵便で友達の家に送っちゃったんだ。だから、いまここにはないんです」

「じゃあ、あとで必ず返してね」

稜はうなずく。春菜は、浩一と美咲の顔を交互に見る。

「浩一君、美咲。せっかくのおめでたい折なんだから、これ以上太田君を責めないであげて。彼も、お姉さんを慕うあまりに、ついやってしまったことなんだと思う」

「だけど、私が許しても、浩一が……」美咲は浩一のほうを見る。浩一は首を縦に振り、稜に顔を向けた。

「稜君、俺は君を責めるつもりはない。俺は美咲のご両親には挨拶をしたが、君には何も知らせていなかった。だから、君が腹を立てるのも無理はない。申し訳なかったと思っている。だけど、俺は君のお姉さんを絶対に幸せにする。約束するから、俺たちの結婚を認めて欲しい」

稜がうなずくと、浩一は稜に手を差し出した。その手を稜が握り返す。その姿を春菜が目を細めながら見ていた。

2

19：45

亜希子は狐につままれたような気分で、ダイニングルームを出た。玄関ホールを経由し、階段を上ろうとしたところで、背後から声をかけられた。

「亜希子、ちょっと待って」

自分のことを《亜希子》と呼ぶ人物は、この別荘に一人しかいない。

「話したいことがあるの。今、いい？」

「うん。いいけど」

春菜は東側の廊下のドアを開く。後をついていくと、彼女は応接室に入った。春菜は亜希子と稜に続いて応接室に入ると、稜がソファの横に立っていた。春菜は亜希子と稜に、ソファへ座るよう促した。

「さっきはびっくりしたでしょ」腰を下ろすなり、春菜が言った。

「え？　稜君が犯人だったってこと？」

「ちょっと違うかな」春菜は思わせぶりな目を向けてくる。「何もしていない彼が犯行を認めたこと。だって、本当は亜希子が指輪をとったんでしょう」

亜希子は声が出せなかった。

「さっきみんなに見せた表、あれにはね、ちょっと細工がしてあったんだ」

そう言って、春菜はテーブルに置いてあったノートを開く。

「浩一君が書庫を出て廊下へ向かった時間が、この表では、四時三〇分になってるでしょ。でも、違うの。本当は、四時四〇分なのよ」（一五四ページ参照）

「え、でも、浩一も確か、四時半ごろだって言ってたじゃない」

「彼は蛍光灯の交換が終わったのが五時ごろだから、四時半ごろかなと言っただけよ。はっきり四時三〇分とは言っていない」

「さっきは言わなかったけど、ぼくが浩一さんと別れた時間は、ぼくの記憶では四時四〇分だったんです。浩一さんは、蛍光灯の交換にかかった時間を実際より長く認識していたんでしょう」

「そうすると、この表は正しくはこうなるの」

春菜はページをめくった。そこには、もう一つのタイムテーブルが書かれていた。（表2）

「浩一君が書庫を出た時刻を十分だけ後ろにずらすと、まったく見え方が違ってくるの。太田君は、浩一君が書庫を出た直後に、玄関で貴之君と会っている。しかも、バイクスーツに着替えて。――つまり、太田君にはこの応接室に来て指輪をとる時間はないのよ」

亜希子はもう一度表をじっくり見た。確かに、今度の表では、犯行のための時間的余裕は稜にはない。

「そして、貴之君と亜希子が一人になった時間、浩一君はまだ廊下にいなかったことになる。つまり、西側の部屋にいた二人が応接室へ行けなかったとは言えなくなるの。だけど、貴之君については、亜希子のいるキッチンを通らずには応接室へ行けない。亜希子が貴之君を目撃していない以上、応接室へ行って指輪をとることができた人物は、亜希子だけなのよ」

亜希子はしばらく表を見つめていたが、やがて顔を上げた。

「確かにこの表ではそうなるわ。でも、浩一君が書庫を出たのが四時四〇分だったっていうのは、稜君がそう証言しているだけよね。自分が犯人ではないように見せるためにそう言っているとも考えられるんじゃない」

春菜は首を横に振り、稜に視線を移す。稜はうなずき、携帯の画面を亜希子に向けた。

「さっき、美咲あてに太田君が送った浩一君の写真よ。背景を見ると、場所が書庫であることはわかるでしょ。携帯で撮った写真のファイル名は、自動的に撮影時刻の数値になる。その六桁は、《164037》。つまり、一六時四〇分三七秒ってこと。だから、この時刻まで、浩一君が書庫にいたのは間違いないわ」

表2

時間帯	貯蔵室	キッチン	ダイニング	廊下	玄関	応接室	書庫	屋外
16:00~16:05		亜希子	浩一　貴之　稜					
16:05~16:10		亜希子	浩一　貴之　稜					
16:10~16:15		亜希子	貴之　稜			浩一		
16:15~16:20		亜希子　貴之	浩一　稜					
16:20~16:25		亜希子　貴之					浩一　稜	
16:25~16:30		亜希子　貴之					浩一　稜	
16:30~16:35	貴之	亜希子					浩一　稜	
16:35~16:40	貴之	亜希子					浩一　稜	
16:40~16:45		亜希子		浩一	貴之　稜			
16:45~16:50		亜希子　貴之		浩一				稜
16:50~16:55		亜希子　貴之		浩一				稜
16:55~17:00		亜希子　貴之	浩一					稜
17:00~17:05		亜希子　貴之				浩一		稜

亜希子は目を閉じた。やはり、春菜にはかなわない。私は、美咲にも、春菜にもかなわないのか……。

「ごめんね、亜希子」春菜はすまなそうに目を細める。「あんなお芝居をしちゃって」

「ぼくが言い出したことなんです。みんなの前ではぼくがやったことにしようって」

「私だけじゃなく、彼も指輪をとったのが亜希子だって、気づいたの。でも、みんなの前で亜希子を告発したら、友人関係が壊れてしまう。自分がしたことにすれば、五人の関係は今まで通りだからって」

「そうだったの……」亜希子は居住まいを正した。「ありがとう。私の身代わりになってくれて。お礼を言うわ」

亜希子は稜に頭を下げた。

「でも、このまま彼に罪をかぶせておくのは、やっぱり気がひけるわ。申し訳ないけど、美咲を呼んでくれる？」

「え、でも……」

「お願い。美咲には私から直接話したいの」

「じゃあ、ぼく、呼んできます」

稜が部屋を出る。やがて困惑した表情の美咲を連れて戻ってきた。春菜と稜が気を遣って出ていこうとするのを、亜希子は制止した。

「春菜たちも、ここにいて」

美咲が亜希子の前に座る。

「美咲、ごめん。指輪盗んだの私なんだ」

「アッコ……」

亜希子は席を立ち、トロフィーや盾の並ぶリビングボードの前に移動した。

立ち並ぶトロフィーの二列目に、それはあった。台座の上に球体が載り、その頂上に水泳選手のオブジェが固定されている。

亜希子は左手で台座部分をつかみ、右手で球体の部分を支えながら、それを持ち上げた。振り返って美咲たちに向き合うと、右手を動かす。ころっと小さな音をたてて、床に指輪が転がった。手の中のトロフィーは、上部と下部に分かれていた。

「そのトロフィー……」春菜も、亜希子が指輪を奪った理由まではわかっていなかったらしく、目を見開いている。

「私が壊したの。それをごまかすために、指輪を使ったのよ」

台座との接合部分が折れて外れたトロフィーの上部は、底が丸いため、そのままでは台座の上に載らなかった。そこで、指輪を間にかませ、土台にしたのだった。そのことを思いついたのは、ここへ来る途中に見た雪だるまが記憶に残っていたからだ。あの雪だるまはマフラーの部分がリング状に凍り、太い首輪で二つの球体をつなげたようになっていた。

帯状に石が埋め込まれた指輪だったことも幸いした。台座と球体の間に指輪をかますと、とりあえず元通りにトロフィーを立てることはできた。

「貴之君が貯蔵室にいるとき、私がここに戻ってきたのは、このトロフィーのプレートを確認するためだったの。最初に案内されたとき、ここに水泳のものらしきトロフィーがあるのに気づいたのよ。美咲以外の家族が水泳をやっていたとは聞いていないから、きっとあれは美咲のものだと思った。美咲が私と一緒に水泳部にいたころ、彼女が入賞した記憶はたった一回しかない。それは、私が出場するはずのレースだった」

亜希子と美咲のいた高校の水泳部は全国大会の常連校だったが、亜希子と美咲はレギュラーには一歩及ばないレベルだった。

そんな中、高校三年の県大会で、初めて亜希子はメドレーリレーのメンバーに選ばれた。得意のバタフライでの選出だった。県大会では、リレーはほぼ優勝が確実視されていた。

ところが、大会の三日前に亜希子は高熱を出した。インフルエンザだった。彼女は出場が叶わず、代わりに出場したのは、亜希子同様、バタフライを得意種目とする美咲だった。

結果、自分たちの高校はメドレーリレーで一位になり、優勝メンバーの栄誉を美咲が手にすることになった。

大会が終わった直後、亜希子の元に、美咲が見舞いに来た。優勝メダルを見せてと頼むと、彼女は「ごめん、一度家に寄ったときに置いてきちゃった」と答えた。

「トロフィーとかは」

「ないない。ちっぽけなメダルをもらっただけだよ」

当時の美咲は、そう答えた。結局、その後、亜希子も美咲もレギュラー入りすることはなく、高校を卒業した。

「だから、このトロフィーが、そのときのものだったのかどうか、確認したかったの。そうしたら、やはりそうだった。トロフィーはチームとしてもらったものだろうけど、美咲がメンバーだったのはあのレースだけだから、みんな気をつかって美咲に譲ってくれたんでしょ」

「ごめん、アッコ。だますつもりじゃなかったの。あなたを落ち込ませたくなくて、つい、トロフィーなんてないって言っちゃっただけなの」

「わかってる。でも、私の代わりに美咲がもらったと思うと、どうしても納得できなくて。もしやと思って確認したらやっぱりあのときのだったから、思わずかっとなって手で払い落としてしまったの。そうしたら、台座の上の部分が折れちゃって、何とかしなきゃと焦ったときに、浩一の指輪のことを思い出したんだ」

「指輪がバッグの中にあることは知っていたの？　浩一君は、だれにも言わずにバッグに戻したんでしょう？」

「浩一のポケットのふくらみがいつの間にか消えてたからね。バッグに戻したんだなと思ってた。寄木細工の箱にはびっくりしたけど、私も前に同じものを持っていて、開け方は知っていたの。それに、そのときは、こんな厳密に行動をチェックされると思っていなかったから、貴之君が貯蔵室から出てくるまでに戻らないといけないという気持ちもなかったし」

「でも、指輪をかませただけじゃ、いずれわかってしまうでしょう」

「とりあえず、その場をしのぐことしか考えてなかった。私たちが帰ったあとで見つかるなら、だれがやったかうやむやになるし、指輪も結局美咲のものになるからと思って……」

亜希子の告白をだまって聞いていた美咲が、ゆっくりと立ち上がる。

「ごめんね」と亜希子が壊れたトロフィーを差し出すと、美咲は首を横に振りながらそれを受け取った。

「わかってた」

「え？」

「アッコが指輪をどうにかしたんだなってことには、気づいていたの」

「どうして……」

「さっき、アッコは、今日が私たちの《再会記念日》だと知ってたって言ったでしょ。カレンダーに書かれていたって。でも、それは三月のカレンダーで、私が二月のカレンダーをめくって三月にしたのは、春菜を迎えに行くときなの。玄関ホールで応接室のカレンダーをめくり忘れていたことを思い出してね。だから、アッコたちが荷物を置きに行ったときはまだ二月のカレンダーだった。(一四〇ページ参照)《再会記念日》の書き込みに気づいたということは、アッコは私が春菜を迎えに行った後に、この部屋に入ったってことになるの」

壁のカレンダーに目をやる。よく見ると、その写真は菅平ではなく北アルプスのものだった。(一五〇ページ参照)信州の春は遅い。二月も三月も同じような雪山の写真だったから、めくられていることに気づかなかった。さっきはこんな書き込みあったかなと、少し違和感はあったのだが。

「そっか。美咲にもばれてたんだ」

「それと、これ」美咲は壊れたトロフィーを少し持ち上げる。「もともと、壊れていたのよ」

「え……」

「前に私が落としたときに壊れちゃって、接着剤でくっつけていたの」

美咲はリビングボードにトロフィーを置くと、足下に転がる指輪を拾った。

「すごい。ダイヤが五つもはまってる。高かったんだろうな」美咲は指輪をはめようとして、手をとめた。「いまはめちゃうと、浩一に悪いかな」

「どうやって浩一君に返す?」春菜がそばに寄って聞く。「ポストに入れたことにしちゃってるんだよね」

「彼には悪いけど、一週間くらいしてから、稜に返してもらったって言う」

「でも、今日は記念日なんでしょう」亜希子は美咲の目をまっすぐ見た。「いいよ、私がとったんだって、はっきりみんなの前で言っちゃって」

「いいから、いいから。指輪が出てくればそれでいいの。そのかわり、これでおあいこだよ、アッコ。お互いひけめを感じることはもうないよね」

美咲の言葉に、亜希子は深くうなずいた。

【結――太田稜】

「姉さん」

太田稜は、亜希子と春菜に続いて部屋を出ようとする美咲を呼び止めた。

美咲は足を止め、振り返る。

稜はリビングボードに歩み寄り、トロフィーの台座を手に取った。

「やっぱりね」

「何がやっぱりなの」

「姉さんも人がいいな。これ、本当は壊れてなんかいなかったんだろ」

美咲は目をそらし、わずかに首を傾ける。

「姉さんの話が本当なら、接着剤の跡があるはずだけど、ついてない」

「いいじゃない。どっちだって」

美咲は稜の手からトロフィーの台座を取り上げると、くるりと背を向け、リビングボードのほうを向いた。

「トロフィーは壊れても、ひびの入っていた私たちの友情は壊れずに済んだんだから」

そう言いながらも、いとおしそうに台座のプレートをなでている。

稜は知っていた。彼の家族は、数ある名誉の証《あかし》のうち、特に思い入れのあるものをこの別荘に置いていることを。

しかし、美咲は思いをふっきるように、勢いよくそれをリビングボードに置いた。振り返って、笑顔を見せる。

「さ、行きましょう。デザートにおいしいミルフィーユを買ってあるの」

九人病

1

七月初旬の北海道の空は、深い海の色のようにどこまでも青い。

一輛のディーゼルカーからホームに降り立った和久井充男《わくいみつお》は、空を見上げ、まぶしさに目を細める。長年あこがれてきた北海道の青空だ。

線路を渡ったところに古ぼけた駅舎が建っていた。一応改札らしき木の枠があるが、駅員はいない。《切符はこちらへお入れください》と書かれたブリキ缶に、使用済みの切符が五、六枚入っている。和久井は握っていた切符をその中に放り込んだ。

駅舎を出ると、申し訳程度にロータリーがある。ちょうど、村営のマイクロバスが走り去っていくところだった。後部窓の上に見える行き先表示は、それが彼の目的地へ向かうバスであることを示していた。

和久井はため息をついて、バス停に向かった。長閑《のどか》この上ないこの駅で、バスが一時間に何本もあるとは思えない。恐る恐る時刻表を確認すると、案の定、次のバスは三時間後になっていた。

和久井はこれまでにも二度、北海道を訪れたことがある。小学生のときに家族旅行で、大学生のときにはサークル仲間と遊びで。いずれも六月か七月で、梅雨《つゆ》のない北海道を訪れるには最適とされる時期だ。にもかかわらず、その二回はいずれも雨に降られた。今回初めて天候には恵まれたが、やはり運には見放されているのかもしれない。

「冗談じゃないぜ。なんてダイヤだ」

背後から、しわがれただみ声が聞こえた。振り返ると、肩幅のある大柄な男が後ろから時刻表をのぞき込んでいた。つり上がり気味の目に眉は細く、分厚い頬の肉が口の両脇に盛り上がっている。髪にはパンチパーマをあてていて、和久井は一瞬、その筋の人間かと思った。しかし、開襟《かいきん》シャツにアスコットタイを着け、扇子《せんす》で顔をあおいでいる様子は、どうもやくざとも違うようだ。

「あんたも今のバスに乗るつもりだったのか」

男はまるで脅《おど》しつけるような口調で言った。和久井は身構えるように足を踏ん張って、そうだと答える。

「汽車の本数もろくにないこんな駅で、なんでバスが汽車の時間に合わせないんだ」

そう聞かれても、和久井に答えられるはずもない。しかし、何か答えないと胸ぐらを摑まれそうだったので、とっさに思いつきを口にした。

「反対方向の列車に合わせているのかもしれないですよ。あるいは、今の列車が遅れていたのかも」

「ふん。たとえ汽車が遅れていたとしても、こんな田舎の人間が時間にうるさいとも思えん。待っていればいいじゃないか」

確かに男の言う通りだが、自分が責められても困る。和久井は、そうですねと適当に答えて、男から顔をそむけた。

そこへ、駅前の道を一台の軽トラックが走ってきた。男は軽トラックの前に飛び出し、両手を広げる。ききっという甲高《かんだか》い音を発して、軽トラックは急停車した。運転手が窓から顔を出し、「死にたいのか!」と怒鳴る。

「荷子《にこ》村へ行きたい。乗せていってくれ」

「荷子村だって? 逆方向だ。ほかをあたってくれ」

パンチパーマの男は、ズボンのポケットから手帳サイズのものを取り出した。中を開いて運転手の顔の前に突き出す。

「俺は刑事だ」

「うちの村にも駐在くらいある。お巡りなら間に合っている」

運転手はそう言い残し、軽トラックを発進させた。

「おい、待て」

刑事と名乗ったパンチパーマが後を追って駆け出す。しかし、軽トラックは構わずに走り去っていった。

「くそっ」

　パンチパーマは足下の石を蹴飛ばした。軽トラックの走り去った方向をにらみ、ぶつぶつ文句を言いながらこちらへ戻ってくる。

「刑事さん——なんですか」

「ああ、文句があるか」

　男はこちらをにらみつけながら、バス停脇のベンチに腰を下ろした。男は岩井《いわい》と名乗った。警視庁の刑事だと言う。

「この先の芝勝峠《しばかちとうげ》でバラバラ死体が見つかってな。身元がわからんのだが、東京で傷害致死事件を起こして逃亡中の男と特徴が似ているらしい」

　芝勝峠は、バスの終点がある荷子村から赤咋谷《あかさくだに》温泉へ向かう途中にある。和久井もこれからそこを通る予定だった。

「芝勝峠にはそのバラバラ死体が転がっているんですか」

「ばか言え、遺体はとっくに荷子村の警察署に移されている。——おまえ、芝勝峠へ行くのか」

「赤咋谷温泉へ行くので、芝勝峠は通ります」

「赤咋谷温泉？　何もないぼろ宿が一軒あるだけだろう。いい若いもんが、よくそんなところへ行くな」

　今年三十になる和久井は、《若いもん》呼ばわりされて面白くなかった。だいたい、好き好んでそんな山奥の宿へ行くわけではない。

和久井は東京で旅行雑誌の編集者をしている。《だれも知らない北海道の秘湯》という特集を組むことになり、取材を命じられた。いわゆる《秘湯》と呼ばれている温泉は、どこもすでに有名になっている。《だれも知らない》と銘打つことができるような温泉は、それこそ何の魅力もないところしか残っていなかった。

岩井は、三人ほどが座れるはずのベンチの中央にどっかと腰を下ろし、扇子で顔をあおいでいる。和久井がじっとそちらに視線を送っても、場所を空《あ》ける気配は見られない。

いま和久井がいる駅と荷子村、芝勝峠は、ちょうど三辺の比が三対四対五の直角三角形の頂点の位置にあった。駅から荷子村までが八キロ、荷子村から芝勝峠までが六キロ、駅から芝勝峠へまっすぐに行けば十キロの道のりだ。直接芝勝峠や赤昨谷温泉まで行くバスはない。バスを待ったとしても、荷子村の終点で降り、そこから歩いて六キロ先の芝勝峠を越えていくことになる。ここから歩くのと四キロしか違わないのならと、和久井は芝勝峠を目指すことにした。

「どうした。バスを待たんのか。日射病で倒れても知らんぞ」

あんたと一緒にいるほうが具合悪くなりそうだ——そう心の中で毒づきながら、和久井はアスファルトに足を踏み出した。

駅から芝勝峠への道は、すぐに舗装が途絶え、砂利《じゃり》道となった。さらに一時間ほど歩くと山道になり、生い茂る夏草をかき分けながら和久井は進んだ。このコースをたどる人間はほとんどいないらしく、道は荒れ放題だった。

途中何度も休みながら、やっとのことで芝勝峠へ出た。駅をスタートしてから四時間が経過していた。この後は荷子村からの林道と合流し、赤昨谷温泉までは下りとなる。

かつては、この林道を赤昨谷温泉までバスが通っていた。そのころは赤昨谷温泉の一軒宿《本沢荘》《ほんざわ》は、湯治宿としてそこそこの利用客があったという。文楽の田舎芝居なども上演されていたことがあるらしい。しかし、四年前の集中豪雨で林道の路肩が崩れた。もともと利用客が少なかったバス路線は、これ幸いと廃止を決めてしまう。それ以来、本沢荘は廃《すた》れ放題だという噂だった。廃業していることを懸念した和久井が電話をかけてみると、聞き取りにくいかすれた声の男が電話口に出た。相手は旅館名も名乗らなかった。しかし、営業はしているという。

芝勝峠からの林道は、かつてバスが通っていただけあって、そこまでの山道よりは歩きやすい。だが、舗装はされておらず、道幅は車一台がやっと通れる程度だ。路面はところどころ深くえぐれ、雑草が路肩から覆い被さっている。

林道をしばらく進むと、ヘアピンカーブの途中に見晴らしのいい場所があった。カーブのふくらんだところから先が深い谷になっていて、遠くの山々が見渡せる。山側の道ばたに太い倒木があったので、それをいくぶん谷側に引き寄せて、和久井は腰を下ろした。

夏の山並みは、若々しい緑に輝いて美しい。向かって左手の山に、木々のない赤茶けた部分がある。アイスクリームをスプーンでえぐったような岩肌は、採石場だろうか。周りの緑が美しいだけに、その一角が目立ってしまっているのが残念だ。駅前の自動販売機で買ったペットボトルのお茶を飲み、しばし鳥のさえずりに耳を傾けてから、和久井は腰を上げた。

さらに二十分ほど下ると、突然視界が開け、木造平屋の建物が姿を現した。門柱らしき丸木に、墨書《ぼくしょ》された旅館の名前がかすかに読み取れる。予備知識なしに来たら《本沢荘》だか《木沢荘》だか区別はつくまい。

和久井はしげしげと建物を見回した。かなり廃れているだろうと想像していたが、ここまでとは思っていなかった。母屋《おもや》らしき平屋の建物は心持ち傾いて見える。赤いトタン屋根はいびつに波打ち、板塀にはところどころひびが入っていた。

そもそも、全体的に旅館とは思えない様相を呈している。少し部屋数の多い民家だと言われればそうかなと思うだろう。母屋の前にはこぢんまりした畑があり、その奥には水草に覆われた池。毒々しい花を咲かせているのは蓮《はす》だろうか。玄関の脇には、さびの浮いた洗濯機が無造作に置かれ、傍《かたわ》らには体操の平行棒のような物干し竿に布団が干されている。

和久井はため息をついた。確かに《だれも知らない秘湯》には違いないが、こんな宿を紹介したところで、行ってみたいと思う読者がいるとは思えない。

しかし、来た道を引き返すには和久井の体は疲れ切っていた。この近辺には他に宿はない。仕方なく和久井は、入り口とおぼしき中央の引き戸に向かった。

立て付けの悪い戸をつっかえつっかえ開くと、入ったところは土間になっている。室内は薄暗く、ひんやりとした空気はかびくさかった。

「ごめんください」

和久井の声は、ひっそりとした廊下に吸い込まれた。しばらく待ったが、人の現れる気配はない。正面の柱にかけられた柱時計だけが、けだるく振り子の音を刻んでいる。

和久井は視線を巡らした。式台の前に、薄汚れたサンダルが脱ぎ捨ててある。左手には帳場らしきスペースがあるが、その床は玉葱《たまねぎ》やじゃがいもの入った段ボール箱に占領され、何年も使用された形跡がない。廃品同様の茶簞笥には、ほこりをかぶった置物や帳簿らしき大学ノートなどが雑然と積み上げられている。壁に貼られた赤岳の観光ポスターは、色合いや構図からして、どう見ても十年以上前のしろものだ。

「いらっしゃいまし」

突然声をかけられ、和久井はびくりとして振り返った。いつの間に現れたのか、色の浅黒い、小柄な中年の男がすぐ脇に立っている。申し訳程度に生きているというような、影の薄い男だ。聞き取りにくいかすれた声は、電話に出た相手と思われる。ここの主人だろうか。

「東京から来た和久井と言います。今晩、泊めていただきたいのですが」

「あいにくと今日は部屋がふさがっております。相部屋になりますが、それでもよろしければ」

相部屋？　和久井は耳を疑った。こんな辺鄙《へんぴ》な宿で満室になるなんてことがあるのだろうか。見ず知らずの人物と同じ部屋で寝泊まりするというのは気が進まないが、時刻はすでに四時になろうとしている。昼飯を食い損ねたこともあり、腹もすいていた。

「相部屋でもいいです。泊めてください」

和久井は靴を脱いだ。

宿の主人とおぼしき男は、玄関から右に続く廊下へ和久井を誘《いざな》った。何気なく反対側の廊下に目をやると、途中に薄汚れた行李《こうり》や段ボール箱がうずたかく積み上げられて、先に進めなくなっている。おそらくそちら側の棟は使われていないのだろう。

廊下は歩くとぎしぎしきしんだ。右手はガラス戸の縁側、左手には客間らしき部屋が並んでいる。部屋はすべて襖《ふすま》が閉められていた。

「最近はとんとお客が減ってしまい、一部屋しかお泊めできる状態にしておりません。たまたま今日はお客さんが二人もあったもんで、すんません」

なるほどと和久井はうなずいた。

一番奥の部屋の前で主人は立ち止まった。先客に、「開けさせてもらいます。よろしいですか」と声をかける。

「はい」だか「ああ」だか言う声が返され、主人は襖を開いた。

八畳ほどの薄暗い殺風景な部屋だった。奥に床の間、その横の襖は押入だろうか。部屋の中央に座卓があり、それ以外は何もない。入って右手の障子窓の下に浴衣《ゆかた》姿の男が寝そべっていた。枕に頭を乗せてこちらへ背を向けている。

「すんませんが、相部屋でお願いします」

男は聞こえたのか聞こえないのか、はっきりした返事をしない。主人は意に介さない様子で、和久井に向き直る。

「お風呂は、この廊下を戻って玄関の前を右手に曲がったところです。脱衣かごに浴衣がありますから、よろしければどうぞ。お食事は五時過ぎにお持ちします。——では、ごゆっくり」

事務的にそれだけ告げて、主人は廊下を戻っていった。和久井は部屋に入り、襖を閉めた。

「すみません。よろしくお願いします」

和久井が浴衣の男に声をかけると、男はむくりと体を起こし、こちらを向いた。

「こちらこそ」

素《そ》っ気《け》ない口ぶりで男は言った。やせぎすの体に短く刈った髪。赤銅《しやくどう》色をした肌は、日焼けしているようにも、内臓を患《わずら》っているようにも見える。年は和久井より十歳ほど上だろうか。いや、くたびれたような生気のない目がそう感じさせるだけで、実際は和久井とそう変わらないのかもしれない。

和久井は背負ってきたリュックを下ろし、座卓の脇に座った。

「ずいぶんひなびたところですね」

「まあ、そうですね」

男は目をこすりながら、どうでもよさそうに答えた。あまり話好きではないのかもしれない。時刻は四時を回ったところだった。食事にはまだ間がある。和久井はリュックからタオルを取り出し、浴室へ向かった。

風呂は一般の家庭にあるのと大差ない、こぢんまりしたものだった。浴槽は二人も入ればいっぱいという広さしかない。赤茶色に濁《にご》った湯の色だけが、そこが温泉であることを主張していた。

湯はさびのようなにおいがして、あまり長居したくなるような風呂ではなかった。和久井は早々と上がり、浴衣に着替えて浴室を出た。

部屋に戻ると、先客の男は座卓に分厚い本を広げ、数枚の紙に何やら数字を書き込んでいた。

「調べものですか」

「ええ、まあ」

遠くでかすかにずうんという低い音がとどろいた。狩猟でもしているのだろうか。男はちらりと外に目を向け、言葉を継いだ。

「私は気象庁に勤めてましてね。今回は仕事も兼ねて来ているものですから」

「気象庁の方ですか。では、調査か何かで」

「そんなところです」

和久井がハンガーに衣類とタオルを吊るして振り返ると、男は本を閉じ、紙を片づけ始めていた。

「どうぞ私に構わず続けてください」

「いえ、ちょうど終わったところですから」

男はそそくさと机の上のものをバッグにしまった。

障子が橙《だいだい》色に染まり、和久井が裸電球のスイッチをひねったころ、食事の膳が運ばれた。川魚に山菜、蓮根、煮豆、漬け物など、山の幸中心の素朴な料理だ。思いのほか品数が多く味もまずまずだったが、全般的に味付けが濃い。

「のど渇きませんか」

食事を平らげてから、和久井は男に声をかけた。普通、旅館の部屋にはお茶のセットが用意されているものだが、この部屋にはない。

「水でしたら、井戸の水がいいでしょう。洗面所にもカップが置いてありますが、あれは歯磨き用です。水道の水はさびの味がしますから、飲むのはおすすめできません。井戸は縁側から出てすぐのところです」

男に言われたとおり、廊下からガラス戸をあけて外に出ると、すぐ前に手押しポンプ式の井戸があった。濃緑色のポンプが懐かしい。和久井はゴムのサンダルをつっかけてハンドルに取り付き、蛇口からひもで垂れ下がっているカップに水をくんだ。

ふと右手を見ると、玄関から見てこちらと反対側の棟に子供の姿があった。年は十歳くらいか、半ズボンをはいた男の子で、縁側のガラス戸越しにこちらを見ている。あちらの棟は使われていないのかと思ったが、旅館の家族が暮らしているのかもしれない。目が合うと少年は、慌ててきびすを返し、襖の奥へ消えた。色の白い無表情な顔が印象に残った。

井戸の水はうまかった。冷蔵庫で冷やされたかのように冷たく、かすかに甘みがある。たて続けにカップに三杯飲み干した。

部屋に戻った和久井は、「おかげでおいしい水が飲めました」と男に礼を言った。男は曖昧《あいまい》にうなずき返しただけだった。

日が暮れると、主人が蚊取り線香を持ってきた。口を開けた瀬戸物の豚に、うずまきが吊るされている。マッチで火をつけると、夏の香りが部屋を満たした。

まだ休むには早い時間だったが、特にすることもない。同室の男は腹這いになって枕を胸の下にあて、先ほど数字を書き込んでいた紙を眺めている。和久井は退屈まぎれに男に声をかけた。

「私は東京で旅行雑誌の編集をしてましてね」

男は紙を置いて、和久井に顔を向けた。「ほう、東京ですか」

「ええ。こちらへは、秘湯を探るという企画で取材に来たんです。しかし、いくら何でもここはひなびてい過ぎますね。記事にしようかどうか迷っているところです。あまり観光的な要素はなさそうですから、せめて面白い言い伝えか何かあればと思うんですが、何かご存じありませんか」

「面白い言い伝えですか……。私もこの土地の人間ではありませんからね」

「そうですよね。——いや、お仕事の邪魔をしてすみませんでした」

「いえ」

男は少し考え込むように畳に視線を落としていたが、おもむろに体を起こし、浴衣の乱れを直した。

「言い伝えというのとは違いますが、私の体験でよろしければ、ちょっと変わったエピソードがあります。数ヶ月前、赤咋岳にあるアメダスの地域雨量観測所に不具合がありましてね。その調査に向かったときの出来事です」

「そうですか。ぜひ聞かせてください。興味があります。ただ、記事にするという保証はできませんけれど」

「ええ、わかっています。おそらく、記事にするのは無理でしょう」

男は口元に思わせぶりな笑みを浮かべる。蚊取り線香の香りが漂う中、男は静かに語り出した。

†

北海道の長い冬も終わり、遅い桜が景色に彩りを添えるころでした。

私は、荷子村から芝勝峠を越えて赤昨岳へ向かっていました。荷子から歩くと、どうしても赤昨谷に着くのは午後になります。その日のうちに赤昨岳まで登ることは無理ですから、赤昨谷温泉で一泊しました。

泊まった明くる朝は早くに発《た》つつもりだったのですが、つい寝過ごしてしまい、宿を出たのは九時すぎになってしまいました。このあたりは標高が高いので、庭の桜もまだ二分咲きといったところです。日陰には雪も残っていましたが、身の引き締まるような冷たい空気は、山歩きにはちょうどよいくらいでした。

宿を発った時分はすがすがしい青空が広がっていたのですが、山の天気はあてになりません。赤昨岳までの行程の三分の一くらい歩いたところで、雲行きが怪しくなりました。入道雲が湧き上がり、ちょうど赤岳のあたりは空がどんよりと灰色になっています。私は歩を速めました。

しかし、それから小一時間ほど歩いたころでしょうか。栗鉢《くりばち》尾根にさしかかったあたりで、ざあっと雨が降り出しました。私はうかつにも雨合羽《あまがっぱ》を持参していませんでした。地図によると、近くに栗鉢小屋という避難小屋があるようです。私は、折りたたみ傘を頼りに、一路、栗鉢小屋を目指しました。

ズボンがぐっしょりと濡れそぼったころ、ようやく栗鉢小屋の赤いトタン屋根が見えました。栗鉢小屋は無人の避難小屋です。外見は、ちょっと大きめの公衆トイレといったところでしょうか。何の変哲もないコンクリートの箱です。側面の中央に、木製の扉が据えつけてありました。

がたがたときしむ扉を開くと、中は薄暗く、饐《す》えたようなにおいが鼻をつきます。三和土《たたき》の奥に上下二段になった板敷きの床があり、下段の隅のほうに毛布と枕が積まれていました。あるものと言えば、それだけです。私はとりあえず荷物を下ろし、リュックから取り出したタオルで体を拭きました。握り飯を水筒の熱いお茶で流し込むと、何とか人心地つきました。このときほど熱いお茶がうまく感じられたことはありません。何もない山小屋ですが、雨がやむまで、そこにとどまることにしました。

夕方近くなっても雨はやむ気配がありませんでした。五月とはいえ、北海道の山中のこと、湿った衣類は容赦なく体の熱を奪っていきます。かびくさい毛布にくるまって寒さをしのぎましたが、日が落ちるころには体の震えが止まらなくなりました。

ポケットには使い捨てのライターがあったので、火をおこして暖をとろうと私は考えました。しかし、小屋の中には焚《た》きつけになりそうなものはありません。毛布を燃やそうかとも一瞬考えましたが、まだそこまでの決心はつきませんでした。軒下などに乾いた木ぎれでも転がっているかもしれないと、私は小屋の外を探してみることにしました。

小屋を出て周囲をぐるりと一周しましたが、軒は入り口と窓のところに数センチ張り出しているだけで、軒下の地面もすっかり濡れてしまっていました。乾いた木ぎれなど見つかりそうにありません。入り口の前に戻った私は、途方に暮れてその場に立ちつくしました。

そのとき、眼下にかすかな明かりが見えました。谷側の斜面の先で、かなり距離はありそうですが、人家とおぼしき明かりがあります。よく目をこらすと、小さな明かりの点がぽつりぽつりと複数灯《とも》っているのが見えました。

私は小屋の中に戻り、リュックから地図を取り出しました。国土地理院発行の地形図を開くと、栗鉢小屋から二、三キロほど下ったところに、集落を示す四角い点がいくつか記載されています。地名が書かれていなかったので、それまで地図を見ても、近くに集落があるとは気づきませんでした。

不思議なことに、地図の上には、その集落へ至る道が書かれていませんでした。まるで何もない山の中に住居が点在しているように見えます。おそらく地元の人間しか知らない山道がどこかから通じているのでしょう。しかし、この地図ではそれがどこにあるのかわかりません。

山岳ガイドの地図も確認しましたが、似たようなものでした。

私はもう一度外へ出て、明かりの見えるほうを眺めました。先ほどよりあたりが暗くなったせいか、明かりは前よりはっきり見えています。

私は意を決しました。このままここで寒さと空腹に耐えながら夜を明かすよりも、たとえ道なき道であれ、眼下に見える明かりを目指すほうがましだと判断したのです。

そうと決まれば少しでも早く小屋を出なければなりません。今ならまだかすかに足下は見えます。完全に夜の闇が降りてしまう前に集落へたどり着かなければ、遭難するおそれがありました。私は荷物をまとめ、折りたたみ傘をかざしながら、明かりの見えるほうへと林の中に分け入っていきました。

小屋のある尾根沿いに比べて林の中はかなり暗く、三十分も歩くと足下さえ見えなくなってしまいました。歩き始めてすぐに、傘はたたんでリュックにしまいました。木々にぶつかって歩きにくい上に、足下がおぼつかないので、たとえ濡れても両手があいているほうが安全だと考えたのです。

何度もつまずき、全身は泥だらけになりました。目指す明かりはつねに見えているわけではありません。木立のまばらな一帯にさしかかったときにちらりと見える程度です。それでも信じる方角に歩き続けると、明かりまでの距離は確実に詰まっているようでした。

一時間ほど歩いたでしょうか、目指す明かりがかなり近くに感じられ、これなら何とか集落にたどり着けると確信できはじめたころでした。前方の林の中で、がさりと何かの動く音がしたのです。私は熊でも出たかと身構えました。目をこらしてそちらを見やると、オレンジ色をした何かが五メートルほど先に横たわっているのが見えました。蛍光性のその色は、明らかに自然に存在するものではありません。私はさらに近づいてみました。どうやらオレンジ色のレインコートを着た人間が、木々の間にうずくまっているようです。

「だれかそこにいるのですか」

私は声をかけました。

「足を……くじいてしまって……」

絞り出すようなか細い声は、女性のもののようでした。そばに歩み寄ると、二十代と見られる若い女性が、足首のあたりを押さえて痛そうに顔をゆがめています。どこかから転落したのか、靴は片方脱げてしまっていました。

「大丈夫ですか」

「すみません。足をくじいたようで、動けないのです」

「こんなところにいたら風邪をひいてしまう。この下の集落の方ですか」

「はい。薬草を摘みに来たのですが、足を滑《すべ》らせてしまって」

足を押さえていないほうの手を見ると、透明なビニール袋が握られています。野草らしきものが詰まっているようでした。

「私が肩を貸しましょう。ここから集落までの道はわかりますか」

女性は申し訳なさそうにこくりとうなずきました。

脱げた靴はすぐ近くに転がっていました。リュックなどの荷物は初めから持ってきていないと言います。私は彼女に靴を履《は》かせ、肩も貸して立ち上がらせました。

「痛みますか」

「大丈夫です」

女性はヒナタという名だと言いました。ヒナタは片足をひきずりながらも的確に道案内をし、それから小一時間ほどで、私たちは集落にたどり着くことができました。

そのころには二人とも全身ぐっしょりと濡れそぼっていました。とにかく一番近い人家で休ませてもらおうと思っていたところ、ちょうど一軒目がヒナタの家でした。

そこは格式のありそうな旧家でした。ぐるりを竹垣が囲み、その向こうに合掌《がっしょう》造りの茅葺《かやぶ》き屋根が見えます。屋根付きの重厚な門が、高さのある木の扉を閉ざしています。ヒナタに指示されるまま、その脇の通用口のようなところから中に入りました。

母屋の入り口の木戸を叩くと、口ひげを生やした大柄な男が姿を現しました。

「足をくじいて動けなくなっていたところを、この方に助けられたの」

ヒナタは男にそう説明しました。男は表情のない顔で私を見ると、無言のまま私たちを通し、木戸を閉めました。

ヒナタは男のことを、作蔵《さくぞう》という使用人だと私に説明しました。年は私と同じくらいでしょうか。むさ苦しい身なりをしていましたが、日焼けした腕は太く、胸板もかなりの厚みがあります。少し障害があるのか、時折「ふん」とか「ふう」とかうめきながら、首を小刻みに動かしていました。

このとき私は、初めて明かりのもとでヒナタの顔を見ました。髪は首筋にかかるくらい、切れ長の目は一重ですが、まなじりが涼やかで凛《りん》とした気品があります。濡れた髪が頬に張り付いた横顔は、思わず息をのむ美しさでした。

私は囲炉裏《いろり》のある座敷に通され、ヒナタは作蔵の肩にすがりながら奥の部屋へ消えました。借りたタオルで体を拭き、囲炉裏にあたっていると、ほどなくして四十代後半と見られる中年の男女が姿を現しました。和装の男性と女性は、ヒナタの両親だと名のりました。

「作蔵を捜索に行かせようかと思っていたところでした。礼を言います」

父親は言いました。日焼けした精悍《せいかん》な顔には厳しさが漂い、座った姿は背筋がぴんと伸びています。威厳のある旧家の主人という雰囲気でした。

母親のほうは、長い髪を背中で無造作に束ねた小柄な女性でした。お盆にのせた湯飲み茶碗を、ヒナタの父親と私の前に優雅な仕草で置きました。

その夜は、ヒナタの家に泊めてもらうことになりました。夕飾の場には、軽装に着替えたヒナタも姿を見せました。足はひきずっていましたが、顔色はよく、元気そうです。

「本当にありがとうございました。ゆっくりしていってください」

ヒナタは笑顔を見せて言いました。

食事は、見たこともないような珍しい山の幸が盛りだくさんでした。空腹だったせいもあるかもしれませんが、どれも美味で、私は苦手な蓮根を残した以外はすべて平らげました。

ヒナタの父親は、この村について語ってくれました。戸数三十二、人口は百人ほど。ほとんど自給自足の生活をしていて、めったに村から出ることはないそうです。ヒナタの家は、最も古くからある家の一つで、《本家》と呼ばれているとのことでした。

膳の上げ下げには作蔵以外にもう一人、五十歳前後の質素な身なりをした女性が姿を見せました。しかし、この女性と作蔵は食事に同席しませんでした。使用人は別室で食べるのだそうです。

食事が済むと、十畳ほどの座敷に床が延べられていました。黒々とした梁《はり》が風格を醸《かも》し出していて、欄間《らんま》にはなにやら達筆な文字の額がかかっています。部屋の中央に敷かれた布団に横になると、押入に長く仕舞い込まれていた布団の香りが、懐かしい気持ちを誘いました。

いつの間にか私は眠っていたようです。ふと目が覚めると、明かりは消されていました。風が強いのか、低いくぐもったような音が外から聞こえてきます。ライターを着火して腕時計の文字盤を確認すると、二時を回ったところでした。

相変わらず、外ではくぐもった音がしています。目がさえてきた私は、その音が人のうめき声のように聞こえてきました。聞きようによっては、「ううん、ううん」と低い声でうなっているようにも感じられます。そのつもりで聞いていると、人の声としか思えなくなってきました。

私は布団を出ました。冷え冷えとした空気が肌を刺します。枕元に丹前《たんぜん》がたたまれていたので、それを羽織《はお》りました。襖を開き、廊下へ出ると、うめき声らしき音はよりはっきりと聞こえてきます。

どこかから外へ出られないかと、薄暗い廊下を進みました。少し歩いた先に、雨戸の隙間《すきま》があいて、ガラス戸から外が見えるところがあります。スクリュー式の鍵をあけてガラス戸を開くと、雨戸はがたがきて完全には閉まらなくなっているようでした。ぎしぎし言いますが開くことはできるようです。いつの間にか雨はやんでいました。見上げると雲間から月も顔をのぞかせています。ちょうど足下に下駄が一足脱ぎ捨ててあったので、それを突っかけて私は外へ出ました。

土に足を踏み出すと、雨上がりの夏草の甘ったるいようなにおいが鼻をつきます。風はさほど吹いていません。私は耳を澄まし、音の出所を探りました。どうやら、音は左手奥の納屋《なや》のような建物から聞こえてくるようです。近づいてみると、納屋と呼ぶには大きい、奥行きのある建物でした。かなり古い造りのようで、傷みも目立ちます。入り口の引き戸には南京錠で鍵がかけられるようになっていましたが、うっかり閉め忘れたのか、南京錠は扉側の金具にぶら下がっているだけで、建物側の金具に通っていませんでした。引き戸に手をかけて横に滑らすと、思いのほかすんなりと戸は開きました。

うめき声らしき音、いえ、もう明らかにうめき声とわかる低く絞り出すような声が大きくなりました。薄暗くてはっきりとはしませんが、窓から差し込む月明かりで、農具や馬具らしきものがおぼろげに見えます。土間は途中から細くなり、さらに奥へと続いているようでした。

私はゆっくり奥へと足を運びました。

土間の狭い部分の右手は壁で、左手は一段高い座敷になっているようです。座敷には、破れの目立つ障子がはめ込まれていました。うめき声は部屋の中から聞こえてきます。痛みに耐えているような苦しげな声でした。

私は意を決して座敷に上がりました。ライターの火を灯し、障子を開きます。部屋の中央に布団が敷かれ、一人の老婆が横たわっていました。老婆はゆがんだ顔を真上に向けて、苦しげにうめいています。その顔は、脂汗が浮いたように、ぬらぬらと光っていました。

「大丈夫ですか」

私は老婆に声をかけました。しかし、老婆はうめくばかりで、何も答えません。まぶたも固く閉じたままです。傍らには丸盆に載せた吸い飲みが置かれていました。どうやら病で伏せっている人のようです。

こちらの呼びかけには何の反応もないので、仕方なく私は引き返すことにしました。老婆から少し離れて改めてその寝姿を見た私は、ある奇妙なことに気づきました。

布団のふくらみがどう見ても短いのです。老婆の首のあたりから七、八十センチ分くらいしか布団が盛り上がっていません。それも丸太のようなずんぐりとした形で、まるで巨大な芋虫でも入っているようでした。老婆がいくら小柄だとしても、全体のバランスが非常に不自然でした。

その異様な姿に、私は言いようのない寒気を感じました。しかし、たまたま体をそういう形に折っているのだろうと自分に言い聞かせ、その場を後にしました。

建物の外に出て母屋のほうへ歩きかけた私は、背後にがさりという音を聞き、身をすくませました。おそるおそるふり返ると、小屋の入り口の脇で何かごそごそと音がしています。ライターを着火してそちらに向けると、カラスの目がきらりと光りました。黒いポリ袋のようなものを、カラスがつついていたようです。私はほっと息をつき、母屋のほうへ向き直りました。

しかしそのとき、一瞬の明かりの中で目に映ったものを思い出し、私は慄然《りつぜん》としました。カラスがつついていた黒いポリ袋からはみ出ていたものは、人間の指のように見えたのです。芋虫のような老婆。そして、ポリ袋からはみ出ている指のようなもの――。

私はまさかとは思いましたが、確かめずにはいられませんでした。もう一度小屋のほうへ引き返し、カラスがくちばしを刺している黒い袋に近づきました。私が近づくと、カラスは一声鳴いて飛び去っていきました。袋からは鼻が曲がりそうな腐臭が漂っています。

震える手で火を近づけた私は、思わずライターを取り落としそうになりました。ポリ袋の破れ目から、明らかに人間の指と思われるものが飛び出ています。指だけではありません。袋の輪郭からして、指は腕につながり、肘《ひじ》から先がそっくりそこにあるようです。そしてそれは一本だけではないようでした。

ポリ袋の口は、無造作に結ばれているだけです。私はその口を開き、おそるおそる中をのぞき込みました。

次の瞬間、首筋に激しい衝撃を感じました。目から火花が散り、それきり何もわからなくなってしまいました。

気がつくと、私は部屋で寝ていました。障子越しに朝の光が畳を照らし、鳥のさえずりが耳をくすぐります。夜中に部屋を抜け出したときの記憶は、夢の中の出来事であったかのように爽《さわ》やかな朝でした。

枕元にはヒナタが座っていました。私は上半身を起こそうとして、後頭部の痛みにうめき声をあげました。悪夢のような記憶が現実であったことを、このとき悟りました。

「大丈夫ですか？　まだ動かないほうがいいわ」

ヒナタは私の両肩に手を添えてくれます。

「君が部屋まで連れてきてくれたのか」

ヒナタは曖昧にほほえみ、傍らの杖をついて立ち上がりました。

「ちょっと待ってください。いま食事を持ってきますから」

しばらくすると、女性の使用人が食事の膳を持って現れ、続いてヒナタとその父親が姿を見せました。父親は私に頭を下げました。

「昨夜は申し訳ないことをしました。あなたを殴ったのは作蔵です」

「使用人の？」

「はい。しかし、彼はこの家の秘密を守ろうとしたのです。恨まないでやってください」

「秘密というのは、小屋の座敷で伏せっていたお婆さんのことですね」

父親はうなずきます。

「あれは私の母なのですが、あまり表沙汰にしたくない、深刻な病気にかかっているのです」

「小屋の前のポリ袋に、人間の腕らしきものが入っているのを見ました。それもお婆さんの病気と関係があるのですか」

父親はヒナタと顔を見合わせました。ヒナタは辛そうな表情を浮かべています。父親は静かに言いました。

「九人病です」

「くにんびょう？」

私が問い返すと、父親は続けました。

「十年おきくらいにこの村で発生する伝染病です。一度発生すると、決まって九人の人間に感染することから、九人病と呼ばれています。この病気に感染した人は、まず足の裏と額が脂汗でぬらぬらと湿ってきます。発症した翌日にはぬらぬらは全身に至り、なめこのように体の表面が粘液で覆われます。四、五日たつと、腕や足などが体から抜け落ちていきます」

「抜け落ちる……。それは、体が壊死《えし》していくということですか」

「壊死と似ていますが、若干違います。関節など、つなぎ目部分の組織だけが破壊されていくのです。抜け落ちた腕や足は、ぬらぬらで覆われているほかは健常者のものと変わりありません。抜け落ちるときには、痛みを伝える神経もすでに死んでいるらしく、本人も気づかないうちにぽろりとはずれるようです。朝起きて布団を出ようとして腕のないことに気づいたり、歩いているうちに足がはずれたりという話も聞いたことがあります。私の母の場合は、作蔵から食事の膳を受け取ろうとしたときに、膳を持った腕が落ちました」

私はそのときの様子を想像して、背筋が凍りました。まるで怪談話です。そして、ある重大なことに気づいた私は、さらなる恐怖におののきました。

「昨夜私は、お婆さんの部屋に入ってしまいました。ということは――」私はごくりとつばを飲み込みました。「私も感染した可能性があるということですか」

父親は表情を変えずに、首を横に振りました。

「ご心配はいりません。どういうわけか、この病気は村の人間にしか感染しないのです。これまでに発生したどの年も、この村で生まれ育った者以外に感染者は出ませんでした。外から来た人間で、患者と接触した人もいないわけではありません。しかし、だれ一人として、感染はしていません。ご安心ください」

「感染するかどうかが、生まれ育った環境によるなんてことがあるのですか」

「どうも体質的な問題のようです。村人の中には、この村の水に原因があると考えている者もいます。伝染性があるため、細菌かウイルスが直接の原因なのは確かなのですが、ここの水に何らかの特殊な物質が含まれていて、それが体内に蓄積されると発症しやすい体質になるというのです。いずれにしても、あなたは昨日この村にいらしたばかりだ。感染することはまずないでしょう」

私はそれを聞いて少し安心しました。しかし、今までの例といっても、この村を訪れた《余《よ》所者《そもの》》がそれほどたくさんいるとも思えず、完全には感染の心配をぬぐいきれませんでした。

「発症した人を、町の大学病院か何かで診てもらったことはないのですか」

父親は首を振って否定します。

「発症して一週間ほどで、手足はすべて抜け落ち、感染者は息を引き取ります。死亡率は百パーセントです。山を越えて町の病院に運んでも間に合いません。第一、こんな恐ろしい病気が発生することが公《おおやけ》になったら、この村の人間は全員隔離されるでしょう。感染していないとわかっても、村はつぶされ、二度と戻れなくなるおそれがあります」

今どきそのようなことにはならないだろうと私は思いましたが、それは口に出しませんでした。

「しかし、こんな得体の知れない病気におびえて暮らすより、大きな病院できちんと調べてもらったほうがよくはありませんか」

「確かに、若い人の中にはそういう意見の者もいます。しかし、村人の大半は小さいころから、九人病のことは余所者に知られてはならないと教え込まれてきたのです。なかなかその考えから抜け出すことはできません」

そう言われると、私には返す言葉がありませんでした。

「ですから、九人病のことは町にお戻りになっても決して他言なさらないでいただきたいのです。お願いします」

父親はそう言って、再び頭を下げました。私がわかったと言うと、彼は部屋を出ていきました。ヒナタは残り、私の食事の世話をしてくれました。

「君も九人病のことは隠し通すべきだと思うかい」

ヒナタは私におかわりをよそいながら、首を傾けました。

「わからない。でも、村のほとんどの人が反対しているなら、あえて知らせることはないと思う」

「しかし、このままではいつみんなも感染するかわからない。それでもいいのだろうか」

「九人病は発生しても九人までしか感染しないわ。だから、気をつけていれば自分は大丈夫だとみんな思っているの。都会の人だって、毎日交通事故が起きていても、自分がそれに巻き込まれるなんて思っていないでしょう」

「しかし、ウイルスや細菌の性質からして、ある人数までしか感染しないなんていうことはありえない。たまたま今までの例がそうだっただけではないのか。できるだけ病人を隔離しているようだから、それで九人ほどに抑え込んでいるのかもしれないが……。そういえば、君のおばあさんは、今回発生した九人病では、何人目の感染者になるのだろう」

ヒナタは指を折って数え、六人目だと答えました。どうやら、流行がおさまるにはまだ少し時間がかかりそうです。

その日の午後、病床にあったヒナタの祖母は、静かに息を引き取りました。ヒナタは祖母を慕っていたらしく、亡くなったとの知らせを聞くと、部屋にこもってしばらく泣いていました。

山に入って転落したときも、祖母に飲ませるための薬草を摘みに行って帰るところだったようです。

私のほうは、殴られた箇所の痛みは半日ほどで和らぎ、九人病の兆候も現れませんでした。ですが、ヒナタの落ち込みようを見ると、葬儀が終わるまでは彼女のそばにいて、少しでも力になりたいと思うようになりました。

私は職場に連絡をとろうと、電話を貸してくれるよう、ヒナタの父親に頼みました。しかし驚いたことに、この村には電話線が引かれていないというのです。週に二回、町でしか手に入らないものを買いに出る当番がいるので、外との連絡はその者に手紙を託すのだそうです。この時点では、私が調査を終えて登庁することになっている日まで、まだ三日ほどありました。私は、いずれ村から出たときに職場に連絡することにしました。

葬儀は翌日でした。葬儀と言ってもほとんど身内だけの簡素なものです。通常ならこれだけの旧家ですから、多くの村人が参列するものと思われましたが、病気が病気なだけにひそやかに送りたかったのでしょう。

村には火葬場がなく、遺体は土葬にされるとのことでした。老婆の遺体が埋められるのを、ヒナタは涙を流しながら見送っていました。

その翌日、ヒナタの家では田植えが行われる予定になっていました。平地の少ない村ですが、ここでは自給自足が基本です。山の斜面のあちらこちらに棚田が作られています。寒冷地に強い品種が植えられるとのことでした。

村では一家全員が農作業の戦力です。しかし、ヒナタは足をけがしています。家の者は、ヒナタ抜きで田植えをすると言いましたが、彼女は手伝うと言い張りました。五人でも一日がかりなのに、四人でやってはとても終わらないというのです。

私は帰り支度を調《ととの》え、この村での最後の食事となるはずの朝食をとっていました。

「私でよければ手伝いましょうか」

私が言うと、ヒナタの両親は、そうしてもらえるとありがたいと、頭を下げました。

農作業の経験がない私にとって、その日の田植えは、かなりきついものでした。しかし、一日働いた後の充実感は、私を爽快な気分にさせました。私はその夜、ヒナタの足が良くなるまで彼女の代わりに働かせてもらえないかと申し出ました。

一週間ほどでヒナタは普通に歩けるようになりました。そのころには、私はすでに本業のことはどうでもよくなっていました。職場には当面休むと手紙で伝えました。私は数年前に両親を亡くし、親が残した家に一人で住んでいましたから、長く家を空けていても不審に思う人はいなかったのです。

いつしか私はヒナタの家にとけ込み、ヒナタ以外の家族とも気軽に会話ができるようになっていました。ただ、作蔵だけは相変わらずです。他の家人とは片言の言葉を交わすようですが、私にはいっさい口をききませんでした。小屋をのぞいた夜のことがあって、私のほうが距離を置いていたのかもしれません。

ヒナタはこの一週間、自分の代わりに働いてくれているのだからと、かいがいしく私の身の回りの世話をしてくれました。私は一目見たときからヒナタの美しさに惹《ひ》かれていましたが、彼女のほうも、私のことを憎からず思ってくれているようでした。

ヒナタが畑仕事に復帰できるようになったころ、私は思い切ってヒナタに結婚を申し込みました。その家にとどまる理由がなくなったことが、私の決意を後押ししたのです。

「君と夫婦になって、ずっとこの家にいたい」

縁側でヒナタと星を眺めながら、私は彼女に気持ちを伝えました。ヒナタは一瞬目を丸くし、それから、はにかんだように顔を伏せました。

「こんな辺鄙な村で一生を終えてもいいの」

「自分にはこの村の生活が肌に合っている。君さえよければ、ここで君と暮らすこと以上の望みはない」

「そんなふうに思ってくれるのは、とてもうれしい。でも、突然のことだから、一晩考えさせて」

私は、返事は急がないと答えました。庭では、蛍の淡い光が静かに揺れていました。

翌日の朝食の席で、ヒナタは両親に、この人と結婚したいと言ってくれました。ヒナタの両親は私の突然の求婚に面食らったようでした。こんな村に残ってもらうのは申し訳ないというようなことを言いましたが、私がそうしたいのだと言うと、二人の結婚を認めてくれました。

一週間後、私たちは村の神社で祝言をあげました。祖母の葬儀のときと違って、式は盛大でした。会ったことのない村人もたくさん列席して、祝いの言葉をかけてくれます。ただ、相変わらず作蔵だけは無愛想でした。式が終わると、宴席には参加せず、早々と引き上げてしまいました。

その夜から私とヒナタの住まいは、離れの小屋になりました。かつてヒナタの祖母が伏せっていた小屋ですが、空気を入れ換えて、農具や馬具は片づけ、障子もすべて張り替えました。ささやかながらも満ち足りた生活が始まりました。

しかし、幸せな時間は長くは続きませんでした。二人が夫婦になって半月ほどたったころ、ヒナタが体の不調を訴えました。一日農作業を休ませて、夕方帰ってみると、ヒナタは額に汗をびっしょりとかいて床に伏せっていました。まさかという考えが頭をよぎりました。そして、その翌朝、ヒナタの姿を見た私は絶望にうちひしがれました。全身がぬらぬらとぬめっていたのです。明らかに九人病の兆候でした。

彼女の両親にそのことを伝えると、母親はその場に泣き崩れました。父親のほうは毅然《きぜん》とした態度で私の言葉を聞いていましたが、その目からは今にも涙があふれ出そうでした。

「今後ヒナタを離れから出すことはならない。食事の膳は作蔵が運び、他の者はいっさい離れに近づかぬこと」

震える声で、父親は家の者たちに告げました。

私が「食事は私が運びます」と言うと、父親は首を横に振りました。

「作蔵のことなら心配はいらない。彼はもともとこの村の人間ではないのだ。感染はしないはずだ」

「違うんです。私は離れに残って、ヒナタの看病をしたいのです」

「よしなさい。これまで余所者は九人病に感染していないが、いずれも患者との接触はそれほど密ではなかった。何日も寝食を共にした例はないのだ。いつまでもヒナタに付き添っていたら、感染しないともかぎらない」

「九人病がどんなに恐ろしい病気か知りませんが、私はあきらめていません。彼女が病と闘っているかぎり、看病を続けます」

私が離れに戻ると、ヒナタはぬらぬらに覆われた目をかすかに開きました。

「心配はいらない。必ず君の病気を治してみせる」

ヒナタは悲しげな表情で、弱々しく首を横に振りました。

「私に……近づかないで……感染《うつ》ると……いけないから」

絞り出すようなか細い声でヒナタは言います。私はヒナタの手を握り、「大丈夫」と言いました。

しかし、私にできることはほとんどありませんでした。とりあえず、彼女の体を拭き、ぬらぬらをぬぐい取ってやります。それから、彼女が祖母のために摘んできた薬草を、煎《せん》じて飲ませました。額に手をあててみると、かなり熱があるようです。私は井戸水につけた手ぬぐいを載せてやりました。ヒナタはいくぶん楽になったと言い、かすかに笑みを見せました。

すぐにまたぬらぬらが出てくるものかと思っていましたが、その後は熱のためと思われる汗が多少にじむくらいで、ぬらぬらは現れませんでした。私は少し希望を持ちました。この分なら案外長く持つかもしれません。

そう思うと、町の大きな病院に連れていけば助かるのではという考えが頭をもたげてきました。赤昨谷温泉まで行けば車を呼ぶことができ、その先は半日もあれば札幌の大学病院に連れていくことができます。

問題は赤昨谷温泉までの道のりでした。ここから栗鉢小屋までは地図にも載らないような山道を越えていかなければならないのです。ヒナタを連れて山を下りたときは、下りだけでしたし、ヒナタ自身も片足で体を支えていたので何とかなりました。しかし、まったく身動きできないヒナタを連れて山を越すというのは、どう考えても不可能に思えました。

私が頭を抱えていると、小屋の戸を叩く者がありました。だれもこの小屋には近づかないよう戒められているはずなのにと、不審に思いながら私は戸を開きました。立っていたのは作蔵でした。

「お嬢様の具合はどうです」

作蔵はそれまでとは別人のような、はっきりとした口調で言いました。妙な息づかいも、不自然な頭の動きもありません。そこに立っているのは、しっかりとした意思を持つ、一人の屈強な男でした。

「入らせてもらいます」

あっけにとられている私の横をすり抜けて、作蔵はヒナタのもとに歩み寄りました。

ヒナタは眠っていました。ぬらぬらは治まっていますが、熱にうなされて小さくうめき声を上げています。

「町の病院へ連れていきましょう。力を貸してください」

作蔵は言いました。

「君は、ふつうに話せるのか」

「ふだんの姿は芝居です。——時間がない。詳しいことはあとで」

ヒナタを病院へ連れていくことについては私も異存はありませんでしたから、作蔵の変わりようを不審に思いながらも、彼に従うことにしました。

作蔵は畳を一枚はずし、両側をひもで木の棒にしばりつけて、即席の担架を作りました。二人がかりで布団ごとヒナタの体を畳の担架に乗せ、前を作蔵が、後ろを私が持ちました。

「登りは後ろのほうがきついと思いますが、おれが先導しなければなりません。がまんしてください」

私がうなずくと、作蔵は歩き出しました。外に出ると、日は真上にあります。明るいうちに赤昨谷温泉までたどり着けるかどうか、微妙な時間でした。

作蔵の選んだ道は、比較的踏み跡がしっかりしていました。しかし、それでも獣道です。傾斜はきつく、道に覆い被さる草木が行く手を阻《はば》みます。夏の強い日差しは、みるみる体力を奪い、思いのほか行程は進みませんでした。

やっとのことで栗鉢小屋にたどり着いたときには、すでに西の空が赤く染まっていました。

「残念だが、ここで夜を明かすしかない」

作蔵は悔しそうに告げました。時間が惜しいので行けるところまで行こうと私は言いました

が、遭難するおそれがあるからと、作蔵は譲りませんでした。ヒナタも少しだけですが、餅のかけら
火をおこし、作蔵の持参した餅を焼いて食べました。ヒナタも少しだけですが、餅のかけらを口にしました。

私は作蔵に、どうして病んでいるふりをしていたのか尋ねました。

「ヒナタのそばにいるためには、そうするしかなかった」

作蔵によれば、十年ほど前、ある事情があって山中をさまよっていたところ、偶然ヒナタの村にたどり着いたそうです。衰弱しきって道ばたにうずくまっていた彼に、救いの手をさしのべたのがヒナタでした。当時十五歳だったヒナタは作蔵の妹によく似ていたそうです。作蔵は私と同じようにヒナタに恋をしました。しかし、彼は粗暴そうな外見をしています。ヒナタの両親は彼を家に寝泊まりさせることに反対しました。罪を犯して逃亡中の男にでも見られたのでしょう。そこで彼は、ヒナタの家族に不安を抱かせないよう、障害があるふりをしたのでした。ヒナタが、記憶もなくしているらしい彼を追い出すことはできないと言い、彼を使用人として働けるよう両親にとりなしてくれたのだそうです。

「ずっとヒナタのことを?」

「いまでも愛している。だから、あんたとヒナタが祝言をあげた日は、とても宴席に出る気にはなれなかった」

私は作蔵に対して、何だか申し訳ないような気分になりました。

「しかし、こうやってヒナタを都会の病院に連れていこうとしているなら、どうしてあの晩、

私を殴ったのだ。君は九人病を隠し通すべきだとは思っていないのだろう」

「あれはおれのしたことではない」

私ははっとして作蔵の顔を見返しました。作蔵は、眠っているヒナタの顔をちらりと見ました。

「殴ったのはヒナタの父親だ。どうせおれには何もわからないと踏んで、罪を押しつけたのだろう」

「そうだったのか。誤解してすまなかった」

「あの村で育った人間はみな、九人病に対して非常に神経質になっている。どの家でも同じことをしただろうよ」

その後作蔵は、村へ来る前のことなども話してくれました。

夜が更けたころ、ヒナタの病状はかなり悪化していました。再び全身がぬらぬらに覆われ、熱がかなり高くなっています。呼びかけてもうなずくのが精一杯で、口をきくことはできなくなっていました。そして、間の悪いことに、雨が降り出してきました。

「この分では夜が明けても、彼女を連れての移動は無理だ」

作蔵は、窓から外を見て言いました。

「しかし、一刻を争う状況じゃないのか。雨がやむまで待っていたら、手遅れになるかもしれない」

作蔵は、覚悟を決めたような表情で私の顔を見ました。

「おれが今から山を下りて、救急隊を連れてくる」

「無茶だ。夜中でしかもこんな雨の中を――。すでにここまでの道のりで、君も体力を使い果たしているだろう。今から歩き出したら、君のほうが遭難してしまう」

実際、作蔵は顔色がよくありませんでした。かなり体力を消耗しているようです。

「では、それ以外にどんな方法がある。雨の中、彼女を赤昨谷まで連れていけるのか」

作蔵にそう言われると、私は言葉を返せませんでした。

「ここからは一般の登山客が利用する道だ。身軽な体なら、この状況でも赤昨谷まで行くのはさほど困難ではない」

「だったら、私が行く」

「あんたは、ヒナタの夫だろう。そばにいてやってくれ。第一、この辺の山はおれのほうが詳しい」

作蔵の表情は穏やかでした。私は作蔵の手を握り、頭を下げました。

「すまない。礼を言う」

「明日中に救急隊を連れてくる」

作蔵は、雨の降りしきる夜の闇へと飛び出していきました。

2

男は話し疲れたかのように深いため息をつき、ゆるゆると立ち上がった。部屋の隅にたたまれた丹前を手に取り、袖を通す。夜も更けて、気温も少し下がってきたようだ。天井から吊るされたランプの笠に、一匹の蛾《が》が羽を打ちつけていた。

和久井は、丹前のひもを結んでいる男の背中に声をかけた。

「それで、その作蔵という人は戻ってきたのですか」

男は和久井の前の座布団に戻ると、倦《う》んだような顔を向け、ゆっくりと首を横に振った。

「二日待ちましたが、彼は戻りませんでした」

「では、あなたの奥さんは」

「栗鉢小屋に着いて三日目の朝、息を引き取りました」

静けさの中、ぎいっと板の間のきしむ音が部屋の外から聞こえた。廊下をだれかが歩いているようだ。

「そうだったのですか。それはお気の毒に……」

和久井の言葉に、男は穏やかな笑みを見せた。あきらめに似た、超然とした表情だった。

男の話はあまりにも衝撃的で、にわかには信じがたい。しかし、今の表情を見る限り、真実なのだろうと和久井は判断した。

九人病――まさか、そんな恐ろしい病気があったとは。

何の気なしに男に話しかけた和久井だったが、思いがけず前代未聞の事件を耳にすることになった。これはもはや旅行情報誌などに収まる話ではない。世間を震え上がらせる大スクープだ。

「一つだけ、気になることがあるのですが」

「ええ」

「携帯電話を使うことはできなかったのですか。今時、山の中でも携帯は使えると思うのですが」

男は眉間《みけん》にしわを寄せた。悔やまれることがあるのか、しばらく考え込むように間をおいてから渋い表情で言った。

「私は携帯を持参していなかったのです。あの村では携帯を持っている村人はいませんでした。もし持参していれば、ヒナタを救うこともできたかもしれないのですが……」

この時代、携帯電話をだれも持っていないなどということがあるだろうか。とはいえ、その村は世間から隔絶した暮らしをしているという。あながちありえないと否定はできない。

「奥さんが亡くなられたのはいつごろのことなのですか」

「今年の六月末です」

「今年の六月末！　ほんの十日くらい前ではありませんか」

つやのない乾いた顔を向け、男はうなずいた。

「ヒナタが息を引き取ったときには、彼女の体から手足はすべて抜け落ちていました。私はしばらく、惚《ほう》けたように彼女の亡骸《なきがら》のそばに座り込んでいました。我に返って、彼女を村へ連れて帰ろうと抱き上げると、その首がころりと胴体からはずれ、床に転がりました」

凄絶な光景を男はこともなげに語る。すでに悲しみを超越しているのかもしれない。和久井の肌は粟立《あわだ》った。

「今思えば、村からだれも私たちを捜しに来なかったのは不思議なことですが、おそらくヒナタの両親も、娘の最期の姿を目にしたくはなかったのでしょう。私は、バラバラになった彼女の体をリュックにつめました。全部は無理だったので、とりあえず頭部を持って山を下り、翌日、村でヒナタの菩提《ぼだい》を弔《とむら》いました」

ご愁傷様です——和久井はそう言って頭を下げた。

「その後数日経っても、作蔵は戻ってきませんでした。私はなぜ作蔵が戻らなかったのかを考えました。夜間、雨の降る山を越えようとして遭難したのでしょうか。それとも、途中で気が変わったのでしょうか。いや、そんなはずはない。別れ際の彼はヒナタを救おうと必死でした。きっと、何か不測の事態が生じたのに違いありません。

気持ちが落ち着いた私は、作蔵を捜しに再び山へ入りました。それが三日前のことです。栗鉢小屋から赤昨谷温泉までは一本道でした。ハイカーもよく通る道で、踏み跡もしっかりしています。夜だったとはいえ、歩きなれているはずの作蔵が道に迷うということはありえなそうでした。だとすると、考えられるのは滑落《かつらく》です。私は作蔵が足をすべらせた跡はないか、また、斜面に作蔵らしき人間が倒れていないかを調べながら、ここまで歩いてきました」

「見つかったのですか」

男はまた眉間にしわを寄せて、首を横に振った。

「栗鉢小屋から赤昨谷温泉までの道に、作蔵の姿は見あたりませんでした。かなり注意して捜しましたから、見落としたということはないでしょう。私はこの宿にたどり着くと、作蔵らしき男が現れなかったかと尋ねました。しかし、返事はノーでした」

「では、彼はこの宿を素通りしたということですか」

「それは考えにくいことです。ここを過ぎたら、荷子の村までさらに数時間歩かなければ民家はありません。一刻も早く医者を呼びたい作蔵が、ここに立ち寄らないはずはないのです。私は湯につかりながら考え、一つの結論に達しました。作蔵はやはり、ここへ着くまでの間に遭難していたのです」

「しかし、先ほどあなたは、それらしき姿は見あたらなかったと……」

「私は道から見える範囲は捜索しましたが、そこからさらに山へは分け入っていません。もし、なにものかが彼の体を引きずって移動させていたら、私の目にはとまらなかったでしょう」

「だれがそんなことを」

男は一呼吸間をおき、静かに言った。

「野犬です」

「野犬が？　作蔵という人は大柄な人だったとおっしゃいましたよね。たとえ彼が行き倒れていたとしても、野犬がその体をくわえて山に引きずり込むなんてことはできないでしょう」

男は意味ありげな目を私に向けた。

「作蔵の体がバラバラになっていたとしてもですか」


ランプの笠に張り付いていた蛾が、かさりという音をたてて、座卓の端に着地した。蚊取り線香の煙にあてられたのか、力なく羽を震わせている。外から聞こえる沢の水音が大きくなったような気がした。

「それは――」和久井はじわじわと湧き上がる恐怖を感じながら言った。「作蔵さんも九人病に感染していたということですか」

男はうなずいた。

「彼は栗鉢小屋を出るときから顔色が悪かった。私に心配をかけまいと気丈に振る舞ってはいましたが、体は相当参っていたのだと思います」

「しかし、彼は村で生まれ育った人間ではないとおっしゃいませんでしたか。余所者は九人病に感染しないはずでは」

「確かに彼は、十年ほど前に村に来た人間です。東京で罪を犯し、警察に追われて逃亡してきたのだと打ち明けてくれました。妹が会社の上司に辱《はずかし》めを受けたらしく、その上司の家に乗り込んで、思わず殴り殺してしまったのだそうです」

「だとすると、九人病は村の人間にだけ感染するものではないということですか」

「場合によっては」

何ということだ。それが事実ならば、いま目の前にいる男も、そしてこの自分も感染するおそれがあるということではないか。

和久井は胸の鼓動が速くなるのを感じながら、男の顔をうかがった。男の肌は乾いている。ぬらぬらは現れていない。どうやらこの男は感染していないようだ。

「これまで九人病は村の人にしか感染しなかったというのに、なぜ作蔵さんは感染してしまったのですか。今までの流行で余所者の感染者が現れなかったのは、たまたまそうだったというだけなのでしょうか」

「私も初めはそう思いました。しかし、先ほどその原因がわかったような気がします」

男は大儀そうに立ち上がり、旅行カバンに歩み寄った。中から数枚の紙を取り出してぱらぱらと目を通し、そこから一枚を抜いて戻ってきた。夕食の前に何か書き込みをしていた用紙のようだ。彼は和久井にそれを差し出した。

表に、細かい数字が書かれていた。「平均気温」「降水量」などの項目がある。どこかの気象データのようだ。そういえば、この男は気象庁の職員であると言っていた。

「見てください。函館のデータなので、必ずしもこの村とは一致しませんが、まあだいたい同じとみてよいでしょう。×印のついている年が九人病の発生した年です。何か気づきませんか」

和久井は表を見つめた。そこには過去四十年ほどの六月〜七月の年別観測データが書かれていた。ざっと見たところ、発生した年はこの二ヶ月の降水量が高めのようだが、同じくらいの降水量がありながら発生していない年もある。明らかな特徴は見つけられなかった。

　和久井が首をひねっていると、男は言った。

「まず第一に、降水量が多い」

「それは私も気づきました。しかし、一九六六年や九〇年など、降水量が多いのに発生していない年もありますね」

「もう一つ、条件があります。日照時間です。発生していない六六年や九〇年は、降水量は多いが、日照時間が長い。つまり、一度に多くの雨が降ったということです。これはおそらく台風などの影響でしょう。それに対し九人病の発生した年は、降水量が多く、日照時間が短い。この傾向は、北海道以外ではこの時期、当たり前に見られる気候です」

「梅雨――ですか」

「北海道には梅雨はないとされています。気象庁では、北海道には梅雨入り、梅雨明け宣言を出しません。ところが、実際には何年かに一度、梅雨のような天候が続くときがあります。いわゆる《蝦夷《えぞ》梅雨》です」

　和久井はこれまでに二度、初夏の北海道を訪れている。小学生と大学生のときだが、いずれも天候が悪かった。大学生のときは地元の人間に、「運悪く蝦夷梅雨にぶつかりましたね」と言われたのを覚えている。和久井が北海道を訪れたのは八三年と九三年である。まさに九人病の発生した年と一致していた。

函館海洋気象台　６月～７月（合算）の年別気象データ

	年	平均気圧 (hPa)	平均気温 (℃)	降水量 (mm)	日照時間 (時間)
	1962	1004.7	17.8	168.8	357.2
×	1963	1006.7	16.7	437.7	247.6
	1964	1003.5	17.0	207.8	291.2
	1965	1003.5	16.4	213.3	309.6
	1966	1005.5	16.1	287.5	300.2
	1967	1002.8	18.0	133.2	371.5
	1968	1005.5	17.1	79.5	416.6
	1969	1005.0	17.1	152.5	314.5
	1970	1006.1	17.5	222.0	372.3
	1971	1002.9	16.9	211.5	317.9
	1972	1004.3	17.4	179.5	412.3
	1973	1006.6	17.4	64.5	402.3
	1974	1005.4	16.5	278.0	303.7
×	1975	1004.6	17.3	228.0	234.1
	1976	1006.6	17.3	143.0	368.2
	1977	1005.3	17.6	166.5	377.7
	1978	1005.3	20.0	159.0	408.1
	1979	1005.3	17.8	209.0	362.7
	1980	1005.3	17.7	141.0	301.6
	1981	1006.5	17.1	193.5	302.0
	1982	1005.1	17.3	102.5	459.1
×	1983	1005.1	15.2	241.5	254.2
	1984	1005.4	19.0	146.5	354.7
	1985	1005.5	17.3	156.0	375.1
	1986	1006.4	16.1	228.5	338.1
	1987	1004.6	18.3	231.5	338.5
	1988	1006.3	15.8	178.0	275.9
	1989	1008.3	17.1	66.5	393.0
	1990	1004.9	18.7	291.0	327.3
	1991	1003.0	18.7	230.5	297.7
	1992	1004.8	17.7	159.5	301.6
×	1993	1004.4	15.6	300.0	244.4
	1994	1003.6	18.2	152.0	408.0
	1995	1004.0	17.6	176.5	297.5
	1996	1004.4	17.1	292.5	253.8
	1997	1003.6	18.2	95.5	360.5
	1998	1005.6	17.3	239.0	237.0
	1999	1004.6	19.0	200.5	338.5
	2000	1002.8	19.4	196.0	331.2
	2001	1003.2	18.3	190.0	285.7
	2002	1003.5	17.7	239.5	279.2
	2003	1005.3	16.3	146.0	268.9

（気象庁「電子閲覧室」により作成）

「つまりこういうことですか。九人病は、《蝦夷梅雨》の年に発生すると」

「必ずしもそうとは言えませんが、因果関係はあるのでしょう。湿度の高いじめじめとした天候が続くと発生しやすいのかもしれません」

「しかし、今年はそうでもないのではありませんか。《蝦夷梅雨》というほど雨が多かったとは聞いていませんが」

「問題はそこです。地球温暖化など、世界的な規模で気象状況は変化しつつあります。以前は《蝦夷梅雨》の年にしか発生していなかったものが、今年は何らかの要因で発生してしまったのでしょう。

　これまで九人病に感染した患者には、ぬらぬらが現れています。これはぬぐってもすぐにまた全身に現れるのだぞうです。ところが、私がヒナタのぬらぬらをぬぐったところ、その後しばらくはぬらぬらがひいていました。おそらくそれは、今年が《蝦夷梅雨》の年でないことと関係があるのだと思います。つまり、ぬらぬらが続くだけの湿度がなかったということです。そして、そのことが作蔵を死にいたらしめたのです」

「《蝦夷梅雨》でない年に発生したために、村の人間以外にも感染したということですか」

「厳密に言うと、感染力が強まったということです。私はこう考えます。ぬらぬらはおそらく、感染の拡大を防ぐための、人体の防御反応だったのではないかと。全身がぬらぬらに覆われることで、患者の体は病原菌を封じ込めていたのです。人類という種を存続させるために備わっていた本能的な反応なのかもしれません。感染が九人まででおさまっていたのも、病人の体を拭いてやったりする親しい者にしか感染しなかったためだと考えれば、説明がつきます」

「今年は、一度ぬらぬらをぬぐい去ると、再びそのぬらぬらを発生させるだけの湿度がなかった。そうおっしゃりたいわけですね」

「ええ。残念ながら」

残念ながら——その言葉がひっかかった。言葉の響きは、作蔵の死を悼《いた》んだだけのものではないように感じられた。

和久井は男に顔を向ける。次の瞬間、あっと声を漏らした。確かに男の顔は乾いている。しかし、それは何の気休めにもならないではないか。今年は九人病に感染してもぬらぬらが続かないのだ。

「だとしたら」和久井は上ずる声で言った。「あなたも感染した可能性が高いのでは……」

男は、寂しげな、あきらめにも似た表情を浮かべた。

「私は彼女の体を拭き清めてしまいました。作蔵にはすまないことをしたと思っています。彼は村の水を私より長く飲んでいたから、発症も私より早かったのでしょう」

村の水。それは、まさか——。

「あなたのいた村の水というのは、もしやここの水と……」

「水源は同じです」

さあっと血の気がひいた。和久井は先ほど井戸水をがぶ飲みしてしまっている。

「なぜ、私がここの水を飲もうとしたときにとめてくれなかったのです」

「とめる。どうしてですか。せっかく感染しやすい体質になろうとしてくれているのに」

男は唇の端をゆがめて笑みを浮かべた。死神を連想させる笑いだった。和久井は思わず体を後ろへのけぞらせた。

そういえば、井戸の水を勧めたのはこの男だった。あれにも意図があったのか。

男はゆっくりと和久井のほうに体を向ける。

「この宿は、麓《ふもと》の荷子村でなく、ヒナタの住んでいた村に属していましてね。ここの人間は九人病がどんな病気かよく知っているのですよ。向こうの棟には主人の家族が住んでいるのですが、姿を見ませんでしたか。彼らは、私が九人病に感染していると知ったとき、自分たちを感染から守るために、ある方法をとることにしたのです」

「ある方法……？」

「私はちょうど八人目の患者でしてね」

和久井ははっと息をのみ、男の顔を見た。「まさか、そんな……」

男の言わんとしていることを察した和久井は、目の前が暗くなった。九人病は九人までしか感染しないと信じられている。

「自分たちより先に、九人目の感染者を出すということですか」

「ご名答。私はやむをえず彼らの考えに従うことにしました。どうせ村に帰ったところで、村人はみな同じことを考えるでしょう。九人病は九人までしか感染しない。余所者にも感染することがわかった以上、村人を病気から守る手っ取り早い方法は、余所者を九人目の感染者にしてしまうことです」

「馬鹿げている。九人までしか感染しなかったのはたまたまだと、あなただって言っていたではありませんか」

「もちろん、私は信じていませんよ。しかし、重要なのは、村の人間がみなそれを信じているということです。あなたはもうここから逃れられない」

なんてことだ。自分は九人目の感染者として生贄《いけにえ》に選ばれたようなものではないか。

そう考えると、うなずけることが多い。この宿の食事は妙に味付けが濃く、茶のしたくもなかった。これも、私に井戸水を飲ませるために仕組んだことだったのに違いない。

九人目の感染者――。待てよ、本当にそうなのか。ヒナタの祖母が六人目だと男は話していた。ヒナタが七人目、目の前の男が八人目……。

作蔵！　作蔵がいるではないか。すでに感染者は九人に達している。

「待ってください。計算が間違っていませんか。あなたの話が正確だとしたら、作蔵が八人目であなたが九人目の感染者ということになる」

「わかっていますよ。おっしゃるとおり、私が九人目です。しかし、作蔵の遺体は発見されていない。村の人間は、作蔵は単に失踪しただけだと思っています。バラバラになった作蔵の遺体でも見つからない限り、納得はしないでしょう」

男の話が本当ならば、作蔵が九人病にやられたことはまず間違いない。どこかに遺体があるはずだ。それさえ見つかれば、村人は納得する。

和久井はそこで、はたと気づいた。ここへ来る途中、駅で東京の刑事に会った。バラバラ死体が見つかり、その身元確認のために出向いたと彼は話していた。確か、東京で罪を犯した男らしいとも言っていたはずだ。

間違いない。それが作蔵だ。ならば、あの刑事は当然、この宿にも聞き込みに現れるに違いない。刑事が訪れれば、作蔵が九人病に感染していたことも明らかになる。

和久井はそのことを男に伝えた。

「なるほど、そうでしたか。しかし、ここへ刑事が来るのはいつのことでしょうね。あなたは気づきませんでしたか。夕方ごろだったでしょうか、低い大きな音がとどろいたのを。まるで、車でも谷底へ落ちたかのような音でしたが……」

そういえば、風呂から上がったあと、外でずうんという重い音がとどろいた。まさか、あれが……。

次の瞬間、和久井は自らの行ったことの重大さに気づき、愕然《がくぜん》とした。谷底へ落ちていくような絶望感に目がくらむ。芝勝峠から赤咋谷に至る道の途中、和久井は休憩をとるときに移動させた倒木を、そのまま道ばたに転がしておいた。そこを、暗くなってから刑事の乗った車が通ったとしたら……。

「私もこんなことはしたくないのですよ」男は、ゆっくりと立ち上がって言った。「しかし、このままでは私もヒナタの村へ戻ることができない。だれかが九人目の感染者になってくれないと、私は妻と同じ墓に入ることもかなわないのです」

男はじわりと和久井に歩み寄る。和久井は座ったまま後ずさりし、襖に手をついた。襖を開こうと背後に回した手に力を入れたが、がたっと音をたてただけで、開くことはなかった。どうやら外からつっかい棒をされているらしい。

「怖がらなくても大丈夫です。痛みはありません。ヒナタも最後は眠るように息を引き取りました」

男はだらりと両手をぶら下げながら、和久井に近づいてくる。どさりと音をたてて、その体から右腕が落ちる。さらに一歩を踏み出すと、今度は左の腕がぽろりとはずれ……

3

岩井が旅館の主人の指示に従って廊下を進んでいくと、突然、ばりばりっと何かの破れる音がした。廊下の突き当たりの部屋から、若い男が襖を蹴破って飛び出してきたところだった。男は、岩井には目もくれず、縁側のガラス戸を開けて、裸足《はだし》のまま外へ駆けだしていく。

破れた襖の前まで進むと、部屋の中から浴衣姿の男が困ったような顔をして姿を見せた。友人の中込《なかごみ》だった。中込とは大学の山岳部時代の仲間で、当時の思い出のある宿で年に一度再会することにしていた。

「いったい何の騒ぎだ」

岩井が聞くと、中込は肩をすくめた。

「ちょっと冗談が過ぎたらしい」

中込は部屋に戻り、畳に転がっている文楽人形の腕を拾った。

「何だそいつは」

「布団部屋の奥でたまたま拾ったものだ。昔はここで田舎芝居の上演があったというから、それに使われていたんじゃないか。実は来月、職員旅行で怪談大会をやることになってな。そのリハーサルのつもりで相部屋の男に与太話を聞かせたんだ。話を盛り上げる小道具にちょうどいいと思ったのだが、効き目がありすぎたようだ」

　中込は丹前の中に腕を引っ込め、袖から人形の腕を垂らしてみせた。

「懲《こ》りない奴だ。去年もその話をもっともらしく語って、相部屋の男を怒らせていただろう」

「あの話はよくできているから、結構みんな真に受けるようだ。カラスが夜中にポリ袋をつついていたなんて脚色を加えても、疑われないんだぜ。カラスは昼行性なのに」中込は一冊の古ぼけた大学ノートを岩井に手渡した。「ただ今回、携帯電話のことを指摘されたときは少し慌てたがね。こいつが書かれたころは、まだ携帯電話は普及していなかったんだろうな」

　昨年、中込はたまたまこの宿でそのノートを見つけたらしい。帳場跡のがらくたの中に、宿泊客が感想などを自由に書き連ねたノートの束があり、そこから一冊だけ、特に古そうな大学ノートがはみ出ていたという。岩井もその内容は昨年聞かせてもらっていた。

「いま逃げていった男、どこかで見た覚えがあるな」

「ああ、そういえば、ここへ来る途中、東京の刑事に会ったと言っていた。それが、お前のことだろう」

「そうか、あの男だ。バスを待たずに歩いていった奴だ」

「お前、バラバラ死体の身元を確認に来たなんて、でたらめな話をしたんだって？　俺と会うのが目的のくせに。おかげで話にリアリティが増したよ。ちょうど夕方、採石場の発破《はっぱ》の音もとどろいたんで、お前は車ごと崖から転落したことになっている」

「いや、あの話は……」

「そう考えると、破れた襖の責任の一端はお前にあるとも言えるな。――冗談さ。心配するな。修理代は俺が持つよ」

ちょうどそこへ、主人が茶の盆を持って姿を現した。

「すみません。お茶をお出しするのを忘れていました。――おや、これはどうしたことで」

主人は、破れた襖を見て、口を開けた。

「いやあ、すまん。相部屋の男が何を勘違いしたのか、部屋から飛び出していっちまってね。立て付けが悪いのに無理にこじ開けようとして、こんなにしちまったんだ。修理代は俺が払うよ。後で宿代に足しといてくれ」

主人は襖に手をかけて具合を確かめているようだったが、その目はなぜか部屋の中へと注がれていた。

「さて、風呂でも入るとするかな」

「どうぞ。ちょうど今、あいていますので」

「じゃあ、岩井、俺はもうひと風呂浴びてくる。のんびりしていてくれ」

中込は廊下を歩き出す。その後を主人が、「ごゆっくり、どうぞ」と言いながらついていく。去り際に主人は何かぼそぼそとつぶやいたようだったが、岩井は別段気にとめなかった。

岩井は、中込から手渡されたノートを開いた。黄ばんだノートに、万年筆らしい青いインクで文字が書き連ねてある。

作蔵は、雨の降りしきる夜の闇へと飛び出していきました。

中程のページの最後の行はそう結ばれ、次のページは白紙だった。昨年このノートを見つけた中込は、作家志望の学生か何かが置き忘れていったものだろうと言っていた。そして、そこから先はこんなふうに続けられるのではと、続きの予想を語った。気象庁職員としての知識から創作した話だった。

岩井はふと、最後のページがやけに分厚いことに気づいた。雨か何かで濡れたのか、表面がぼこぼこに波打っていて、よく見ると、隅の一部が二枚にはがれかけている。どうやら二枚のページが濡れて貼り付いてしまっていたようだ。そっとはがしていくと、隠れていたページに続きの文章がつづられていた。

岩井は荷物を足下に置き、続きを読んだ。

作蔵は数日経っても戻らず、ヒナタは息を引き取りました。

村に戻ってヒナタの葬儀が済んでも、作蔵は戻りませんでした。おそらく、作蔵も九人病に感染していたのでしょう。どこかで行き倒れたのに違いありません。

私がそのことをヒナタの両親に話しても、二人は特別驚いたような表情を見せませんでした。そのとき私は確信しました。彼らは、九人病が余所者にも感染する可能性があることに気づいていたのです。そして作蔵は、九人の感染者の一人として生贄にされたのです。

私はヒナタの家を出ました。とても、この先彼らとともに暮らしていく気にはなれなかったのです。

ところが、赤咋谷まで来た私は、そこで倒れてしまいました。ここ数日の心労と体力の消耗が、気のゆるみとともに一度に押し寄せてきたのでしょう。一週間ほど私は高熱にうなされ続けました。

病が癒《い》えた後は、せめてもの恩返しにと、私はしばらく本沢荘で働くことにしました。幸い九人病にも感染していなかったようです。初めは一週間くらいのつもりでしたが、そのうち元の仕事に戻るのがおっくうになり、ずるずるとそこに居座ることになってしまいました。もともと山での生活が性《しょう》に合っていたのかもしれません。やがて私は、本沢荘の娘と再婚しました。

ところで、ヒナタを死に至らしめた九人病は、その年、作蔵の後に九人目の感染者を出したところで終息しました。十年ほどして一度また流行がありましたが、そのときの感染者の数もやはり九人でした。

九人病は九人までしか感染しない——そんなことは、単なる迷信だと、以前は思っていました。しかし、このごろでは、何か人知を超えた力がそこに働いているような気がしてきました。もし、今また九人病が流行し、私の家族が感染の危険におびやかされるようになったら、私もヒナタの父親と同じことをするかもしれません。

この村へ来る前の私の勤務先は、国立大学の感染症研究室でした。数年前に九人病が流行したとき、私は九人病の原因を突き止めようと調査を開始しました。ヒナタや作蔵の悲劇を繰り返したくないと思ったのです。その結果、一つの結論に達しました。九人病に感染した人はみな、発症する数日前に、この地域特産のシバカチアカハスという蓮根を食べていたのです。町から機材を取り寄せて研究を重ねた結果、初夏に採れるシバカチアカハスの一部に特殊な細菌が存在することを突き止めました。おそらくそれが、九人病を引き起こす原因だったのだと思います。

シバカチアカハスは最近ではあまり自生しているのを見かけなくなりました。研究のためになんとか栽培してみるつもりですが、うまくいかなかったら、あとは私や村人の記憶だけが頼りになってしまいます。うっかりまたそれを食べて九人病を発症する人が出るかもしれません。覚えのために、ここにシバカチアカハスの詳細な図を描いておくことにします。

岩井は、座卓の上に残された夕食の皿に目を向け、はっとした。煮物の小鉢に、小振りな蓮根の食べかけがある。その切り口は、ノートに記されたシバカチアカハスの図とそっくりだった。

もしや、さっき主人が目で確認していたのは、この小鉢ではないのか。そして、あの主人こそが、この手記の《私》ではないのか。

中込は九人病のことを作り話だと一笑に付していた。しかし、この近辺で、死後二十年ほど経つと見られる白骨化したバラバラ死体が見つかったというのは事実だった。

さらに、つい先ほど、荷子村の警察署で気になる話を聞かされた。今朝方、赤咋谷温泉付近の山中で、まだ腐乱していない人間の片足が見つかったというのだ。これは九人病が再び流行し始めた証拠なのではないか。そして、宿の主人が身内を九人病から守ろうとして、手記に書いたようにあの父親と同じ行動をとったとしたら……。

岩井の脳裏に、主人が去り際に残した言葉が蘇《よみがえ》った。「ごゆっくり、どうぞ」と言った後に、彼はこう続けたのだった。

《これが最後かもしれませんから》

岩井は中込と主人の去ったほうを見やった。板張りの床には、中込のものと思われる足跡が残っている。その足跡は、なめくじの這った跡のようにぬらぬらと光っていた。

特急富士

1

——あいつを生かしておくわけにはいかない。

間島弘樹《まじまひろき》は決意した。

《あいつ》とは、女性エッセイストの日向沙耶《ひゅうがさや》だ。ミステリ作家の間島は、三年前、ある文芸賞の選考会で、彼女と初めて対面した。二人はこのとき、ともに選考委員だった。それまでに沙耶のエッセイは何本か目にしたことがあったが、軽薄で甘ったるい文章になじめなかった。おそらく二十歳そこそこの、脳味噌がからっぽな女性だろう——そう思っていた。

ところが、初めて顔を合わせた沙耶は、想像と違い落ち着いた女性だった。年齢は間島のイメージより上で、三十歳だという。周りの意見に流されず、時には鋭い切り口で場をひきしめた。

たまたま隣席だった間島は、休憩時間に声をかけた。

「失礼ながら、意外でしたね。日向沙耶がこんな洗練された女性だとは」

「私もです。間島弘樹はもっとお腹の突き出たおじさんかと思ってました」

悪くない気分だった。間島の作品では、熟年刑事が主人公のトラベルミステリが売れている。読者も中年男性が多い。しかし間島は当時四十二歳で、水泳を趣味とし、ジムにも通っていた。体がゆるんでいないことには自信があった。

話してみると、間島と沙耶はいずれも九州の同県出身で、実家も近いことがわかった。選考会がお開きになってもそのまま別れるのは惜しい気がして、どちらからともなく、バーに足が向いた。

以来二人は、週一のペースで会うようになり、三度目に会ったときには男女の仲になっていた。

間島には妻がいる。学生時代からの付き合いで、卒業後すぐに籍を入れた。

子供はいない。あえて避けていたわけではないが、できなかったのだ。妻に不満はないが、結婚して二十年も経つと、恋人気分はとうに消え去っている。退屈な日々の中で、沙耶との関係は、忘れかけていた刺激を呼び起こした。

やがて沙耶から、妊娠したと告げられた。妻と二人きりの生活に物足りなさを感じ始めていた間島は、子供を持つのも悪くないと思った。だが、沙耶は出産を選ばなかった。数日後に、《堕ろしたわ》とメールが届いた。

その後、二人の会うペースは次第に落ちていった。デートをしても、夜をともにせず別れることが増えた。妊娠以来、沙耶は体の関係に慎重になっているようだった。

それから二年が経った今年、間島の作品が、日本推理作家大賞短編賞の候補になった。実はこの作品の原型は、沙耶が書いたものだった。二人の関係がもっとも親密だったころ、読んでみてと言って渡されたミステリの習作だ。エッセイだけでは限界があるから、作品の幅を広げてみたいのだということだった。

沙耶の小説は、間島の肌には合わず、君はエッセイ一筋でいくべきとだけ伝えた。沙耶はそれでミステリの道は諦《あきら》めたようだ。

あるとき、間島はマイナーなミステリ雑誌に書き下ろし短編を頼まれた。安請け合いしたものの、長編三本と並行しての執筆はさすがに無理があった。苦し紛れに、沙耶の習作に手を加えたものを編集者に渡した。

掲載されるのはマニアックなミステリ専門誌だ。ふだんミステリを読まない沙耶が手に取ることはないはずだった。たとえ目に触れる機会があっても、タイトルも登場人物の名前も変えてあるから、ぱらぱらとページをめくったくらいで気づかれることはない。万が一ばれたときには、多少の金を払えば穏便に済ませられるだろう。そう高をくくって《こ》いた。

間島は、無冠のベストセラー作家と評されていた。肩の凝らない内容と読みやすい文体から、キヨスクやコンビニにも置かれ、部数は出ている。しかし、文壇の話題にのぼることはなく、文学賞には無縁だった。日本推理作家大賞は、プロのミステリ作家にとって最高の栄誉だ。思いがけずチャンスを手にした間島は、なんとしてもその称号が欲しくなった。

そして先週、大賞受賞が決定した。あの作品が沙耶の目に触れることは確実となった。

作品を読めば、沙耶は盗作だと騒ぎ立てるだろう。気の強い沙耶が黙っているとは思えない。盗作した作品が賞を受けたとあっては、示談《じだん》で済む可能性は低い。事は公《おおやけ》になり、受賞は取り消される。さらに間島は盗作をした作家として世間の批判にさらされ、社会的に抹殺される。

――沙耶の口を封じるしかない。

間島の中に、沙耶への殺意が芽生えた。

午後四時、間島はスーツケースを引きながら、新横浜グランドホテルの正面玄関をくぐった。新横浜駅に近い、高級シティホテルだ。彼は今日〆切の連載を一本抱えていた。今夜中にホテルで書き上げて編集者に渡す約束になっている。

二〇〇七年五月九日、この日の横浜は、まだゴールデンウィークも過ぎたばかりだというのに、日中の気温は二十五度を超えていた。ロビーは冷房が効いている。

二階のティールームに向かうと、ソファから眼鏡をかけた背広姿の男が立ち上がった。編集者の飯塚真《いいづかまこと》だ。ほっとしたように顔をほころばせ、頭を下げる。

「先生、お待ちしておりました」

間島はスーツケースをソファの横につけ、飯塚と向かい合わせに座った。

女性スタッフがメニューを持ってくる。間島がアイスコーヒーを注文すると、飯塚は「同じものを」と女性に告げた。

「部屋はいつもの特別室をとってくれているだろうね」

「ええ、チェックインも済ましてあります」

「助かるよ」

タバコを取り出し、出版社から記念品としてもらったライターで火をつける。

「そのライター、お使いいただいているんですね」

「ああ、これは君の会社からもらったんだったな。いつものダンヒルがオイル切れでね。――君も吸っていいよ」

テーブルの上の灰皿に吸殻はなかった。

「ええ。でも、今日はなるべく早くご執筆にとりかかっていただきたいので。――何時ごろ脱稿となりそうでしょうか」

「明日の朝までには何とかするよ。プロットはできているし、前半はもう書き上げてあるんだ」

「ありがとうございます。もしよろしければ、書き上げていらっしゃる前半だけでも先に読ませていただけないでしょうか」

「ああ、わかった」

間島はUSBメモリーをスーツケースから取り出し、飯塚に渡した。

「パソコン本体にも保存してあるから、返すのはいつでもいい」

「ありがとうございます。私もノートパソコンを持ってきているので、さっそく読ませていただきます」

「うん。最後まで書き上げたらすぐに連絡するよ」

間島は、原稿が仕上がると、真っ先に担当者に意見を聞くことにしている。率直な意見を聞いて、必ず一回手を入れるのだ。メールや電話では微妙なニュアンスが伝わらないから、直《じか》に会うのがいい。だから、〆切間際には、担当者に自宅やホテルまで来てもらうのが常になっていた。

アイスコーヒーのグラスが運ばれ、間島はブラックのままストローを差した。

「君は部屋をとったのかい」

飯塚の横のソファには、背負うタイプのビジネスバッグがある。

「泊まる用意はしてきましたが、しばらくはここにいます」

「そうしてくれるとありがたい。もしかしたら途中で意見を聞きたくなることもあるかもしれないからな」

「かしこまりました」

出版社が作家をカンヅメにする際は、自社の近くに部屋をとるのが通常だが、間島は無理を言ってこのホテルを仕事場として使用していた。脱稿には大抵翌朝までかかるので、担当編集者も同じホテルに宿泊しなければならなくなる——そのことも今回の計画に組み込んでいた。

その後、簡単な打ち合わせをして、間島は腰を上げた。

飯塚も立ち上がり、キーを差し出す。

「では、よい原稿を期待しております」

間島はうなずき、ティールームをあとにした。

新横浜駅の南側に位置するこのホテルは、もとは華族の屋敷だった。丘の斜面に建てられているため、二階が庭園に直結している。特別室はかつての離れで、庭園に面した連絡通路で本館と結ばれていた。

間島はガラス張りの連絡通路を進み、特別室に入った。

ソファに腰を下ろし、タバコに火をつける。煙をはきながら壁の時計に目をやると、針は一六時二〇分を指していた。沙耶はまだ自宅で化粧でもしているころか。アリバイを自然に見せるためには、ぎりぎりまで入室を遅らせたかったが、飯塚はなるべく早く来てくれと言って譲らなかった。

まあ、無理もない。奴としては一刻も早く原稿を受け取りたいだろう。昼間は筆がはかどらないからと言って、不自然に思われない範囲で引き延ばした結果がこの時刻だ。

沙耶は今日、東京駅一八時〇三分発の寝台特急《富士》で大分へ向かうことになっている。明日、湯布院で落ち合う約束だった。

「来週〆切の原稿を書き上げたら、二人で旅行にでも行かないか。このあとまた忙しくなるから、当分会えなくなりそうなんだよ」

「いいわよ。私も少し羽を伸ばしたいと思っていたから」

湯布院は女性に人気の温泉だ。行き先について沙耶に不満はないようだった。ただ、彼女は飛行機嫌いだ。もちろん、間島はそれを知っていた。

間島は当日飛行機で、沙耶は前夜に夜行列車で出発する。夜行は、個室寝台にすればゆっくり休めるだろう。そう提案すると、彼女は満更でもない様子で承諾した。湯布院での待ち合わせというシチュエーションにも惹《ひ》かれたのかもしれない。

その瞬間、彼女の運命は決定した。

一七時二〇分、間島は行動を開始した。

ノートパソコンの画面には、書きかけのWord文書が開かれている。その状態でパソコン本体に保存してある別のファイルを立ち上げ、十ページほどの文章をコピーペーストして、上書き保存した。更新履歴を調べられてもいいようにとの用心だ。

原稿はすでに自宅で書き上げ、本体に保存してある。残りは犯行を終えてから付け足せばいい。

飯塚に渡したUSBメモリーは、もともと執筆用ではなかった。飯塚から言い出さなくても、原稿の前半を保存したそれを渡すつもりでいたのだ。そうしておけば、続きはここで書いたという印象が強くなる。ちょうど使っていないUSBが家にあったので、初期化して利用した。

ノートパソコンを閉じると、スーツケースからiPodとスピーカーを取り出し、庭園に面したテラスへと向かう。

特別室は、テラスから庭園へ出られる構造になっている。新幹線の駅に近く、庭園に直結した部屋のあるホテルは珍しい。間島はあえて、このような特殊な立地のホテルを探し出し、定宿にしていた。

鉄道ファンでもある間島は、時刻表を見ながらアリバイトリックを考えるのが仕事でもあり、趣味でもある。小説にリアリティを出すため、いつか自分が実際にホテルを抜け出して、編集者を出し抜いてみようと常々考えていたのだ。もちろん、実際に殺人を実行することになろうとは思ってもいなかったが。

間島はテラスから庭園に出た。ティールームのほうへと広がる庭園は、特別室の宿泊客だけが散策を楽しむことができるようになっている。石畳の小道を進み、ティールームと特別室のちょうど中間あたりで足を止めた。iPodとスピーカーをつなぎ、電源を入れ、予《あらかじ》めセットしておいた音源を選びスタートさせる。音は流れない。約二時間後にネコの鳴き声が流れるまで、無音状態が続くのだ。音量も自宅でテストして、ガラス越しでも不自然に聞こえないように調整してある。

周囲を見回し、適当な木の枝に、これらをくくりつけた。初夏の木々は葉がびっしりと生い茂り、よほど近づかないと、iPodがそこにあるようには見えない。

部屋に戻ると、スーツケースから小ぶりのスポーツバッグを取り出した。中には、携帯電話、万能ナイフ、革手袋、ドライアイスを詰め込んだ保冷バッグが入っている。机の上のタバコをポケットにねじこみ、再びテラスへ向かう。ふと思いついてバッグから携帯を取り出した。ティールームで待機しているだろう飯塚に電話をかける。

「はい、飯塚です」

「筆がのってきたから、しばらく集中したいんだ。俺から電話するまで、進行状況とか尋ねないでもらえるかな」

「承知しました」

間島は電話を切ると、サングラスをかけ、庭園へ出た。遊歩道を外れ木々の間を進み、コンクリートの塀の前に至る。その向こうが人通りの少ない路地なのは、下調べ済みだ。バッグを敷地外へ放り、ジャンプして塀に飛びつく。自慢の腕力で体を持ち上げ、路地へと降り立った。

新横浜駅周辺は、ビルの立ち並ぶ北側とは対照的に、南側は緑の多い丘陵《きゅうりょう》地帯となっている。ゆるやかにカーブする坂道を下り、五分ほどで駅に着いた。一七時五〇分、新横浜駅の改札を通る。横浜市内発の乗車券と《富士》の特急券は予め購入してあった。

横浜線と京浜東北線を乗り継いで、横浜で降りる。時刻は一八時二一分、ここまでは順調だ。一八時二七分、寝台特急《富士》が進入してきた。大分行きの《富士》と熊本行きの《はやぶさ》の併結《へいけつ》列車だ。前六輌が《はやぶさ》、後ろ六輌が《富士》となっている。

間島は昨日、沙耶に会った際、適当な理由をつけて切符を見せてもらい、車輌と個室の番号をチェックしていた。沙耶の乗っているA寝台個室は八号車、間島が切符を持っているB寝台個室は九号車だ。沙耶に見つからないよう顔を伏せ、九号車に乗り込む。

間島はポケットから、広島までの乗車券とB寝台個室の寝台券を取り出した。熱海までに犯行を終えて列車を降りるつもりだが、熱海までしか行かないのに寝台特急に乗っていては不審に思われる。比較的車掌の印象に残りにくいようにと考えた行き先が広島だった。

短い停車時間ののち、《富士》は横浜駅を出発した。

東海道線は小田原あたりまでは平野部を走る。周囲の目を警戒して、犯行は小田原を過ぎてから熱海までの、トンネルが多い区間でと決めていた。小田原駅通過まではまだ四、五十分ある。間島はB寝台のベッドに体を横たえた。

一九時一九分、《富士》は小田原駅を通過した。いよいよという緊張に鼓動が速くなる。

スラックスのポケットに万能ナイフをねじこみ、あらためてサングラスをかけ、革手袋をはめる。もうこの寝台に戻るつもりはない。指紋が残っていそうな箇所をウェットティッシュで拭き、バッグを肩にかけて個室を出た。

八号車と九号車はすべて個室だ。偶然部屋から出てきた客と鉢合わせしないよう、なるべく窓のほうに顔を向けながら移動する。

八号車四号室、沙耶の個室の前に立つ。ドアには暗証番号式の電子ロックがついていた。

ポケットから取り出したナイフを開き、右手に持った。左手でノックをしようとして、革手袋の中がぐっしょりと汗に濡れているのに気づく。大きく深呼吸をする。

だめだ、まだ手が震えている。

目をつぶり、上を向いてもう一度深呼吸する。

よし、やれる。

間島は静かに二回、ドアをノックした。

犯行はあっけなかった。

ドアを開けた沙耶は、狐につままれたような表情を浮かべた。間島は即座に左手で沙耶の口をふさぎ、後ろに回した右手でドアを閉めた。壁に押しつけるようにして、ナイフを胸に突き刺す。沙耶は目を見開いたままその場にくずおれ、すぐに動かなくなった。

水玉のワンピースの胸から血がにじみ出す。ベッドの上の毛布をはぎ取り、急いで床に敷いた。万一、通路に血が流れ出したら、すぐに凶行が発覚してしまう。

ナイフを死体から引き抜く。刺さったままのほうが出血は少ないだろうが、凶器を残しておくのはやはり不安だ。どこからか足がつくかもしれない。抜いたナイフをたたんでバッグにしまった。

続いて、保冷袋からドライアイスを取り出し、死体の周りに敷き詰める。死亡推定時刻を少しでも遅らせ、アリバイを強固にするためだ。痕跡が残らないよう、ドライアイスが直接死体に触れないよう配慮した。

間島の衣服には微量の返り血が付着していた。しかし、それを見越して濃紺のポロシャツに、黒いスラックスという服装を選んできた。よほど目を凝らして見ない限り、血が付着しているようには見えないはずだ。沙耶の口元に手をあてて呼吸がないことを確かめる。脈もみたが、彼女の死を疑わせるものは何もない。犯行は予定通りに完了した。

列車は間もなく熱海に到着する。間島はドアを細めに開け、人がいないことを確認して通路に出た。ドアを閉め、テンキーに四桁の数字を入力する。これでドアは施錠された。

デッキへ移動し、ドアの横の壁に体を預ける。大きくため息をついて、手袋を外した。まだ指が小刻みに震えている。

腕時計に目をやると、針は一九時三四分を指していた。

一九時三四分？

おかしい。すでに熱海到着予定時刻を過ぎている。

そのとき、車内放送が流れた。

《先行列車に車輛故障がありました関係で、この列車は八分ほどの遅れで熱海に到着します》

舌打ちをする。だが、熱海での上り新幹線の乗り換えには余裕をもたせてあり、少しくらい遅れても計画に影響はない。一旦自分の個室に戻ろうかとも思ったが、五分程度のことだし、窓の外に顔を向けていれば人の目につくこともなかろうと、間島はデッキにとどまることにした。

落ち着こうと、ポケットからタバコを取り出す。本来デッキは禁煙だが、すぐ降りるのだから、かまうまい。

箱を叩いて一本くわえ、ライターを……。

背筋を冷たい汗が流れた。

ライターがない。

B寝台を出るときは何も置き忘れていないことを確認したから、落としたとしたら沙耶の個室だ。

時計を見る。熱海到着予定時刻を四分過ぎたところだ。八分遅れということは、まだ四分ある。

間島は再び手袋をはめて、犯行現場に戻った。ドアに手をかける。開かない。

そうだ、死体発見を遅らせるためにロックしておいたのだ。暗証番号は――。

間島は愕然《がくぜん》とした。

覚えていない!

ロックをするときに自分で入力した暗証番号が記憶になかった。

列車は減速を始めている。熱海駅のホームが見えてきた。熱海で降りるのはもう無理か。

幸い、《富士》は、あと十五分もすれば次の停車駅の沼津に到着する。沼津で降りても、今日のうちにホテルへ戻れるはずだ。

熱海で下車するのを諦めた間島は、電子ロックの解除を試みる。

犯行後の極度の興奮で、暗証番号を設定したときの記憶がすっぽりと抜け落ちていた。入力したはずの数字を、全然思い出せない。

落ち着け。自分で入力したのだ。無意識にでも自分に関係のある数字にしたのではないか。

一番よく使うのは、キャッシュカードの暗証番号だ。まずそれを試してみる。

開かない。

では、パソコンの暗証番号の数字部分か。あるいは生年月日、車のナンバー……。

だめだ。どの数字を入力しても、解錠されない。

列車はすでに熱海駅を発車していた。

離れゆく駅のホームを見ながら、間島ははっとする。

しまった。iPodからネコの声が流れ出す時間だ。新幹線へ乗り換えるときに飯塚に電話をかけるつもりで、この時間にしたのだった。計画が狂ってしまい、忘れていた。

幸い、隣の三号室は空室だった。間島は空《あ》いた個室に入り、ドアを閉めた。携帯を取り出し、飯塚に電話をかける。

「はい、飯塚ですが」

「間島だ。窓の外でネコが騒いでるんだが、君のところでも聞こえないか」

「聞こえます。うるさいですね」

よかった。計画通りネコの声はiPodから流れていたようだ。

「集中力が途切れてしまったから、しばらく休憩する。脱稿は少し遅くなるが、勘弁してほしい」

「わかりました」

電話を切り、ふうと息をつく。とりあえずこれで、沙耶殺しの嫌疑がかかっても、飯塚が自分のアリバイの証人になってくれるだろう。

間島は三号室を出て、再び四号室のドアの前に立った。思いつく限りの四桁の数字を入力してみる。しかし、ドアは開かない。一旦手を止め、思考を巡らす。

もし、ライターが遺留品として見つかったらどうなるか。

前科のない自分は、警察に指紋のデータを取られたことはない。容疑者として指紋を採取されない限り、照合はできないだろう。問題は、自分が容疑者リストに上がるかどうかだ。

あのライターには出版社の社名が入っている。持っている人間はある程度限られてしまうが、沙耶もそのうちの一人だ。

ラッキーなことに、昨夜彼女はあのライターに触れている。二人で行きつけのバーに行った際、カウンターから落ちたライターを彼女が拾ったのだ。まだ指紋は残っているだろう。

よし、大丈夫だ。ライターは彼女の持ち物として処理される。そう自分に言い聞かせた。

時刻は一九時五〇分になろうとしている。間島はドアを開けることを諦め、デッキに戻った。

そろそろ沼津に着いてよいころだが、列車は速度をゆるめていない。やはりまだ遅れているのか。

やがて、七分遅れとなることを車内アナウンスが告げ、一九時五九分、列車は沼津駅に到着した。

ドアが開く。こんな時間に寝台列車を降りる客は目につくだろう。周囲に人目がないことを確認し、間島はホームに降り立った。

ホームはひっそりとし、蛍光灯の光が妙にわびしく感じられる。目の前を小さな羽虫が横切っていった。

ホームの柱のところで立ち止まり、足下にバッグを置く。降りるところは誰にも見られていないはずだが、すぐに改札へ向かったら、《富士》の乗客かと不審がられるかもしれない。すこし時間をおいたほうが無難だろう。

とりあえず見送り客を装おうと、列車に向かって立ちつつも、さりげなく顔を手で隠しながらドアが閉まるのを待つことにした。視線はつい、沙耶の死体がある車輛に向く。四号室だから、ドアの隣から四つ目の窓か。

一つ目、二つ目、三つ目……。

次の瞬間、間島は我が目を疑った。

窓ガラスに、沙耶の顔があった。うつろな目でぼんやりと外を見ている。

そんなばかな。彼女は確実に死んだはずだ。

さらに、信じがたいことが起きた。

沙耶の顔がのぞいていた窓のカーテンが、すっと閉じられたのだ。

呆然と立ちすくむ間島をホームに残し、《富士》はゆっくりと沼津駅を去っていった。

2

――あいつを生かしておくわけにはいかない。

飯塚真は決意した。

《あいつ》とは、女性エッセイストの日向沙耶だ。大手出版社の文芸部で編集者をしている飯塚は、八年前、公募の新人賞を受賞した彼女の担当になった。

飯塚もまだ新米の編集者だったが、一つ年上の彼女は、謙虚に飯塚の話に耳を傾けてくれた。その仕草は初々しく、また、ウエーブした長い髪と切れ長の涼やかな目元は、姉によく似ていた。

彼女が受賞後に初めて書いた原稿は旅行記だった。旅行を通して人生を振り返るというものだったが、文章には気負いが見られ、独りよがりの表現が多く、お世辞にもできがよいとは言えなかった。打ち合わせの席で飯塚は、率直にその感想を伝えた。

「そうですか……。わかりました。一から書き直します。ごめんなさい」

沙耶はそう言って、涙ぐんだ。とぼとぼと帰ろうとする彼女を、飯塚は引き留めた。

「まあ、そう結論を急がずに。食事でもしながら、何かいい改稿の手だてがないか一緒に考えましょう」

沙耶はこくりとうなずいて、飯塚に従った。結局、食事の席でもあまりよい解決策は見つからず、飯塚がしばらく改稿の方針を考えてみるということになった。沙耶は喜び、次は自分が払うからもう一軒行きたいと言った。その後二軒バーをはしごして、最後はホテルで夜を明かした。

難産の末に世に送り出した初めての本は、幸いにも好評だった。といっても、評判がよかったのは飯塚が手を入れた部分で、沙耶がこだわって譲らなかった部分は反応が悪かった。

やがて、他の出版社からも次々に声がかかるようになり、沙耶の態度は変化し始めた。

「ああ、あの部分ですか。あそこは編集担当の人がどうしてもって言うから書き足したんです。私は書きたくなかったんですけど」

そうインタビューに答えた部分こそ、彼女がこだわって改稿させなかった部分だった。

飯塚はある日、ベッドの上で彼女に言った。

「あれはないんじゃないか。まるで僕の指示で作品が悪くなったみたいじゃないか」

「いいじゃない、言葉の綾よ。担当作家がイメージダウンするよりいいでしょ」

二作目以降、沙耶の作品は徐々にレベルを上げ、著書の部数も順調に伸びていった。

沙耶は外の顔と違って、プライベートでは幼稚でだらしのないところがあった。自分ではまったく料理などせず、〆切が近づくと、コンビニ弁当やスナック菓子などを買い込んで食べ散らかす。室内にごみが散乱するのもおかまいなしだった。

几帳面な性格の飯塚は、そんな沙耶のだらしなさが鼻につくようになってきた。一緒にいることに喜びを感じなくなったころ、子供ができたと沙耶が言い出した。

「うそだろ。君は、小さいころの病気が原因で、子供ができない体だって言っていたじゃないか」

「できにくいかもって言われてただけよ。ねえ、産んでもいいでしょ」

飯塚はそろそろ沙耶との男女関係を解消したいと思っていた。出会った当初の初々しさはすっかり失われている。おそらくいまの姿が本性なのだろう。以前の彼女に戻るとは思えない。

そんな彼女に一生しばられて生きていくということは、まだ二十代の飯塚には考えられなかった。

だが、沙耶は子供を堕ろすのはいやだと言い張った。さんざんもめた末、破格な額の慰謝料を払うということで、渋々彼女は承諾した。貯金だけでは足りず、飯塚は借金をし、安アパートに越してローンの返済をしなければならなくなった。

飯塚の父は彼が五歳のときに他界していた。静岡の実家に住む母は、心臓を患《わずら》い、入退院を繰り返している。姉は東京の大学を出たが、母の看病を優先し、実家へ戻っていた。姉のためにも母を看護の手厚い病院へと考えていた飯塚だったが、財政的にかなわぬ望みとなった。

その後、沙耶はコメンテーターとしてメディアに登場するようになり、出す本はさらに売れるようになった。売り上げに比例して、態度はますます傲慢《ごうまん》になっていく。忙しさを理由に、飯塚をアシスタントのようにこき使い始めた。

そして二年前、沙耶は、エッセイの年間大賞である松島賞を受賞した。都内の老舗《しにせ》ホテルで盛大な授賞パーティーが開かれた。

飯塚がトイレへ行った際、ロビーの片隅で携帯電話を耳にあてる沙耶の姿が目に留まった。柱の陰に身を潜めて聞き耳を立てると、相手は母親のようだった。

「だから、見合いはしないって言ったでしょ。子供が産めない体になったとき、私は一生独身でいると決めたんだから」

飯塚は愕然とした。だとすれば、妊娠はやはり嘘だったということになる。彼女は法外な慰謝料を自分からだましとったのだ。

この瞬間、沙耶に対する殺意に火が付いた。

それからの二年間、飯塚は沙耶への憎悪を内に秘め、従来と変わらぬ関係を続けてきた。あんな女を殺したことで自分が捕まるのはばかばかしい。犯行は、自分に疑いがかからないようにする必要がある。周囲の目にはベストパートナーと映る接し方をし、編集者として彼女を支えている態度を見せつけるのだ。そうやって、ひたすら堪え忍んできた二年間だった。

好機を窺っていたところ、ついにその時がきた。


一週間ほど前だった。沙耶から電話があった。

「連休が明けたら九州へ旅行に行きたいの。五月九日の寝台特急《富士》の切符を取ってちょうだい。あ、B寝台はいやよ。A寝台の個室ね」

沙耶はまるで自分をマネージャーか何かのように思っている。そのときは苦々しく思いながら切符の手配をしたが、あとになって、それが願ってもないチャンスだと気づいた。

五月九日は、飯塚が担当している別の作家、間島弘樹の原稿の〆切日だ。間島はたいてい、〆切直前はホテルにカンヅメになる。脱稿はいつも翌朝だ。執筆中にホテルを抜け出して沙耶を殺害すれば、間島がアリバイの証人になってくれる。

案の定、五月八日に間島から電話があった。

「すまない。まだ書き上がっていないんだ。明日ホテルにカンヅメになって書き上げるよ」

「了解しました。いつものホテルですね」

間島は新横浜駅に近いシティホテルをよく利用している。

「ああ、あそこで頼む。チェックインは夕方の五時くらいでいいかな」

それはまずい。五時にチェックインされたのでは、計画が実行できない。

「もう少し早くできませんか。どうしても翌朝までには原稿をいただかなくてはなりませんので」

「俺は夜型だから、明るいうちは筆がはかどらないんだよ」

「そこを何とか……」

「じゃあ、四時でどうだ」

四時ならなんとか間に合う。飯塚は承諾した。

「では、よい原稿を期待しております」

間島がティールームから出ていくのを確認し、飯塚は通勤用のビジネスバッグから巾着袋《きんちゃく》を取り出すと、ソファを離れた。スタッフに「ちょっとトイレへ」と告げてティールームを出る。

特別室への連絡通路の途中に、一般客は立入禁止の庭園へ続くドアがある。ホテルのスタッフが庭園に出るための出入り口だ。念のためハンカチをかけてドアノブを握り、外へ出た。

庭園は特別室の宿泊客専用だ。間島と鉢合わせしないよう、木々の陰に身を隠しながら特別室のほうに進む。

ティールームと特別室の中間くらいまで来たところで、巾着袋からウォークマンと小型スピーカーを取り出し、適当な木に取り付けた。約三時間後にイヌの鳴き声が流れるようにセッティングして、ティールームへ戻る。残ったアイスコーヒーを飲み干し、ホテルをあとにした。新横浜の駅までは歩いて五分程度だ。一六時四八分発の東京行き《のぞみ》に間に合った。東京駅ではまず、地下通路にあるコインロッカーへ向かった。大型のロッカーから、準備しておいたボディボードのケースを取り出す。

そのとき、携帯が振動した。間島から電話だ。

「筆がのってきたから、しばらく集中したいんだ。俺から電話するまで、進行状況とか尋ねないでもらえるかな」

頼まれずとも、当分声をかけたりはできなくなる。承知しましたと答え、電話を切った。ビジネスバッグから必要なものをボディボードケースに移し、今度はビジネスバッグをコインロッカーへ納めた。ボードケースを担ぎ、《富士》が発車する十番ホームへ向かう。入線予定時刻までは十数分ある。飯塚は用意していたサングラスをかけ、ホームの最後尾で待機した。なんとなく周囲から見られているような気がするが、これから殺人を犯そうとしている精神状態のせいだろう。

一七時四九分、ホームに《富士》《はやぶさ》の併結列車が入線してきた。

列車が停止したタイミングで、沙耶に電話をかける。

「僕だけど、いまどこ」

「今日の夜行で九州に行くって言ったでしょ。東京駅へ向かっているところよ」

沙耶は小声で言う。電車の走行音が声に混じっている。

「電車の中なんだね。たいした用件じゃないから、またかけ直すよ」

飯塚は電話を切った。よし、沙耶はまだ東京駅に来ていない。

飯塚は沙耶よりも先に《富士》に乗り込む必要があった。彼女は余裕を持って行動するような性格ではないが、万一彼女が先に東京駅に着いていたら、期間限定のスイーツが今日まで土産物《みやげもの》売り場で販売されていると伝えるつもりだった。甘いものに目がない沙耶なら、乗車する前に買いに行くだろう。実際にはそんなスイーツが売られていることなど確認してはいないのだが、実際に行ってみればなにかあるだろうと思っていたし、嘘だとばれてもすぐに殺害するのだから、かまうことはない。

A寝台個室のある八号車に乗車すると、薄手のゴム手袋をはめる。手動のドアを開いて、客室の通路に足を踏み入れた。

沙耶の乗る個室の番号は、切符を渡す前に控えてある。四号室だ。個室に入り、ドアを閉める。

まず初めに飯塚は、ボードケースからビニールのレインウエアを取り出し、上下とも身に着けた。殺害時に返り血を浴びたときの用心だ。

飯塚は何度か《富士》の個室に乗ったことがあるので、室内の構造は把握していた。A寝台の個室には、入り口のドアの上に、標準的なスーツケースが二つ入るくらいの荷物置き場がある。とくに戸はついていない。

そこへ、ボードケースから取り出した厚手の板を置く。一センチほどの厚さの合板にアルミ板を貼り、表面を白く塗装して、角はなめらかにカーブさせた羽目板だ。飯塚は三日前にも《富士》に乗車し、そのときに荷物置き場のサイズや柄を調べて、そこを塞ぐ羽目板を作ったのだ。

続いて、懸垂の要領で自分も荷物置き場に上がる。華奢《きやしや》に見られがちな飯塚だが、大学時代は山岳部に所属し、ロッククライミングも経験していた。いまでもボルダリングのジムに通っているから、これくらいは造作《ぞうさ》もない。

羽目板の裏側に取り付けた取っ手をつかみ、内側から荷物置き場を塞いだ。縁の部分には隙《すき》間《ま》を埋めるための薄いゴムを数か所に貼ってあるから、板はぴったりとはまる。外側から見れば、壁の一部にしか見えないだろう。少々違和感を覚えたとしても、めったに寝台列車を利用しない沙耶なら、ここに荷物置き場があるなどとは思いも及ぶまい。

羽目板で塞ぐと、内部は真っ暗になった。窮屈な体勢を強いられるが、熱海までの辛抱だ。携帯を開けば、画面の灯りで手元くらいは見える。

やがて、入り口のドアが開く音がした。沙耶が乗り込んできたのだ。予想通り、彼女はまったく荷物置き場の異状に気づいた気配はない。

発車ベルが鳴り、《富士》はゆっくりと動き出した。

列車が横浜を過ぎたころ、紙包みを開くような音が聞こえてきた。沙耶が夕飯に駅弁でも食べようとしているのだろう。

一九時二〇分、そろそろ小田原を通過したころか。飯塚は音をたてないよう注意して、ナイフを取り出した。山岳部にいたころに使っていた万能ナイフだ。

走行音から列車がトンネルに入ったことがわかる。いよいよ沙耶を殺害するタイミングだ。息を整えて羽目板に手をかける。

そのとき、ドアをノックする音が聞こえた。車掌だろうか。飯塚は手を止める。沙耶の靴音に続き、ドアの開く音がした。

次の瞬間、沙耶のくぐもった声が聞こえたかと思うと、どすんと壁に何かが当たる振動が伝わってきた。

飯塚は驚いた。一体何が起きているのだ。

少しの間が空いたあと、何かごそごそと作業をする音が聞こえてきた。沙耶の声はしない。再びドアの開く音がし、ドアが閉まると、人の気配は消えた。飯塚は大きく息をついた。いったい、何だったのだ。

沙耶はどうなったのだろう。いまは単調な車輪の音しか聞こえてこない。飯塚は覚悟を決めて羽目板を外し、下を確認した。

沙耶はベッドの脇に倒れていた。左胸のあたりが赤く染まっている。やはり何者かに襲われたのだ。目を見開いてぴくりとも動かないところを見ると、すでに絶命しているとしか思えない。

なんという偶然だろう。殺すつもりだった相手を、だれかが自分より先に殺してくれた。これはラッキーというべきなのだろうか。

いや、感慨にふけっている場合ではない。寝台に備え付けられたデジタル時計は一九時三四分を表示している。犯行予定時刻を十五分も過ぎており、早くしないと熱海に到着してしまう。なに、一九時三四分……？

おかしい。熱海到着は一九時三三分のはずだ。列車はまだ速度をゆるめずに走行している。いぶかしく思ったとき、車内放送が流れた。

《先行列車に車輛故障がありました関係で、この列車は八分ほどの遅れで熱海に到着します》

そういうことか。まあいい。東京に戻るための新幹線への乗り換えには三十分ほど余裕がある。

飯塚は羽目板とボードケースをベッドの上に落とした。荷物置き場にぶら下がり、沙耶の血を踏まないように注意して、下に降りる。床には弁当の包み紙や本が散らばっていた。

そのとき、足下にうっすらと白い煙が漂っていることに気づいた。どうやら死体の周囲にドライアイスが敷き詰められているようだ。なるほど、死亡推定時刻をごまかそうという魂胆《こんたん》か。少し寒いが、せっかくだれかが沙耶を殺害してくれたのだから、なるべく現場には手をつけたくない。そのままにして、この場を去ることにした。

ボードケースに羽目板をしまおうとしたとき、心臓がどくんとはねた。足音が近づいてきて、ドアのすぐ前で止まったのだ。車掌か。それとも、沙耶を殺した犯人が戻ってきたのか。

冷や汗が全身から噴き出す。荷物置き場へ戻る余裕はない。いまドアを開けられたら見つかってしまう。もし相手が犯人なら、目撃者を生かしてはおかないだろう。第三者の場合でも、自分のことを殺人犯だと疑うのは間違いない。

ところが、ドアの外の人物は、そこにたたずんだままドアを開こうとしない。耳をすますと、ピッピピッピッという電子音と舌打ちが何度も聞こえてくる。

そうか。やはりドアの外の人物は犯人なのだろう。何らかの理由で戻ってきたが、ドアを開けられないのだ。暗証番号を設定するときに押し間違えたのかもしれない。

《お待たせいたしました。間もなく熱海に到着です》

車内放送が告げる。頼む、早く立ち去ってくれ。

だが、犯人はいっこうに立ち去る気配がない。

やむをえない、熱海駅で降りるのは諦めよう。次の停車駅は確か沼津だ。沼津まで行っても、一駅戻って三島から新幹線に乗れば、ホテル到着時刻はそれほど変わらない。

やがて、車輪をきしませ、《富士》は熱海駅に到着した。

短い停車時間で、すぐにまた列車は動き出す。ホームが窓の外を遠ざかっていく。

ここから沼津駅までは十五分ほどだろう。それまでに犯人が諦めて立ち去ってくればいいが……。

その願いが通じたのか、突然、ドアの外の気配が消えた。

よし、脱出するならいまだ。そう思ったとき、携帯が振動した。

ちくしょう、なんてタイミングだ。放っておこうかとも思ったが、画面を見て思い直した。かけてきたのは間島だった。電話に出なければ、あとでやっかいなことになる。

そのとき、飯塚ははっとした。そうだ、ウォークマンだ。そろそろイヌの鳴き声が流れる時刻ではないか。こちらから電話をするつもりだったが、向こうからかけてくるとは都合がいい。

「はい、飯塚ですが」

「間島だ。窓の外でネコが騒いでるんだが、君のところでも聞こえないか」

ネコ？　甲高《かんだか》い小型犬の鳴き声だから、ネコと間違えているのだろうか。まあいい。ここは話を合わせておいたほうが得策だろう。

「聞こえます。うるさいですね」

「集中力が途切れてしまったから、しばらく休憩する。脱稿は少し遅くなるが、勘弁してほしい」

良かった。追い払ってこいとでも言われるかと思ったが、間島は沙耶ほどには人使いが荒くないらしい。了解した旨を告げて、電話を切った。

さあ、脱出だ。

そう思った途端、ドアの外で足音がした。再び電子ロックを操作する気配がする。犯人が戻ってきたのだ。

往生際の悪い奴だ。それとも、暗証番号を思い出したのだろうか。

だが、やはりドアの開く様子はなかった。相変わらず、いつまでもキーをいじっている。番号を思い出したわけではないらしい。

沼津到着まで、もう五分ほどしかない。頼む、早く諦めてくれ。

窓の外が明るくなる。いま、どこかの駅を通過中なのだ。大きな駅のようだから、三島だろう。あと一駅で沼津だ。

沼津で降りることを断念しかけたとき、キーを操作する音がやんだ。足音が遠ざかっていく。

そうか。犯人のほうも沼津で降りる予定だったのだ。

今度こそ脱出できる。そう思ってドアに手をかけたところで、飯塚はぴたりと動きを止めた。

いや、待て。慌てるな。もしかしたら、犯人は自分を外におびき出そうとしているのではないだろうか。何らかの理由で犯行を目撃されたと知り、目撃者を殺すために戻ってきたのかもしれない。

出ていくべきか、とどまるべきか。

沼津で降りなかった場合、新幹線の上り列車に乗り換える駅は新富士か静岡になる。時刻はまだ二〇時前だ。たとえ静岡駅まで行ったとしても、最終の上り列車が出発してしまっていることはないだろう。今日中に新横浜へ戻るのは可能なはずだ。よし、ここは車内に残ろう。

そうと決まったら、ドライアイスをなんとかしなければ。さっきよりもさらに室温は下がっている。このままでは寒さに耐えられなくなりそうだ。

ドライアイスは沙耶の体とベッドの間にまかれていて、回収するには死体が邪魔だった。脇の下に手を入れ体ごと持ち上げ、ベッドに座らせる。

ゴム手袋をした手でドライアイスを拾い、ボードケースに詰めていく。ドライアイスは解けても気体になるから、ケースが濡れることもない。

ちょうどすべてのドライアイスをケースに移したとき、列車は沼津駅に到着した。正規のダイヤから七分遅れだ。

窓に目を向けた飯塚は、はっとする。窓の外にホームがある。これでは、死体がホームの客に丸見えだ。

慌てて沙耶の死体の後ろから手を伸ばし、カーテンを閉めた。

3

胸ポケットに入れておいた携帯の振動で、間島は我に返った。

窓から覗いた沙耶の顔、目の前で閉じられたカーテン——沙耶は生きていたのか。いや、そんなはずはない。呼吸も脈も停止していたではないか。

混乱しながら携帯の画面に目をやった間島は、相手の名前を見てはっとする。飯塚だ。とりあえず出ないわけにはいかない。

「しばらく放っておいてくれと頼んだはずだ」

「すみません。ちょっと会社から呼び出されちゃいまして。別の作家さんでトラブルが発生したようなんですよ。少しここを離れてもいいですか」

それは願ってもない申し出だった。計画が狂い、ホテル到着は予定より遅れる。飯塚が不在になってはアリバイに穴があくかもしれないが、下手に特別室まで様子を見に来られたりするよりはいい。

「わかった。まだしばらくかかりそうだから、こっちのことは気にせず、会社に戻ってくれ」

申し訳なさそうに謝る飯塚をあしらい、電話を切った。

さて、どうするか。

万が一沙耶が生きていたとしたら、自分の人生はおしまいだ。なんとしてもとどめを刺す必要がある。

しかし、電子ロックの暗証番号がわからない以上、戻ったところで四号室には入れない。

なんとか番号を思い出せないかと、焦る気持ちで巡らした視線の先に、回送列車が停まっていた。そのボディを見た瞬間、はっと気づいた。

そうだ、車番だ。寝台車の通路からデッキへ通じるドアの上に、車輛番号のプレートが貼られていた。そこに書かれていた番号を打ち込んだのだ。

鉄道ファンの間島は、《富士》のA個室寝台に使われている車輛が《オロネ15》という型式であることを知っていた。それがきっかけでプレートが頭に浮かんだのだ。

——オロネ15－3005
つまり、暗証番号は《3005》だ！

よし、これでキーは解錠できる。あとは、いまから《富士》に戻れるかだ。

再び《富士》に乗り込むためには、新幹線で《富士》を追い抜くしかない。沼津駅は新幹線が通っていないから、西へ進んで静岡駅か、東へ戻って三島駅で新幹線に乗り込む必要がある。ここ沼津からだと静岡まではかなりの距離があるが、三島なら一駅戻るだけだ。逆方向にはなるが、三島へ戻ったほうが早いだろう。

上り方面のダイヤを調べると、二〇時一四分発熱海行き普通列車がある。この列車は沼津が始発らしく、すでに入線していた。

三島駅に到着するや否や新幹線の特急券を買ってホームに上がると、ちょうど下りの《こだま五五三号》が入ってくるところだった。三島に停まる新幹線はそう多くないから、運がいい。《こだま五五三号》は新大阪行きだった。確か《富士》の車内放送で、大阪着は午前一時過ぎだと言っていた。新幹線はそんな時間まで運行していないから、必ずどこかで《富士》を追い越せるはずだ。

問題はどこで《富士》に乗り継げるかだ。早めに追いつくことができれば、今夜中に新横浜のホテルへ戻れる可能性が、まだ残っているかもしれない。

間島はデッキへ向かった。運良く同じ車輌のデッキで時刻表を見つけ、細かい数字を追う。《こだま》は各駅停車だから、三島を出発すると、新富士、静岡、掛川、浜松、豊橋の順に停車する。このうち、新富士は東海道線に接続しないから論外だ。掛川は接続駅だが、《富士》は停まらない。そうすると、乗り継げる可能性があるのは静岡、浜松になる。

時刻表には発車時刻しか書かれていないが、静岡駅は二〇時五八分、浜松駅は二一時三一分とある。静岡で追いつくのはまず無理だろう。微妙なのは浜松だ。浜松で乗り継げなければ、おそらく戻る新幹線が今日はもうない。

《富士》の浜松駅発車時刻は、記憶していなかった。車内の時刻表にも載っていないが、携帯で調べることはできる。新富士駅到着の近いことを告げる車内放送を聞きながら、間島は自分の座席へ向かった。

携帯を開こうとすると、小刻みに震えた。びくりとして画面を見ると、また飯塚から電話だ。隣席は空いていたから、座席についたまま口元を隠すようにして応答した。

「今度は何の用だ」

「何度もすみません。あのう、ご夕食までですよね、どうなさいます。ルームサービスでも頼んでおきましょうか」

こんなときに、どうでもいいことを。

「そんなのは自分で頼むからいい。とにかく、執筆の邪魔をしないでくれ」

「あ、でも、朝までかかるようなら、朝食も必要ですよね。いつものようにプレーンオムレツと――」

「どうとでもする。ほっといてくれ」

「わかりました。申し訳ありません」

間島はたたきつけるような勢いで携帯を閉じた。

《こだま五五三号》は新富士駅に停車していた。

窓の外のホームを見て、間島はやりかけていたことを思い出した。そうだ、《富士》の浜松駅発車時刻を調べるつもりだったのだ。

再び携帯を開き、浜松駅の東海道線下りの時刻表を検索する。《富士》が浜松を出る時刻は二一時三〇分となっている。先ほど調べた《こだま》の時刻は二一時三一分だった。なんてことだ。わずか一分の差で乗り継ぐことができないとは。

間島は額に手をあて、倒れ込むように座席に背中を預けた。

浜松の次の停車駅、豊橋まで行けば確実に《富士》に乗り継ぐことができる。だが、そこまで行ったらホテルへ戻れるのはおそらく明日の朝だ。さすがにそれまで部屋にこもりっきりでは、飯塚が不審に思うだろう。

自分の席とは反対側の窓がびりりと震え、通過列車が《こだま》を追い越していく。《こだま》は通過待ちが多くてまだるっこしい。

それにしても、沙耶は本当に生きているのだろうか。殺人を行った興奮で、幻を見たのではないか。豊橋まで行かないと《富士》を捉まえられないのならば、沙耶が死んでいることに賭けて、一刻も早くホテルへ戻るほうが得策なのではないか。

そのとき、ホームの発車ベルが聞こえた。そうだ、いまこの《こだま》は新富士駅に停車中ではないか。引き返すなら、少しでも早くこの列車を降りたほうがいい。

慌てて荷物をつかんで席を立ち、デッキへ出た間島の目の前で、ドアは閉まった。

間島はドアに両手をつき、その場にずるずるとくずおれた。

これでもう、少なくとも静岡までは行かざるを得ない。下りの新幹線になど乗るのではなかった。この上、《こだま》の運行が遅れでもして、静岡から戻る新幹線がすでになかったりしたら、目もあてられない。

いや、待てよ。運行が遅れる……？

そうだ！《富士》は遅れていたではないか。沼津でもまだ七分の遅れがあった。《富士》の浜松発車時刻が二一時三七分になれば、六分の乗り継ぎ時間ができる。

《富士》の遅れは、天が自分を見放していないことの表れではないか。きっと間に合うはずだ。

間島は口元をほころばせながら、再び座席に戻った。

二一時一四分、《こだま五五三号》は掛川駅を発車した。こちらの新幹線はダイヤ通り運行されている。

沙耶は果たして生きているのか、死んでいるのか。いよいよ浜松でそれが明らかになる。

そういえば、ホテルを出てから、一回も用を足していない。浜松到着まであと十数分、トイレに行く時間はある。

間島は小用を済まし、ハンカチで手を拭きながら洗面台の前を通り過ぎた。先ほど通ったときには無人だったが、いまは女性が立っていた。それを横目で見ながら数歩進んだところで、はっとして振り返る。

水玉のワンピース、ウエーブした長い髪——沙耶とそっくりだ。

全身に鳥肌が立ったその瞬間、女性はこちらを向いた。

違った。安堵のため息をつく。年のころは同じくらいだが、別人だ。

再び歩き出したところへ、声がかかった。

「あの……もしかして、推理作家の間島弘樹先生じゃありませんか」

しまった。最近は露出を避けているが、五、六年前までの本には近影が載っているものもある。顔を覚えているファンがいたのだ。

無視するのもかえって不自然かと思い、観念して表情をゆるめた。

「あ、やっぱり間島先生ですよね。いつも作品を読ませていただいています」

「そうですか。それはどうも」

間島はサインを求められるのを恐れた。目撃証言だけなら、別人だと言い逃れることも可能だろうが、サインは動かぬ証拠となってしまう。

「先生、あのう、厚かましいんですけど、もしよろしければ……」

きた。彼女はハンドバッグに手を差し入れる。中から取り出すのは手帳とボールペンに違いない。

「握手してもらえますか」

「え……」

「ごめんなさい、ちょっと待ってもらえますか。手を洗ったばかりなもので。もう一度、よく拭きますね」

彼女がバッグから取り出したのはハンカチだった。入念にこすって、手を差し出す。

間島はとっさに思考を巡らした。いまここで握手をするのは致命的なミスになるだろうか。指紋は残らない。残るのは彼女の証言だけだが、警察にこのことを追及されたとしても、顔の似た人物が握手に応じただけじゃないかと言い逃れはできる。第一、自分と接点のないこの女性に、警察の捜査が及ぶはずがない。

実害はないと結論づけ、間島は女性と握手をした。

「ありがとうございます」

女性は、嬉しそうに顔をほころばせた。

「今日の私、とってもついています。一日に二度も著名な作家の方に会えるなんて」

すぐに立ち去ろうとした間島だったが、思わず聞き返した。

「だれか、ほかの作家にも会ったの？」

「はい。ついさっき。もしかして、関西でパーティーでもあるんですか」

「いや、そういうわけではないが……。どこでだれに会ったのかな」

「静岡でこの《こだま》に乗るとき、ホームでお見かけしたんです」

「だれを」

女性は笑顔でさらりと言った。

「エッセイストの日向沙耶先生です」

4

カーテンを閉め、飯塚は体勢を戻した。そのはずみで沙耶の体ががくりと倒れる。うつろに目を見開いた死体が、不自然な恰好でベッドに横たわった。

列車は沼津駅を発車した。次の富士駅まではこの列車に乗っていく。

ふと思いついて、飯塚は携帯を手にした。間島に電話をかける。

電話口から聞こえてくる声は不機嫌だった。

「しばらく放っておいてくれと頼んだはずだ」

間島は書き始めると、丸一日でも書き続けるタイプだ。筆がのっているときに電話をかけられれば、不機嫌にもなろう。

「すみません。ちょっと会社から呼び出されちゃいまして。別の作家さんでトラブルが発生したようなんですよ。少しここを離れてもいいですか」

ホテルへの帰還がままならない以上、つまらない用事で呼び出されてはたまらない。予防線を張っておきたかった。

「わかった。まだしばらくかかりそうだから、こっちのことは気にせず、会社に戻ってくれ」

おや、と思った。珍しい。いつもなら、そっちの作家のほうが俺より大事なのかとねちねち

「嫌みを言われるところだ。

「申し訳ありません。戻ったら連絡します」

「慌てて戻らなくてもいいよ。まだしばらくかかるから」

いつになく優しい間島を気味悪く思いながら、飯塚は電話を切った。

何気なくベッドに目をやり、どきりとする。沙耶の死体がこちらを見ている。その冷めた視線は、生前同様、飯塚を小馬鹿にしているかのように見えた。

——死体になってまで、沙耶は俺を見下しているのか。

飯塚は無性に腹立たしくなり、沙耶の死体をこの列車から投げ捨てたい衝動にかられた。当然そんなことはできない。しかし、死んでもなおこちらを馬鹿にするような女など、これ以上見たくもなかった。

——そうだ。あそこに押し込んでしまおう。

目に留まったのは荷物置き場だった。あそこへ沙耶の死体を上げてしまえば、目を合わせることもない。

ぐったりした体を肩にかつぐ。一個の物体となってしまった沙耶の体は、想像以上に重い。ベッドに上がり、やっとのことで荷物置き場に沙耶の上半身を乗せることに成功した。垂れ下がっている下半身を押し上げたときには、全身が汗みずくになっていた。

肩で息をしながらベッドに座り込む。とりあえずこれで目撃される心配はない。

ふと足下を見ると、床にライターが落ちていた。飯塚が勤務している出版社が記念品として作ったものだ。気づかぬうちに落としていたようだ。

危ない、危ない。こんなものが遺留品として見つかれば命取りだ。

拾い上げ、レインウエアのポケットにしまった。

ベッドに座り一息つくと、小さなテーブルの上に置かれたノートパソコンが目に留まった。

沙耶は旅の間もエッセイの執筆をしていたようだ。連載している女性誌に掲載する分の原稿かもしれない。

窓の外を、東田子の浦駅のホームが通り過ぎていく。百人一首にも採られた山部赤人《やまべのあかひと》の歌を思い出す。昼間ならば富士山が美しい姿を見せるあたりだ。

そういえばと、室外の通路に注意を向ける。足音が遠ざかって以来、人の気配はない。犯人はやはり沼津で降りたのだろう。そうとなれば、長居は無用だ。

次の富士駅は、新幹線が停まる新富士駅とは距離がある。タクシーを利用して乗り換える手もあるが、ドライバーの記憶に残るおそれがある。第一、新富士駅は《こだま》しか停まらない。下手をすれば三十分くらい足止めをくらう。

富士駅の次は静岡駅だ。静岡駅ならば新幹線への乗り換えはすぐだし、《ひかり》も利用できる。よし、静岡駅で降りよう。

そう決めて、何気なく壁の鏡に目をやると、レインウエアを着た自分の姿が映っている。

死体は荷物置き場に押し込んだし、もうレインウエアは必要あるまい。むしろ、この恰好ではホームの客の目につく。

レインウエアを脱ぐと、丸めて荷物置き場に放り投げた。

Yシャツの第一ボタンを外しながらベッドに座ると、列車は富士駅に到着するところだった。

短い停車時間で再び動き出した《富士》は、がたがたと大きな音を立ててポイントを通過する。がくんと体がゆられたと思った次の瞬間、目の前にハイヒールを履いた二本の細長い足がぶら下がった。

わっと飛び退《の》き、背中を壁にぶつける。

揺れた拍子に沙耶の下半身が棚からずり落ちたのだ。死体ごと落下しなかったのが不幸中の幸いだった。また死体を持ち上げる体力はもう残っていない。

再び下半身を荷物置き場に押し込む。一度やっているから、さっきよりは要領よくできた。

改めて荷物置き場を見上げた飯塚は、「そうだ」とつぶやいて、ボードケースからまた羽目板を取り出した。周囲の数か所にゴムを貼ってあるから、中で押さえていなくても、外からはめこめば蓋の役割を果たしてくれるだろう。

ベッドの上に立って羽目板をはめこむ。沙耶の体のどこかがつかえているのか、簡単にははまらない。両手で強く押し込むようにして、なんとか荷物置き場を塞いだ。

ベッドを降りると、そのまま力なくベッドに座り込む。

ドライアイスを片付けて室温が上がった上、死体と格闘したせいで、汗が頬を伝っている。

ジャケットを脱ぎ、左腕にかけてポケットからハンカチを取り出そうとした。

「あっ」

ジャケットを二つ折りにしたのがよくなかった。胸ポケットが下を向き、中身を床に散らばしてしまった。慌ててそれらを拾い集める。定期券、レシート、映画の半券、USBメモリー——。

USBメモリー？

一瞬訝しく思ったが、すぐに思いあたった。間島からホテルでUSBメモリーを受け取ったとき、ポケットへ入れたのだ。

飯塚は備え付けのハンガーにジャケットをかけ、拾い集めたものをあらためて胸ポケットに入れた。

やがて車内放送が、六分の遅れで静岡駅に到着することを告げた。いまは到着予定時刻の二分前だから、あと八分か。

飯塚は羽目板を回収しようと、ベッドの上に立った。荷物置き場に手を伸ばし、愕然とする。

——どうやって外せばいいんだ。

内側にしか取っ手がない羽目板を、ぴったりとはめ込んでしまっていた。なんとかして外せないかと、隙間に指を差し込もうとするが、先程無理に押し込んだせいか、びくともしない。

もし羽目板を残していったらどうなるだろうか。万一に備えて、触れるときは常に手袋をはめていた。板も塗料も、自宅から遠い別々のホームセンターで買ったものだから、購入ルートが特定されるとは考えにくい。

大丈夫だ。羽目板から足がつくことはない。

そう結論づけて、飯塚はベッドを降りた。だが、ケースのファスナーを閉めようとしたとき、今度はレインウエアがないことに気づいた。

たしか、脱いだあと荷物置き場に投げ込んだのだ。沙耶の下半身がずり落ちてきたときに、死体と一緒に奥へ押し込んでしまったのだろう。その状態で、荷物置き場を塞いでしまった。だが、あれはコンビニで買ったレインウエアで、できるだけ素手では触れないようにしていた。

これも置いていって問題ないと判断した飯塚だったが、直後に「あっ」と思わず声を上げた。さっき、ライターをレインウエアのポケットに入れたのではなかったか。あれだけは置いていくわけにいかない。社名の入ったライターだから、すぐに警察は自分にたどり着くだろう。再び飯塚は羽目板を外そうとベッドに上がった。しかし、いくら爪をたてても、板は外れない。

窓の外の灯りが増えてきた。もう間もなく静岡駅に着いてしまう。ライターを残したまま静岡駅で降りるか、それともこのまま《富士》にとどまり、羽目板を外す作業を続けるか。いますぐ決めなければならない。

ライターはやはり命取りになる。あのライターを持っている人間は大勢いるが、よりによってシャチハタで《飯塚》と押印《おういん》した紙片を貼り付けてしまっている。

いや、待てよ？　シャチハタで押印……。

あのライターに押印した紙片は付いていただろうか。握る部分はプラスチック製で色は白い。

赤い印があれば、かなり目立つ。ぱっと見でも印象に残るはずだ。しかし、落ちていたライターに、赤い色の記憶がない。

ふだんライターはズボンのポケットに入れている。確認してみると、ライターはなかった。だが、飯塚は二日前に禁煙を決意していた。最後にタバコを吸ったとき、今日と同じズボンをはいていたかは定かでない。もともと今日はライターを持ってきていなかったということもありうる。

もし自分のではないとすると、だれのライターなのだろう。

社名が入ったライターは、三年前に会社創立五十周年を記念して製作された。祝賀会で参加者全員に配ったし、その後も多数の関係者に粗品として渡している。

沙耶もおそらく持っていただろう。だが、彼女がタバコを吸うところは見たことがない。沙耶でもないとすると、残る可能性は沙耶を殺した犯人だ。その人物もこの業界の人間なのだろうか。考えてみれば、ありうる話だ。

あれを配ったのは三年前だ。社員の自分は簡単に交換できるので、何度か使い切って新しいものに替えているが、三年前に配った使い捨てライターを、社外の人間がいまも使い続けていることなどありうるだろうか。

唐突に、数時間前の光景がよみがえった。

――いつものダンヒルがオイル切れでね。

まさか、間島弘樹が……。

いや、そういえば間島は、ある文芸賞のパーティーで、沙耶と親しげに話していた。沙耶は自分と間島とで、二股をかけていたのかもしれない。間島と沙耶の間に男女の関係があったとすれば、自分と同じく痴情のもつれから殺意を抱いたとしても不思議はないではないか。

しかし、間島はいま、新横浜のホテルにカンヅメになっている。ネコの声がうるさいなどとも言っていた。沙耶を殺害できたはずが……。

飯塚ははっとした。

なんということはない。まさに自分が、いまアリバイ工作をして《富士》に乗り込んでいるではないか。ホテルにいると見せかけて、間島も沙耶を殺しに来たのだ。

なるほど、だからイヌではなくてネコなのだ。間島も何らかのオーディオプレーヤーをセットしておいたのに違いない。その声がたまたまネコだったのだろう。

しかし、彼が電話をかけてきたのは、ちょうど自分がセッティングしたのと同じ時刻だった。偶然にしてはできすぎではないか。

偶然ではない。鳴き声が流れる時刻は、ちょうど《富士》が熱海駅に到着する予定の時刻だ。間島も熱海から引き返すつもりだったのだろう。アリバイ作りの電話をかけようとすれば、電波の安定している乗り換え時間にと考えるのは自然な発想だ。実際、自分もそう考えたのだから。

静岡駅到着を告げる駅のアナウンスが聞こえてきた。いつの間にか《富士》は停車している。しかし、飯塚は個室を出なかった。

間島に電話をかける。応答した声は、送話口を手で覆っているのか、くぐもっていた。

「何度もすみません。あのう、ご夕食まですよね、どうなさいます。ルームサービスでも頼んでおきましょうか」

「そんなのは自分で頼むからいい」

背後でかすかにモーター音が鳴っている。

「とにかく、執筆の邪魔をしないでくれ」

《新富士、新富士です》

駅のアナウンスだ。間違いない。間島は新横浜のホテルではなく、新富士駅にいる。

「あ、でも、朝までかかるようなら、朝食も必要ですよね。いつものようにプレーンオムレツと――」

「どうとでもする。ほっといてくれ」

「わかりました。申し訳ありません」

もう少し間島の状況を知りたかったが、さすがに向こうも余裕がないらしい。電話を切られた。

しかし、間島がホテルを抜け出していることは確認できた。やはり沙耶を殺したのは間島だろう。彼は《富士》を降りて新横浜のホテルへ戻ろうとしているのだ。沼津駅到着間際まではドアの外に犯人の気配があったから、沼津駅か富士駅で《富士》を降りたのに違いない。

いま新富士駅にいるということは、富士駅で降りて新富士駅までタクシーか何かで移動し、そこから新幹線を利用して新横浜駅へ戻るつもりだろうか。

いや、しかし、電話から伝わってくる間島の声はやけに小さかった。あれは車中で通話していたためではないのか。ふつう屋外で話すときは、声が大きくなりがちだ。それに直後に聞こえた駅のアナウンスは、きわめて小さかった。ホームで通話していれば、もっとはっきり聞こえただろう。

すると、間島は新富士駅から新幹線に乗ろうとしているのではなく、新幹線で新富士駅に着いたところだったということか。

もし上りの新幹線で新富士駅に着いたのだとすると、静岡駅以西から新幹線に乗り込んだことになる。しかし、《富士》はいま静岡駅に着いたばかりだから、それはありえない。ということは、彼が乗っているのは下りの新幹線だ。

新富士駅の時刻表を携帯で調べると、下り方面では、二〇時四三分発の《こだま五五三号》があった。いま二〇時四五分だから、ぴったりだ。

間違いない。間島は《こだま五五三号》に乗っている。

ホテルへ急がねばならない間島が、なぜ下りの《こだま》に乗っているのか。それはおそらく、《富士》に戻るためだろう。そして戻らなければならない理由こそ、あのライターだ。ライターを個室内に落としてきたことに気づき、それを回収しようとしているのに違いない。

飯塚は壁に背中を預け、ほくそ笑んだ。あのライターのことで気をもむ必要など初めからなかった。あれが発見されて窮地に陥るのは間島のほうだ。彼はたとえこの個室のドアを開けることができたとしても、ライターを発見することはできない。

ライターはその後、警察によって荷物置き場から回収されるだろう。かくして、間島はあえなく逮捕されるのだ。

だが、冷静に考えるうちに不安がわきあがってきた。こちらが間島の計画に気づいたように、いずれ間島もこちらの計画に気づきはしないだろうか。

警察は間島に、なぜ沙耶の死体を荷物置き場に押し込んだのかと聞くだろう。しかし、彼はそんなことはしていないのだから、第三の人物が関与していると考える。問題はそれが飯塚だと間島が気づくかどうかだ。

間島は当然アリバイを主張する。「俺と飯塚は同じ時間にホテルでネコの声を聞いた」と言うはずだ。警察が間島の発言を確かめに来たら、自分はどう答えるべきだろうか。

もし、そんな電話はなかったと答えたとする。その場合、間島への嫌疑は一層増す。だが、実際にあった電話を否定された間島は、否定した飯塚こそ死体を移動した人物なのではと考え、それを警察に訴えるかもしれない。それに、ネコの声を否定したら、こちらのアリバイもなくなってしまう。

では、間島の電話を認めた場合はどうか。間島のアリバイは成立し、彼は容疑者リストから外されるかもしれない。そうすると、警察はライターを所持している別の人間に目を向ける。うちの社で沙耶との関係が深い人物といえば、社内のだれもが第一に飯塚の名前を挙げるだろう。

だめだ。どちらの証言をしても、結局自分に捜査の手が及んでしまう。ライターは間島のものだとしても、羽目板やレインウエアは自分のものだ。容疑をかけられて重点的に捜査されれば、購入ルートも判明してしまうだろう。殺人を実行したわけではないが、担当作家を殺そうとはしていたのだ。マスコミに叩かれ、会社も馘首《くび》になる。いや、それだけならまだいい。下手をしたら自分が沙耶殺害の犯人にされかねない。

飯塚は立ち上がり、こぶしで額を叩いた。

落ち着け。何とか、この窮地を打開する方法を考えるんだ。

車輪の音が大きくなる。おそらく安倍川の鉄橋だろう。

間島の乗っている《こだま》は富士川を渡ったあたりか。

そう考えた瞬間、名案がひらめいた。

そうだ。間島の口を封じてしまえばいいのだ。

間島はここに戻ってこようとしている。いずれまたドアの外に現れるだろう。彼がもしこの個室で死体となって発見されればどうなる。

心中だ。間島と沙耶が付き合っていたことは、警察が調べれば簡単に判明するに違いない。作家どうしの道ならぬ恋だ。だれも心中を疑わないだろう。

心中として処理されれば、自分はただホテルでずっと間島の脱稿を待っていたと主張するだけでいい。アリバイ工作の電話に気をもむ必要もない。心中にしては現場の状態が不自然なのが苦しいけれど、自分が選べるのはどのみちこの方法しかないのだ。

よし。これでいこう。

ここで間島を待ち伏せし、再びテンキーを操作する音が聞こえたら、こちらからドアを開けて、ナイフを突き出す。死んだ間島の手にナイフを握らせて立ち去れば、心中現場のできあがりだ。

ところで、間島はいつ戻ってくるだろう。次の停車駅は浜松だ。浜松駅で《こだま五五三号》から《富士》に乗り換えられるのだろうか。

携帯で時刻表を検索してみると、浜松駅の発車時刻は、《こだま》より《富士》のほうが一分早い。浜松では無理だ。だとすると、豊橋か——。

いや、そんなことはない。浜松で乗り換えられるではないか。

《富士》はまだ六分遅れで走っている。一分の差で間に合わないダイヤならば、逆に五分ほどの乗り換え時間が発生する。

問題は間島がそれに気づいているかどうかだ。当然、向こうも時刻表を調べているだろう。沼津駅までは《富士》に乗車していたのだから、こちらの遅れも知っている。しかし、《富士》が通常運行に戻っている可能性を考え、万全を期して豊橋まで行くかもしれない。

飯塚としては間島に、浜松に賭けてほしかった。間島が乗り込む駅が西になればなるほど、飯塚が今日のうちにホテルへ戻るのも困難になる。

間島のほうも、一刻も早くライターを回収したいに違いない。だが、もう一押し、彼に浜松での乗り換えを決心させる切迫した状況を作り出せないものか。

思考を巡らしながら、車窓に目を向ける。窓の外へこぼれる灯りが、線路沿いの茶畑をぼんやりと照らし出している。茶所として有名な菊川のあたりだろうか。だとすると、もうまもなく、《富士》は掛川駅を通過する。

掛川市は飯塚の故郷だ。一度東京で就職した姉は、母の看病のため掛川に戻り、現在は浜松市のバイク工場に勤めている。

飯塚は荷物置き場に視線を向ける。生前の沙耶は、姉によく似ていた。小さいころは姉と、親友のようによく一緒に遊んだものだ。姉の面影を重ねて、自分は沙耶に惹かれたのかもしれない。

そのとき、妙案を思いついた。枕元のデジタル時計を見る。二〇時四九分の表示が二〇時五〇分に変わった。姉はもう帰宅しているころだ。

携帯で姉に電話をかける。

「もしもし、姉さん」

「ああ、真。どうしたの」

「いま、何してる」

「お母さんのところに寄ってきて、ちょうど家に着いたところだけど」

「悪いんだけど、ちょっと頼めないかな」

「何」

「実は、担当してる間島先生が、執筆を放り出して、恋人の日向沙耶先生に会いに行っちゃったらしいんだ。たまたま知り合いが見かけて、いま《こだま五五三号》に乗ってることがわかったんだけど、こっちに戻ってきてもらいたいから、協力してくれないかな」

「協力って、何をすればいいの」

「間島先生の顔はわかる?」

「うん。真が担当した本、何冊か送ってくれたじゃない」

「掛川駅から《こだま五五三号》に乗って、間島先生に声をかけてもらいたいんだ。日向先生の自宅は豊橋にあって、間島先生はそこを訪ねるつもりじゃないかと思うんだよね。だから、日向沙耶を静岡駅で見かけたって言ってほしいんだ。日向先生は携帯を持たない主義だから、今夜は会えないと諦めて戻ってきてくれるかもしれない」

実際は沙耶の自宅は豊橋でなく東京だし、携帯を持たない主義というのもでたらめだが、そこは嘘も方便だ。

「いまから駅に戻って新幹線に乗れって言うの」

「頼むよ。うちから掛川駅まではすぐじゃないか。浜松駅に到着するまでに会えなかったら戻ってきていいからさ。姉さん、夜遅くなったときは浜松駅から新幹線で帰ることもあるって言ってたじゃない」

新幹線は一区間だけなら、特急料金が低めに設定されている。

「それはそうだけど……。しょうがないわね。で、その《こだま》は何時に掛川駅に着くの」

飯塚は新富士駅からの所要時間をすばやく計算した。

「九時一五分くらいだと思う」

「え、そんなすぐなの。じゃあ、早く出ないと」

「悪いね。あ、そうだ。できれば、水玉のワンピースを着ていってほしいんだ」

「どうして」

「日向先生が最近よく着てるお気に入りの服なんだ。姉さんはちょっと日向先生に似てるから、間島先生、一瞬どきりとするかなって」

「あんたも人が悪いね」

「奔放な先生にお灸をすえるためさ」

姉に頼み込んで、電話を切った。

これで準備は調《ととの》った。

沙耶を静岡で見たと聞けば、間島は動揺する。すぐにでも沙耶の生死を確認したくなるはずだ。もし姉が間島を見つけられなくても、沙耶に似た姉の姿を間島にどこかで目撃させることさえできれば、間島を不安にさせる効果はある。間島は、少しでも早く《富士》に戻りたいと思うに違いない。

姉への電話から四十分ほど経った二一時三三分、《富士》は浜松駅に到着した。遅れは五分に縮まっていた。二分停車の予定は多少短くなるだろうが、すでに《こだま五五三号》は浜松駅に到着している。乗り継げない時間差ではない。間島は必ず来る。

飯塚はドアの前でナイフを構えた。

5

《間島弘樹、日向沙耶　寝台列車内で無理心中か》

会社へ向かう通勤電車の中、隣の男が見ているワンセグの画面に、派手な見出しが躍っていた。昨日からワイドショーはこの話題で持ちきりだ。

飯塚が間島を殺害して東京へ戻ってから、丸一日が経っていた。

一昨日《おととい》の夜、犯行を終えた飯塚がまずしたことは、間島のバッグを探ることだった。すると血糊のついたナイフが見つかった。沙耶を殺した凶器だ。もし間島がナイフを処分していたら自分のナイフを残しておくつもりだったが、間島のナイフがあるなら、そちらのほうが都合がいい。間島が沙耶を殺害したあとに自殺を図ったように見せるため、ナイフは間島の血にも浸した上で、その手に握らせた。

幸運なことに沙耶の死体は、豊橋駅で降りる直前に、ポイント通過の振動で羽目板ごと落下してきた。大急ぎで羽目板とレインウエアを回収し、列車を降りた。ホームでレインウエアのポケットを探ると、そこにライターはなかった。荷物置き場でポケットからこぼれ落ちたのかもしれない。だが、ライターはおそらく間島のものだから気にすることはないと、回収は諦めて東京に戻ることにした。

豊橋駅からの上りの新幹線は、三島行きと静岡行きしか残っていなかった。やむをえず三島の二十四時間営業のファミレスで夜を明かし、始発の《こだま》で新横浜に戻った。ホテルの部屋に入ってひと息ついていると、編集長の浜田《はまだ》から、間島と沙耶の死を知らせる電話がかかってきた。二人の死体が、《富士》の車中で発見されたという。すぐ出社します、と答えて飯塚は電話を切った。

途中、東京駅に立ち寄って、ボディボードのケースとビジネスバッグをコインロッカーで交換し、そのまま会社へ向かう。編集者としてはまだ、今回最後の大仕事が残っているのだ。手元には、人気作家が死の直前まで執筆していた作品のデータがある。未完とはいえ、とんでもない話題を呼ぶことだろう。

会社に到着した飯塚は、USBメモリーを渡すため、真っ先に編集長のデスクに近づいていった。

自社ビルの入り口に、体格のいい二人組の男が立っていた。一人は人の好《よ》さそうな細い目をした五十歳前後のごま塩頭、もう一人は郵便局の窓口にでもいそうな眼鏡をかけた三十代くらいの男で、二人とも地味なスーツを着ている。飯塚が玄関を通過しようとすると、年配のほうが「飯塚さんですか」と笑顔で声をかけてきた。やはり、男たちは刑事のようだ。

「そうですが。警察の方ですか」

男たちはうなずき、身分証を提示した。

「間島弘樹さんと日向沙耶さんがお亡くなりになった件で、ちょっとお話をうかがいたいのでですが。昨日はお目にかかれませんでしたから」

「昨日はほかの打ち合わせもあって、朝に編集長と話したあとは、すぐ社を出てしまいました
からね。――わかりました。ここでは何ですから、中へどうぞ」

飯塚は二人の刑事を一階のロビーに案内した。小さなテーブルを挟み、彼らと向かい合う。

「早速ですが、事件のあった夜はどちらに」

年かさのごま塩頭が尋ねた。郵便局員風の若いほうは、手帳を開きペンを握っている。

「間島先生がお部屋で執筆に勤《いそ》しんでおられると信じ込んでいたので、ずっとホテルで待機し
ていました」

「それはそれは。編集者の方も大変ですな」ごま塩頭は細い目をいっそう細める。「それにし
ても、人気作家さんが二人も同時に亡くなられたのですから、御社としては痛手でしょう」

「ええ。と言っても私にはまだ、お二人が亡くなったなんて実感がありませんが……」

「そうでしょうね。お二人が付き合っておられたことはご存じでしたか」

「はっきりとは。ただ、そうかもしれないなとは思っていました。お二人がご一緒のとき、親
密そうにしていらしたので。しかし、まさか心中とは――」

「心中？　お二人が心中したとは、私は言っていませんが」

「え、だって無理心中だったんですよね。ニュースでもそう言っていたはずですが」

「それはマスコミが勝手に想像しているだけでしょう」

飯塚は動揺した。まさか、他殺である証拠が見つかったのでは……。

「報道では、ほとんど心中と決めつけている感じでしたが」

「間島氏は自分の胸をナイフで一突きしていました。普通、刃物を使った自殺の場合はためらい傷があるものですが、それがない。それに、監察医の話では、現場にあったナイフが間島氏の胸を刺したものであるとは断定できないとのことでした」

間島のナイフは、飯塚が犯行に使ったものと同様、万能ナイフだ。形状もかなり似ていたから、傷跡から明確な違いが見つかるとは思えない。一致するとは断定できないにしても、違うとも言い切れないだろう。だから、監察医も微妙な言い回しをしているのだ。

「ですが、わざわざ日向先生を追いかけていったんですよね。完全に心中を否定するほどの根拠とは思えませんが」

「確かにそうです。状況的には心中のセンが有力です。念のためそうでない可能性も検討中だというだけのことです」

飯塚には、刑事がすんなりと引き下がったのが気になった。多少ひっかかる点があっても、それほどこだわっていないようだ。実際には心中だろうと考えているのならいいのだが……。

「ところで、ちょっと見ていただきたいものがあるんですよ」

ごま塩頭が目配せをすると、若い刑事が携帯を取り出し、画面を開いてこちらへ向ける。そこには、社名の入ったライターが写っていた。

「これに見覚えがおありですよね」

「はい。小社で作ったものですから」

「実はこれ、現場の個室の中で見つかったんです」

「そうなんですか。このライターは小社の五十周年記念で関係者に配ったものですから、間島先生や日向先生が持っていても不思議はないと思いますが」

「しかし、聞いたところによると、間島さんはいつもブランドもののライターを使っておられたということですし、日向さんは煙草をお吸いにはならない。そうなると、このライターはいったい、誰のものなのでしょうか。こちらの社の関係者しか持っていないはずのものですよね」

「それはたぶん、間島先生のですよ。一昨日、先生はダンヒルのライターのオイルが切れたとおっしゃって、小社のライターを使っていましたから。――念のために申し上げておきますが、私のライターには記名した紙片を貼ってあります。見つかったライターに、そのような紙が貼ってありましたか」

「広島県警から送られてきた写真にはありませんでしたな」

飯塚は心の中で、よしとつぶやいた。やはりあのライターは間島のものだったのだ。

「それはそうと、こう申し上げるのも何ですが、たいへんな原稿を入手されたそうで。著名な作家が死の直前まで執筆していた原稿となると、かなりの話題となることでしょうな」

「いや、間島先生が亡くなられた結果としてのことなので、素直には喜べません」

飯塚は殊勝に答えたが、内心、満更でもなかった。

「おや。間島さんの原稿を入手されていらっしゃるんですか。失礼ですが、それはどちらに」

「は？　昨日、編集長にUSBメモリーを渡しましたが」

「確認させていただきましたが、そのUSBには間島さんの原稿ではなく、日向さんの原稿が保存されていました」

刑事が何を言っているのかわからず戸惑ったが、意味を理解した途端、飯塚の全身から冷や汗が噴き出した。

——USBを取り違えた？

そんなはずはない。浜田に渡したのは、一昨日間島から受け取ったのと同じ、白い長方形のスティックだった。個室内で拾ったものが間島のでないとすると沙耶のだということになるが、間島と沙耶が同じUSBを持っているなんて偶然が——。

そこで、はたと飯塚は気づいた。いつだったか間島は、日向沙耶がミステリにも挑戦したいと原稿を寄越したことがあると言っていた。もしそのときに、USBで原稿を受け取っていて、それを間島が再利用したとしたら……。

飯塚は一昨日と同じジャケットを着ていた。恐る恐る、右脇のポケットに手を入れる。冷たい硬質な感触があった。

そうだ、一昨日間島から受け取ったUSBは、その場で右ポケットに入れたのだった。《富士》の車中で床に散らばったものは、右ポケットではなく胸ポケットの中身だ。ということは、あのときに拾ったUSBは、もともと床に落ちていたもの、つまり、沙耶のものだということになる。

USBの中身を確認しなかった自分も迂闊だが、沙耶のだらしなさにはあらためて呆れ返る思いだった。

「そして、その文書というのが、書きかけの旅行記でしてね。東京駅から《富士》に乗ったことが、横浜駅を出るあたりまで書かれているのですよ。ということは、日向さんがお亡くなりになった当日に書かれたものということになります。なぜ、そのUSBを飯塚さんがお持ちだったのでしょう」

飯塚はとっさに言い逃れる術《すべ》を考え、慎重に言葉を返した。

「ああ、あれは日向先生のUSBでしたか。一昨日は間島先生とお会いする前に日向先生との打ち合わせもあって、日向先生からもUSBをお預かりしていたんですよ。うっかりそっちを渡してしまったんですね」

「そうでしたか。あれ、ちょっと待ってください。だとすると矛盾しませんか。それなら、《富士》に乗ったときのことはまだ書けないはずですよね」

「いや、矛盾でもなんでもないです。刑事さんたちは、エッセイというと事実だけを書いたものとお思いになるかもしれませんが、そんなことはありません。多少の脚色はありますし、日向先生のような売れっ子になると、スケジュールの都合から、ある程度は事前に想像で書いておいて、後から微修正するっていうやり方をされることも珍しくないんですよ」

「なるほど、そうでしたか。では、日向さんは事前に《富士》で出発する旅のことを想像して、あの文章を書き始めておられたわけですね」

「ええ、そうです。出発される前に、私もそれを読ませてもらいましたから」

飯塚はその文章を、《富士》の車中にあったパソコンで目にしていた。そこには、事後でなければわからないような事実や体験は書かれていなかったはずだ。

だが、この瞬間、ごま塩頭の目から笑みが消えた。

「いま、あなたはそれをお読みになったとおっしゃいましたね。つまり、その旅行記を日向沙耶さんがお書きになったことを認めたわけです」

どういうことだ。何か自分は、致命的な失言をしたのだろうか。

ごま塩頭が目配せをすると、若い刑事は、傍《かたわ》らのかばんから一枚の紙を取り出した。パソコン画面のキャプチャ画像だろうか、フォルダの中身らしいファイルリストが印刷されている。

彼はその日付の部分を指さした。

「ここをご覧いただけますか。日向さんの旅行記の最終更新日時です」

《2007/05/09 19:12》

さあっと血の気が引いた。

若い刑事は事務的な口調で続ける。

「おわかりいただけますね。日向さんがお亡くなりになった日の夜です。つまり、これは《富士》の車中で書かれたものということになります」

「飯塚さん」ごま塩頭が再び目尻に小じわを刻む。「我々がこの文書をあなたにお見せするにあたって唯一不安だったのは、USBは自分のものだ、これは自分の創作だと言い張られることだったんですよ。しかしあなたはこれを日向さんの書いたものだと断言された。——その文書の最終更新日時は彼女が《富士》に乗車している時間だ。この文書の入ったＵＳＢをあなたが持っていたということは、あなたが《富士》に、つまり、彼女と間島氏の殺害現場にいたことの証明になるわけです」

本書は二〇一七年、小社より刊行された作品の文庫化です。

著者紹介　1969年東京都生まれ。上智大学文学部卒。公募企画〈新・本格推理〉に「Y駅発深夜バス」を投じ入選、2003年刊の『新・本格推理03 りら荘の相続人』（鮎川哲也監修／二階堂黎人編）に掲載される。07年に初の長編『偽りの学舎』を、17年に作品集『Y駅発深夜バス』を刊行。

検印
廃止

Y駅発深夜バス

2023年5月19日　初版
2023年7月28日　再版

著者　青《あお》木《き》知《とも》己《み》

発行所（株）東京創元社
代表者　渋谷健太郎

162-0814/東京都新宿区新小川町1-5
電話　03・3268・8231-営業部
　　　03・3268・8204-編集部
URL　http://www.tsogen.co.jp
モリモト印刷・本間製本

乱丁・落丁本は、ご面倒ですが小社までご送付ください。送料小社負担にてお取替えいたします。

© 青木知己　2017　Printed in Japan

ISBN978-4-488-44221-7　C0193

泡坂ミステリのエッセンスが詰まった名作品集

NO SMOKE WITHOUT MALICE◆Tsumao Awasaka

煙の殺意

泡坂妻夫

創元推理文庫

◆

困っているときには、ことさら身なりに気を配り、紳士の心でいなければならない、という近衛真澄の教えを守り、服装を整えて多武の山公園へ赴いた島津亮彦。折よく近衛に会い、二人で鍋を囲んだが……知る人ぞ知る逸品「紳士の園」。加奈江と毬子の往復書簡で語られる南の島のシンデレラストーリー「閏の花嫁」、大火災の実況中継にかじりつく警部と心惹かれる屍体に高揚する鑑識官コンビの殺人現場リポート「煙の殺意」など、騙しの美学に彩られた八編を収録。

収録作品＝赤の追想，椛山訪雪図，紳士の園，閏の花嫁，煙の殺意，狐の面，歯と胴，開橋式次第

読めば必ず騙される、傑作短編集

WHEN TURNING DIAL 7◆Tsumao Awasaka

ダイヤル7をまわす時

泡坂妻夫

創元推理文庫

◆

暴力団・北浦組と大門組は、事あるごとにいがみ合っていた。そんなある日、北浦組の組長が殺害される。鑑識の結果、殺害後の現場で犯人が電話を使った痕跡が見つかった。犯人はなぜすぐに立ち去らなかったのか、どこに電話を掛けたのか？　犯人当て「ダイヤル７」。船上で起きた殺人事件。犯人がなぜ、死体の身体中にトランプの札を仕込んだのかという謎を描く「芍薬《しやくやく》に孔雀《くじやく》」など７編を収録。
貴方は必ず騙される！　奇術師としても名高い著者が贈る、ミステリの楽しさに満ちた傑作短編集。

収録作品＝ダイヤル７，芍薬に孔雀，飛んでくる声，
可愛い動機，金津《かなづ》の切符，広重好み，青泉《せいせん》さん

連城三紀彦傑作集1

THE ESSENTIAL MIKIHIKO RENJO Vol.1

六花の印

連城三紀彦

松浦正人 編

創元推理文庫

◆

大胆な仕掛けと巧みに巡らされた伏線、
抒情あふれる筆致を融合させて、
ふたつとない作家性を確立した名匠・連城三紀彦。
三十年以上に亘る作家人生で紡がれた
数多の短編群から傑作を選り抜いて全二巻に纏める。
第一巻は、幻影城新人賞での華々しい登場から
直木賞受賞に至る初期作品十五編を精選。

収録作品＝六花の印，菊の塵，桔梗の宿，桐の柩，
能師の妻，ベイ・シティに死す，黒髪，花虐の賦，
紙の鳥は青ざめて，紅き唇，恋文，裏町，青葉，敷居ぎわ，
俺ンちの兎クン

連城三紀彦傑作集2

THE ESSENTIAL MIKIHIKO RENJO Vol.2

落日の門

連城三紀彦

松浦正人 編

創元推理文庫

◆

直木賞受賞以降、著者の小説的技巧と
人間への眼差しはより深みが加わり、
ミステリと恋愛小説に新生面を切り開く。
文庫初収録作品を含む第二巻は
著者の到達点と呼ぶべき比類なき連作
『落日の門』全編を中心に据え、
円熟を極めた後期の功績を辿る十六の名品を収める。

収録作品＝ゴースト・トレイン，化鳥，水色の鳥，
輪島心中，落日の門，残菊，夕かげろう，家路，火の密通，
それぞれの女が……，他人たち，夢の余白，
騒がしいラヴソング，火恋，無人駅，小さな異邦人

東京創元社が贈る総合文芸誌！

紙魚の手帖

SHIMINO TECHO

国内外のミステリ、SF、ファンタジイ、ホラー、一般文芸と、
オールジャンルの注目作を随時掲載！
その他、書評やコラムなど充実した内容でお届けいたします。
詳細は東京創元社ホームページ
（http://www.tsogen.co.jp/）をご覧ください。

隔月刊／偶数月12日頃刊行

A5判並製（書籍扱い）